AF201039

Insa Segebade (Hrsg.)

Dunkelheiten

Erzählungen

Bibliografische Information der Deutschen Nationalbibliothek: Die Deutsche Nationalbibliothek verzeichnet diese Publikation in der Deutschen Nationalbibliografie; detaillierte bibliografische Daten sind im Internet über dnb.de abrufbar

Coverfoto: C.B.K.

Herstellung und Verlag: BoD – Books on Demand, Norderstedt

ISBN: 978 3 749483 693

Inhaltsverzeichnis

Das Pendel

Ina Holtgrewe

Als Simon verschlafen die Augen öffnet, rast die Landschaft an ihm vorbei. Er blinzelt und braucht einen Moment, um zu begreifen, wo er sich befindet. Er reibt sich die Augen, richtet sich auf und blickt sich in dem leeren Zugabteil um. „Eigentlich ist es noch viel zu früh, um unterwegs zu sein", murmelt er gähnend. Aber es gibt schließlich einen besonderen Anlass. Er ist auf dem Weg zu einem Klassentreffen für Ehemalige. Grundsätzlich blickt er dem Ereignis seit Wochen mit Vorfreude entgegen. Wer wohl alles kommen wird? Und was seine alten Klassenkameraden wohl in den letzten Jahren so gemacht haben? Doch jetzt, da Simon seinem Ziel immer näherkommt, mischt sich plötzlich Unsicherheit dazu. Was, wenn alle erfolgreicher sind als er? Was, wenn er wieder nicht ernst genommen wird? Im Nachhinein gesteht sich Simon ein, dass er damals ein ziemlicher Spinner war. Schon als kleiner Junge liebte er Zauberei, bis ihm ein älterer Nachbarsjunge erzählte, dass es sich dabei nur um Tricks handelte. Etwas enttäuscht ging er dennoch mit seinen Eltern zu einer Zaubershow, unwissend, dass sie sein Leben verändern würde. Denn dort, zwischen all den Magiern, die der kleine Simon zynisch als Betrüger abstempelte, trat ein Hypnotiseur auf die Bühne. Jemand, der keine falschen Blumen hervorzauberte, sondern Leute aus dem Publikum holte, sie in Trance versetzte und sie je nach Wunsch dazu brachte, lustige Kunststücke vorzuführen oder aber ihnen mit Problemen, wie dem Loswerden lästiger Angewohnheiten, half. Die atemlose Verblüffung der Leute nach der Trance machte einen großen Eindruck auf Simon und seine Faszination mit der Kunst der Hypnose wuchs von dem Tag an nur. Jeder wusste, dass das sein großes Hobby war, und natürlich gab es einige, die sich darüber lustig machten. Vielleicht hatte er es auch dadurch provoziert, dass er seinen Freunden bei jedem Problem anbot, es mit seinem Pendel zu lösen. Er war sich damals sicher gewesen, dass Übung den Meister machen und er eines Tages als berühmter Hypnotiseur gefeiert werden würde. Doch so sehr er auch übte, nichts funktionierte. Sein bester Freund Michel hatte trotz aller Bemühungen Simons am Abend vorher dennoch panische Angst im Flugzeug, seine Nachbarin hörte nicht mit dem Rauchen auf, und sein Klassenkamerad Jens, der ihn immer Spinner-Simon nannte, wurde auch nicht netter zu ihm.

Simon versucht, den Gedanken abzuschütteln und richtet den Blick nach draußen auf die vorbeiziehende Landschaft. Wo vor einigen Minuten noch Wald war, sieht er nun weite Felder voller Raureif, aus denen morgendlicher Nebel aufsteigt, vereinzelt bereits durchdrungen von einzelnen Strahlen der aufgehenden Sonne. Auch sein eigenes müdes Spiegelbild blickt ihm entgegen. Simon betrachtet den schlanken Mann mit den mausbraunen Haaren, der großen Nase und dem dunkelgrünen Strickpullover und fragt sich, wie ihn die Leute heute sehen würden. „Du hast freundliche Augen. Man sieht ihnen direkt an, was für ein liebenswerter Mensch du bist", hatte seine Freundin neulich gesagt, als er mal wieder unschlüssig vor dem Spiegel stand. Obwohl, Freundin war nicht ganz richtig. Verlobte, denkt er, B ist inzwischen wirklich meine Verlobte. Vor drei Wochen hatte er sie gefragt, und zu seiner grenzenlosen Freude hatte sie „Ja" gesagt. Manchmal kommt es ihm vor wie ein Traum. Simon und sein Spiegelbild lächeln gedankenverloren. Gestern Abend hatte sie ihm mitgeteilt, dass sie heute nicht mitkommen werde. „Ich hab' einfach keinen Kontakt mehr zu den Leuten", hatte sie achselzuckend gesagt, „mich verbindet einfach nicht mehr so viel mit den meisten." Damit war für einen resoluten Menschen wie sie die Sache abgeschlossen. Natürlich kannte sie Simon genug, um seine Enttäuschung zu bemerken, und schlug vor, abends, wenn er wiederkomme, sein Lieblingsessen zu kochen und sich all die Geschichten ihrer ehemaligen Freunde anzuhören. „Ist das ein Deal?", hatte sie mit einem verschmitzten Lächeln gefragt und ihm ihre Hand entgegengestreckt. „Deal!", hatte er gesagt und eingeschlagen.

Die Schaffnerin reißt ihn aus seinen Gedanken. „Guten Moohhhhohrgen", gähnt sie, „Fahrkarte bitte!" Als sie Simons amüsierten Blick bemerkt, entschuldigt sie sich prompt: „Oh, ich wollte Sie wirklich nicht so direkt angähnen, sorry." „Kein Problem, ist auch echt nicht meine Uhrzeit", entgegnet er lächelnd. „Niemand sollte so früh schon arbeiten müssen, finde ich. Schon gar nicht an einem Sonntag." „Das dürfen Sie der Bahn gerne mitteilen", schlägt sie vor, während sie seine Fahrkarte annimmt und abstempelt. „Mach' ich bei der nächsten Kundenumfrage, versprochen. Ich wünsche Ihnen noch eine schöne Fahrt." Jetzt lacht sie. „Hey, das ist eigentlich mein Satz. Aber danke, gleichfalls." Und genauso schnell, wie sie aufgetaucht ist, verschwindet sie durch die Schiebetür ins nächste Abteil, diesmal jedoch mit sichtlich besserer Laune.

Während draußen die Morgensonne nun endgültig durch den Nebel bricht, schweifen Simons Gedanken erneut zu B. Wie sie ihm heute Morgen einen flüchtigen Kuss gegeben und ihm verschlafen ein schönes Wiedersehen mit den Leuten gewünscht hatte, wie sie gestern neben ihm auf dem Sofa eingeschlafen war und sich im Schlaf an ihn gekuschelt hatte. Das Lächeln, mit dem sie ihn jeden Morgen begrüßte, wie sie ihre langen Haare mit beiden Händen aus dem Gesicht strich, die Grübchen auf ihrem von Sommersprossen übersäten Gesicht und ihr verschmitztes, leicht schiefes Grinsen, wenn sie ihn damit neckte, so ein Langschläfer zu sein. Wenn er ehrlich sein soll, wundert es ihn, dass sie heute nicht dabei sein wollte. B war schon früher jemand gewesen, der mit allen Leuten gut klarkam und von jedem gemocht wurde. Seit der fünften Klasse hatte er sie bewundert. Er erinnert sich, wie oft er sich im Unterricht gemeldet hatte, in der Hoffnung, dass er durch kluge Antworten ihre Aufmerksamkeit gewinnen könnte. Meist hatte es aber eher die Folge, dass Jungs wie Jens ihr Gesicht verzogen und „Streber!" murmelten. B war in der Zeit damit beschäftigt, mit ihren Sitznachbarn zu plaudern, mit ihrem Stuhl nach hinten zu kippeln, mit ihren raspelkurzen, rotblonden Haaren zu spielen und jedem deutlich zu zeigen, dass sie zu cool für den Unterricht war. Die seltene Gelegenheit, ihr strahlendes

Lächeln zu sehen, ergab sich für Simon nur, wenn sie sich zu ihrer besten Freundin Josie umdrehte. Jedes Mal schlug sein Magen Purzelbäume. Niemals hätte er sich da träumen lassen, dass dieses Lächeln eines Tages ihm gelten könnte.

Nach den insgesamt drei Stunden Fahrt erreicht der Zug endlich Simons Zielbahnhof. Inzwischen wach und voller Elan, springt er auf den Bahnsteig und saugt die kalte, klare Herbstluft ein. Sein Atem bildet kleine Wölkchen. Er hält kurz inne, um die Aussicht in sich aufzunehmen: Ein kleines sonnenbeschienenes Dorf, welches von dem Kirchturm am Ende der Hauptstraße überragt wird. Ein lautes „Simon, hier drüben!" durchbricht die Stille. Michel, sein Freund seit Kindertagen, winkt ihm vom Parkplatz aus zu. Nach einer freudigen Begrüßung steigen die beiden ins Auto, und Michel beginnt die Fahrt zu ihrer alten Schule. „Es kommen echt fast alle von früher", sprudelt er hervor. Er wirft seinem Freund einen Seitenblick zu. „B wollte nicht mitkommen?", fragt er, um Beiläufigkeit bemüht. „Es... kam was dazwischen", schwindelt Simon. Diese Antwort hat er sich überlegt, damit sich niemand auf die Füße getreten fühlt. „Ach so, na dann. Übrigens, vielleicht hat dein Hypnosezeugs doch funktioniert", wechselt Michel das Thema. „Ich war neulich im Urlaub und war schon drauf eingestellt, dass ich bei dem Flug wieder tausend Tode sterbe, aber rate, was passiert ist – nichts!", ruft er, ohne Simons Antwort abzuwarten. „Ehrlich Mann, ich hatte gar keine Angst, nicht mal bei den Turbulenzen kurz vor der Landung!" „Das freut mich für dich", entgegnet Simon. „Auch wenn ich fast glaube, dass du das nur sagst, um mich aufzumuntern. Wir wissen beide, dass mein Hobby ziemlich vergeudete Zeit war", fügt er hinzu und hofft, dass er sich mehr selbstironisch als verbittert anhört. „Nee, echt", entgegnet Michel. „Guck mal, wir sind schon da", fügt er hinzu, als er seinen Wagen auf den menschenleeren Schulhof lenkt.

Der Geruch der Aula versetzt Simon direkt zurück in seine Jugend. Der Linoleumboden, die muffigen Vorhänge und dieses eine Putzmittel, welches er nie ganz zuordnen kann, geben ihm das Gefühl, wieder der schlaksige Teenager mit der strubbeligen Frisur zu sein. Fast erwartet er, von der uralten Bibliothekarin mit strenger Stimme daran erinnert zu werden, dass in der Bibliothek nur geflüstert werden dürfe, wenn man schon unbedingt reden müsste. Das war immer sein Lieblingsort in der Schule gewesen. Dort hatte er Pausen und sogar ganze Freistunden zwischen den staubigen Bücherregalen verbracht. Jeder wusste, dass er dort zu finden war, und so ergab es sich regelmäßig, dass er von Schülern aufgesucht und um eine Hypnose gebeten wurde. Viele verstanden es als Spaß, aber einige erhofften sich tatsächlich Hilfe, vermutete er. Er gab sich stets Mühe, doch auch diese Leute enttäuschen zu müssen, hatte ihm stets ein ungutes, stechendes Gefühl im Bauch bereitet. Eines Tages wird mir mein großer Durchbruch gelingen, hatte er sich stets gesagt, doch mit der Zeit immer weniger daran geglaubt. Und auch wenn er sich inzwischen gedanklich komplett von diesem Traum verabschiedet hatte, so trug er doch stets sein kleines Pendel an seinem Schlüsselbund bei sich. Er fragte sich selbst häufig, was ihn daran hinderte, sich davon zu trennen.

Mehr und mehr Leute tauchen auf, schauen sich mit demselben Gesichtsausdruck in der Aula um und setzen sich schließlich zu den beiden Freunden an eine anscheinend extra für diesen Anlass bereitgestellte Tischgruppe. Es folgt freundlicher Smalltalk und Fragen nach Partnern, Jobs und weiteren Oberflächlichkeiten. „Hallo zusammen!", schallt eine laute, selbstbewusste Stimme durch den Raum. Simon dreht den Kopf und sieht Jens und seine Kumpels durch die Tür kommen. Er sitzt ihm am nächsten und macht sich auf eine ruppige Begrüßung gefasst. Doch zu seinem großen Erstaunen legt der breitschultrige Mann ihm freundschaftlich die Hand auf die Schulter. „Hey Simon, lange nicht gesehen! Cool, dass du da bist!" Er lässt sich auf den freien Platz auf seiner linken Seite fallen und grinst ihn an. „Und was ist so aus dir geworden, Mann? Eigentlich hab' ich damit gerechnet, dich mit 'ner großen Hypnoseshow irgendwo zu sehen." „Daraus ist leider nichts geworden", sagt Simon und räuspert sich. „Du hattest wohl recht damals." Er blickt hoch und statt der erwarteten Häme sieht er etwas, was wie aufrichtige Anteilnahme scheint. „Ach Mensch, schade, aber vielleicht kommt der Erfolg ja noch. Ich glaub' auf jeden Fall an dich." Simon ist völlig verblüfft und merkt an den Gesichtern der Umsitzenden, dass nicht nur er mit einer anderen Reaktion gerechnet hat. Während Jens sich abwendet, um jemand anderen mit freundlichen Fragen zu löchern, versucht Simon, die Veränderung zu verstehen. Jens, der netter war, andere wertschätzte und Hypnose nicht lächerlich fand? Eine plötzliche Erinnerung lässt ihn zusammenzucken.

Jens und er beim Nachsitzen; er, weil er morgens häufig verschlief und zu spät kam, und Jens, weil er seine Hausaufgaben immer abschrieb. Wie Jens irgendwann keine Lust mehr auf die Aufgaben hatte und Simon herausforderte, ihm zu beweisen, was er so draufhatte. „Wenn du's kannst, dann hypnotisier' mich doch, du hast meine vollste Erlaubnis. Sag' mir, dass ich was Dummes tun soll oder so", sagte er spöttisch. „Wie du meinst", entgegnete Simon, zog sein Pendel und versetzte den augenrollenden Jens langsam in Trance. Er überlegte. „Du, ähm, du möchtest weniger gemein sein zu den Leuten aus unserer Klasse. Du magst uns alle und interessierst dich für das, was wir machen. Auch für Hypnose." Das konnte ja nicht schaden. So, und jetzt was Dummes. „Und du findest das Wort 'Leberwurst' superlustig und musst jedes Mal lachen, wenn du es hörst." Als er ihn aufweckte, dachte Jens, er sei durch das Pendeln nur eingepennt, und nachdem Simon ihn nicht viel netter fand, klärte er ihn auch nicht über seinen Versuch auf.

Kann es etwa sein, dass es doch gewirkt hat? Oder hat sein alter Klassenkamerad sich einfach so mit der Zeit zum Positiven verändert? Eigentlich gibt es nur einen Weg, es herauszufinden, überlegt Simon. Er sucht die Aula nach Jens ab und bemerkt zu seiner Freude, dass er allein draußen steht und raucht. Er schnappt sich seine Jacke und schlüpft zu ihm in die Kälte. „Hey Jens", fängt er mit ungewohnter Selbstsicherheit an „rate mal, was ich heute Morgen gefrühstückt habe – Brot mit Leberwurst!" Die darauffolgende kurze Stille kommt ihm sehr lang vor. Dann sieht er, wie Jens' Schultern zucken und der große Mann leicht verschämt in seinen Schal kichert. Simon kann es kaum fassen. Erst Michel, jetzt Jens – gibt es wohl noch mehr Leute, bei denen seine Versuche von damals funktioniert haben?

Den Rest des Tages verbringt er damit, sich mit allen seinen ehemaligen Klassenkameraden auszutauschen und beiläufig zu fragen, inwiefern sie sich verändert haben in den letzten Jahren. Und tatsächlich, Maria hat keine Angst mehr vor Spinnen, Leonard war trotz seiner früheren Höhenangst neulich mit seiner Frau in den Bergen wandern, Clara hat sich vor vier Jahren überwunden und sich mit ihrer Schwester versöhnt, und Elisa braucht er nur anzusehen, um zu wissen, dass sie ihre Magersucht überwunden hat. Mit jeder Geschichte wird er aufgekratzter. Es fühlt sich an wie ein Wunder. Den Erzählungen entnimmt er, dass die Wirkung seiner Bemühungen meist ungefähr erst ein Jahr später eingetreten ist. Er war nie unfähig, sondern nur zu ungeduldig! Und er hat den Leuten, die sich mit ihren Sorgen an ihn gewandt hatten, tatsächlich geholfen. Ihm wird bewusst, wie sehr schwer sein schlechtes Gewissen all die Jahre auf ihm gelastet hat. Stattdessen fühlt er nun eine wohlige Wärme und Zufriedenheit, die sich in ihm ausbreitet. Das einzige Gespräch, was etwas aus der Reihe fällt, ist das mit Josie. Sie kommt zögerlich auf ihn zu und fragt, wo er B gelassen habe. Er wiederholt seine Ausrede. „Ach so, schade, ich habe wirklich schon lange nichts mehr von ihr gehört", sagt sie leise und schaut auf ihre Schuhe. Sie tut Simon etwas leid und so erzählt er ihr von der Verlobung und verspricht, sie zur Hochzeit einzuladen. Doch anscheinend war das nicht das Richtige. „Oh, verlobt. Das… das wusste ich ja gar nicht. Herzlichen Glückwunsch euch." Ehe er sich bedanken kann, ist sie bereits auf den Beinen. „Ich hab' jetzt leider auch noch 'nen Termin. Also ähm, mach's gut." Und mit diesen Worten verschwindet sie. Simon ist verwirrt und nimmt sich vor, B danach zu fragen. Doch seine ausgelassene Stimmung kann nicht von so einem komischen Gespräch heruntergezogen werden. Bestens gelaunt verabschiedet er sich schließlich nachmittags von seinen ehemaligen Klassenkameraden und macht sich mit Michel wieder auf den Weg Richtung Bahnhof.

„Du siehst ja ziemlich zufrieden aus", bemerkt sein Freund. „Gibt's 'nen bestimmten Grund?" Simon überlegt kurz und weiht ihn dann in feierlichem Ton in seine Entdeckung ein. „Hab' ich's dir doch gesagt!", ruft Michel freudig. „Und wie geht's jetzt weiter, Herr Hypnotiseur?" „Keine Ahnung, erstmal will ich gleich B davon erzählen", erwidert Simon. Sie erreichen den Bahnhof gerade noch rechtzeitig, umarmen sich kurz und herzlich, und dann sprintet Simon los, um seinen Zug noch in letzter Minute zu erwischen.

Mit klopfendem Herzen lässt er sich auf einen Sitz am Fenster fallen. Anders als heute Morgen hat sein Spiegelbild gerötete Wangen, leuchtende Augen und ein breites Grinsen. Was sich doch in den letzten Stunden alles verändert hat! Zufrieden streckt er seine Beine aus, lehnt seinen Kopf gegen die Kopfstütze und spielt das Geschehene noch einmal in Gedanken ab. Die Wärme und das monotone Ruckeln des Zuges lassen ihn müde werden. Kurz vor dem Einschlafen drängt sich plötzlich eine Erinnerung in seinen Kopf.

Simon sieht sich selbst leicht schwankend nach Hause laufen. Michel und er hatten nicht hinter dem ständig partymachenden Rest der Klasse herhängen wollen und deshalb heimlich hinter Michels Schuppen ein paar der Feierabendbiere seines Vaters getrunken, einfach um zu sehen, wie es so ist. „Hauptsächlich anstrengend ist es", dachte Simon, während er sich größte Mühe gab, nicht zu schwanken. Plötzlich hielt er erstaunt inne. Vor seiner Einfahrt saß jemand auf dem Boden und rauchte. Das Glühen der Zigarette hatte er bereits von weitem gesehen, es aber nicht zuordnen können. Er brauchte ein paar weitere, nicht ganz gerade Schritte, um die kauernde Person zu erkennen. „B?", flüsterte er überrascht. „Was tust du hier?" Sie ignorierte seine Frage. Selbst in der Dunkelheit merkte er, wie durchdringend sie ihn musterte. „Simon, wir sind doch Freunde, oder?", fragte sie schließlich. „Ähm ja, wenn du möchtest", antwortete er freudig überrascht. „Kann ich reinkommen?", fragte sie. „Ich weiß, es ist spät, aber ich könnte gerade wirklich Hilfe gebrauchen." „Ähm ja, ja klar", stammelte er überrascht, „aber, ähm, wir müssen ganz leise sein, meine Eltern sollten besser nicht wach werden. Ich hätte schon längst zu Hause sein sollen." Was für ein Glück, dachte er, das ist das eine Mal, wo ich was Cooles und Verbotenes mache, und sie bekommt es mit. Sie musterte erst ihn und dann das Haus. „Ist das da oben dein Fenster? Ich kann auch reinklettern", sagte sie schließlich. Und tatsächlich, nachdem Simon umständlich und so leise wie möglich die trotzdem knarrende Holztreppe zu seinem Zimmer hochgeschlichen war, sah er bereits ein Glühen vor seinem Fenster. Er öffnete es, und sie schwang sich vom Garagendach ins Innere. Simon überlegte, was sie wohl über sein Zimmer mit den ganzen Büchern und Postern von berühmten Hypnotiseuren dachte, doch sie schien es kaum wahrzunehmen. Im Schneidersitz setzte sie sich auf sein Bett, er zog sich seinen Schreibtischstuhl heran und setzte sich ihr gegenüber. Erst jetzt bemerkte er, dass ihre graugrünen Augen leicht verquollen waren und ihre Nase leicht gerötet. Unverwandt schaute sie ihn an, und er hatte das Gefühl, als Erster etwas sagen zu müssen. „Wie, ähm, kann ich dir denn eigentlich helfen? Ich dachte, du glaubst nicht an meine Hypnosen?" „Hab' ich das so gesagt?" Sie lachte kurz auf. „Das ist ja nicht besonders nett, entschuldige." Sie zögerte. „Aber doch, ich möchte, dass du mich hypnotisierst. Dann hab' ich's wenigstens probiert." „Was probiert?" „So zu sein, wie meine Eltern mich haben wollen. Etwas liebenswerter vielleicht, keine Ahnung. Auf jeden Fall angepasster." Simon dachte zunächst, dass sie einen Witz machte, doch ihr Gesichtsausdruck war ernst und so entschlossen, dass es ihm fast Angst machte. Vielleicht war es das Bier, das ihm den Mut gab, doch er hörte sich sagen: „An dir sollte nichts verändert werden. Du bist toll, so wie du bist, ehrlich." Sie wischte ihre Nase am Ärmel ab. „Das ist lieb, Simon, aber du bist angetrunken. Kannst du mir ehrlich sagen, dass es absolut gar nichts gibt, was du an mir ändern würdest?" Anscheinend zögerte er einen Moment zu lange, denn sie nickte zustimmend. „Ich hatte heute schon wieder einen Streit mit meiner Mutter. Wegen meinen Haaren, dem Rauchen, wegen Josie…", sie unterbrach sich selbst „einfach wegen allem, was ich mache. Oder vielleicht wegen allem, was ich bin." Er wusste nicht wirklich, was er darauf erwidern sollte, außer, dass es ihm leid tue, was sie mit einem Schulterzucken quittierte. „Was – was genau soll ich denn jetzt tun?", fragte er schließlich. „Keine Ahnung, mich richtig machen? Ich weiß nicht mal genau, wie ich sein soll. Dich mögen deine Eltern doch, oder? Vielleicht sollte ich mehr sein wie du." Seufzend sah sie an sich herab. „Also anscheinend soll ich anders aussehen, mich anders benehmen und anders sein. Sollte ein Klacks für dich sein", sagte sie mit einem sehr schiefen Lächeln. „Ich finde das nicht gut", sagte Simon mit einer ihn selbst überraschenden Bestimmtheit, „aber wenn es das ist, was du willst, dann helfe ich dir." Er kramte nach seinem Pendel. „Ist es", sagte sie knapp. „Ich will einfach keinen Stress mehr." Sie fuhr sich mit beiden Händen durch die kurzen Haare, die inzwischen in alle Richtungen abstanden. Plötzlich wirkte sie sehr müde und verletzlich. Eigentlich mochte Simon sie in den Arm nehmen. Stattdessen hob er das Pendel. „Ok, wenn du dir sicher bist, folg' dem Pendel mit den Augen und konzentrier' dich auf meine Stimme." Nach einigen Minuten beruhigenden Zuredens war er sich sicher, dass sie in Trance war, ihr Blick wirkte leer. „Ok, also, du möchtest dich verändern", sagte er mit ruhiger Stimme. „Du möchtest die Tochter sein, die deine Eltern sich wünschen, und du weißt, was das beinhaltet. Du möchtest zum Beispiel mit dem Rauchen aufhören." Liebevoll betrachtete er ihr Gesicht, das inzwischen so blass war, dass die Sommersprossen wie aufgemalt schienen. „Du möchtest dich mehr danach richten, was andere von dir erwarten." Er überlegte, was er sich noch für sie wünschte. „Du möchtest mit dieser neuen Einstellung glücklich sein. Du möchtest eine glückliche Zukunft haben." Er wusste selbst nicht, was ihn dazu verleitete, doch er hörte sich selbst hinzufügen: „Und du möchtest einen Mann finden, der dich wirklich liebt. Jemanden wie mich." Er hielt kurz inne. „All das möchtest du nicht nur aus tiefstem Herzen, du kannst es auch erreichen. Jemand wie du kann alles erreichen, was er sich vornimmt. Wenn ich gleich von zehn runterzähle, wirst du aufwachen, und auch wenn du dich nicht erinnern kannst, wirst du all diese Wünsche verinnerlicht haben." Er zählte, und bereits bei zwei schlug sie die Augen auf. Sie blickte sich kurz verwirrt um. „Oh, ich bin wohl eingenickt dabei. Hm, irgendwie fühle ich mich nicht anders." Sie zuckte mit den Schultern. „Trotzdem danke, Simon. Wenn es geklappt haben sollte und ich demnächst zum Spießer werde, sag' ich dir Bescheid." Sie hielt inne und schien sich mit etwas unschlüssig zu sein. Dann umarmte sie ihn kurz und heftig, und ehe er so wirklich registrieren konnte, was gerade passiert war, war sie schon aus seinem Fenster geklettert und in die Nacht verschwunden. Hinterher glaubte er fast, dass er die ganze Situation geträumt hatte, wäre da nicht die Tatsache, dass die beiden nun befreundet sind.

Ein kaltes Gefühl breitet sich in Simon aus. Er hat B hypnotisiert. Er hatte immer gedacht, dass es nicht funktioniert hatte und das Ereignis verdrängt. Solange sie noch zu Hause wohnte, hatte sie sich weiter mit ihrer Mutter gestritten und regelmäßig ihre Sachen gepackt, um ein paar Tage bei Josie zu schlafen. Doch mit der Zeit hatte sich die Beziehung zu ihren Eltern stetig verbessert. Er denkt daran, wie sie jetzt vermutlich gerade in der Küche steht, die Ärmel hochgekrempelt und eine Küchenschürze tragend, die ihre Bluse vor Flecken schützt. Spießig, wie sie damals befunden hätte. Wenn es bei all den anderen nach einiger Zeit funktioniert hatte, dann musste es auch bei ihr der Fall sein. Niemals hätte sie sonst damals ihre provokante, selbstgeschnittene Kurzhaarfrisur rauswachsen lassen. In der Schule hatte sie darauf bestanden, dass selbst die strengsten Lehrer sie B nannten - neulich hatte sie sich ihren neuen Nachbarn jedoch als Britta vorgestellt. Damals war sie begeistert gewesen von dem Tattoo, das sie und Josie sich gegenseitig gestochen hatten. Anfang letzten Jahres hatte sie versucht, das kleine Herz an ihrem Knöchel weglasern zu lassen. Mit siebzehn war sie voller rebellischer Ideen und voller Zorn gewesen. Heute lebt sie ein ruhiges Leben, heute ist sie glücklich. Eigentlich alles positive Entwicklungen, denkt er.

Doch er merkt, wie ihm immer kälter wird. Der Gedanke, den er die ganze Zeit vermieden hat, bahnt sich nun einen Weg in sein Bewusstsein. „Und du möchtest einen Mann finden, der dich wirklich liebt. Jemanden wie mich", hört er sich selbst sagen. „Jemanden wie mich." Stocksteif sitzt er da, während er von der Erkenntnis überwältigt wird, die seit einigen Minuten am Rande seines Bewusstseins lauert. Ich habe sie hypnotisiert, um mich zu lieben. Zahlreiche weitere bruchstückhafte Erinnerungen wirbeln durch seinen Kopf. B, die nie Interesse an irgendeinem der Jungs aus dem Dorf gezeigt hatte. B, die ihn vor dem Ereignis in der elften Klasse kaum wahrgenommen hatte. B, die trotz ihrer Fähigkeit, überall neue Freunde zu finden, plötzlich viel Zeit mit Simon verbrachte, nachdem sie beide aus ihrem Heimatdorf zum Studieren in dieselbe Stadt zogen. B, die ihm sagt, dass sie ihn liebt. B, die „Ja" zu seinem Antrag sagt. Ihm wird schwindelig, und er würde am liebsten seinen Kopf ausschalten. B war nicht freiwillig mit ihm zusammen, er hatte ihr eingeredet, dass sie das wollte. Er hatte häufig gedacht, dass all das unmöglich wahr sein konnte und sie zu gut für ihn war, und jetzt hat er den Beweis. Seine Ohren brennen vor Scham, und er sinkt in seinem Sitz zusammen, während sein Leben um ihn herum zusammenstürzt.

Die restliche Zugfahrt vergeht wie im Flug. Wirre Gedankenfetzen und Fragen rasen durch seinen Kopf. Kann eine glückliche und innige Beziehung wie die ihre nicht echt sein? Etwas, das sich so richtig und so real für ihn anfühlt? Und vor allem: Was soll er jetzt tun? Als draußen die ersten Lichter der Stadt auftauchen, ist ihm bewusst, was er für die richtige Entscheidung hält, und als der Zug mit einem langgezogenen Quietschen im Bahnhof zum Halten kommt, weiß er, dass er auch danach handeln wird. Erneut springt er bereits auf den Bahnsteig, während die Tür noch nicht einmal ganz geöffnet ist, diesmal jedoch nicht voller Elan, sondern voller gehetzter Dringlichkeit, die ihm jeder, an dem er vorbeieilt, direkt ansehen kann. Im Licht der Straßenlaternen rennt er nach Hause. Doch auch das laute Wiederhallen seiner Schritte auf dem feuchten Asphalt und die brennende, kalte Luft in seiner Lunge können das Gefühl, dass er dabei ist, alles zu ruinieren, nicht verdrängen.

Fahrig fummelt er mit seinem Schlüsselbund am Türschloss herum; seine Finger zittern. Als sich die Tür plötzlich öffnet, fährt er zusammen. „Dachte ich mir doch, dass ich dich gehört habe." Sie steht im warmen Licht, das aus der Wohnung auf ihn und die nasse Straße fällt, und lächelt ihn an. „Komm rein, das Essen ist gerade fertig." Simon folgt ihr in die Wohnung und drückt sie an sich. Sie schmiegt sich an ihn und streichelt seinen Rücken. „B, ich muss dir was sagen", beginnt er zögerlich. Wenn er es jetzt nicht sagt, dann nie, befürchtet er. „Ich hab' dich damals hypnotisiert." Jetzt ist es raus. Sie tritt einen Schritt zurück und mustert ihn. Simon traut sich nicht, ihren Blick zu erwidern und starrt auf die Schuhe, die er immer noch anhat, während Erklärungen, Rechtfertigungen und alles, was ihn belastet, aus ihm heraussprudelt. Es folgt eine kurze Stille, in der er meint, sein pochendes Herz hören zu können. „Na und?" Simon reißt den Kopf hoch und ist verblüfft, dass B wieder lächelt. „Ich hab' dich doch darum gebeten, mein Schatz. Und ist es nicht egal, wie wir hierhin gekommen sind? Ich bin glück-lich, du etwa nicht?" „D-doch. Aber… es ist nicht echt, oder? Ich sollte die Hypnose aufheben, oder nicht? Es… fühlt sich einfach nicht richtig an. Bist das wirklich du? Du sollst das alles von ganz allein wollen. Guck dir doch auch mal an, wie sehr du dich in den letzten Jahren verändert hast. Würde sich B aus der zehnten Klasse in dir wiedererkennen? Weißt du, was ich meine? Ich will, dass du selbst dein Leben bestimmst und nicht meine Worte von damals", sagt er mit einem Kloß im Hals. Sie streicht ihm die Haare aus der Stirn. „Jetzt verstehe ich, warum du so aufgewühlt bist. Aber hast du mal daran gedacht, dass ich vielleicht einfach erwachsen geworden bin? Leute verän-dern sich, und ich bin mir sicher, dass wir uns auch ohne diesen Abend gefunden hätten. Wenn es dich so sehr belastet, kannst du ruhig versuchen, die Hypnose aufzuheben, aber meinet-wegen musst du das nicht." Ihre Blicke treffen sich, als sie liebevoll sein Gesicht in ihre Hände nimmt. „Simon, es ist deine Entscheidung, ich vertraue dir." Seine Hand, die seit dem Moment, in dem sie die Tür geöffnet hat, unbewusst das Pendel umklammert hält, entspannt sich, und es fällt beinahe lautlos zwischen ihnen auf den Teppich.

So, lieber Leser oder liebe Leserin, hier ist das Ende der Geschichte. Aus dem einfachen Grund, dass ich als Autorin ja irgendwann mit dem Schreiben aufhören muss. Aber wann? Dann, wenn alles wieder gut ist und die Lesenden zufrieden aufhören zu lesen. Für viele ist das hier, mit B in Simons Armen. Und das ist auch gut so. Was aber, wenn du jetzt noch nicht zufrieden bist? Na, dann lasse ich dich den beiden noch etwas länger zuschauen.

Nach dem Essen sitzen Simon und B auf dem Sofa, und er erzählt ihr vom Klassentreffen und davon, wer da war und was ihre damaligen Freunde in den letzten Jahren erlebt haben. Sie lacht über die Vorstellung von einem völlig veränderten Jens, doch die Erwähnung Josies lässt sie abrupt verstummen. „Josie…", sagt sie leise. „Josie war da?" „Ja", antwortet er, „es ist mir gerade erst wieder eingefallen, aber sie hat sich nach dir erkundigt. Ich wusste gar nicht, dass du auch zu ihr den Kontakt abgebrochen hast. Warum eigentlich?" Noch während er spricht, spürt er, wie sich ihre Schultern anspannen und sie ein Stück von ihm abrückt. „Ich meine, das geht mich auch nichts an", versucht er, überrascht von ihrer Reaktion, zurückzurudern „aber sie war von unserer Verlobung sehr überrascht und hat irgendwie komisch reagiert – hab' ich was Falsches gesagt?" Sie rührt sich nicht. „B, was ist denn los? Ich dachte, ihr habt euch immer so gut verstanden?" Ruckartig wendet sie sich ihm zu. „Das haben wir auch", flüstert sie mit einem Gesichtsausdruck, als versuche sie, sich mit größter Anstrengung an etwas zu erinnern. „Das… haben wir wirklich." Sie zögert. „Mehr… mehr als du denkst." Ihre Stimme wird immer belegter. „Mehr als wir durften. Was denkst du, was ich damals so unbedingt an mir ändern wollte?" Bevor Simon realisiert, was sie gerade gesagt hat, springt sie auf, rennt in den Flur und kehrt mit dem Pendel in der Hand zurück. „Du hattest recht. Was, wenn das hier nicht wirklich ich bin?" Mit jedem Wort wirkt sie entschlossener. Sie kommt auf den erstarrten Simon zu, drückt ihm das Pendel in die Hand und setzt sich vor ihm auf den Boden. „Ich weiß, dass es nicht einfach ist, aber wenn du mich wirklich liebst..." Zum zweiten Mal an diesem Tag hat Simon das Gefühl, dass er kurz davor ist, in absolutes Chaos zu stürzen. Doch diesmal ist da noch ein klarer Gedanke – die Entscheidung, die er bereits im Zug getroffen hat. Er atmet tief ein, sieht ihr fest in die Augen und hebt sein Pendel.

Dunkelheiten

Hanna Weß

Es ging immer nur um Geld. Es ging um Geld, als er mit seiner Familie vom Landhaus in ein schickes Penthouse in die Stadt zog, um innerhalb von acht Minuten im Büro sein zu können. Es ging um Geld, wenn er über eine Woche lang wegen jeder Kleinigkeit Streit anfing, weil die Aktien seines Unternehmens minimal im Kurs gefallen waren. Es ging um Geld, als er spontan mit seinen Lieben auf die Malediven flog, weil der Kurs wieder stimmte. Es ging um Geld, wenn er Weihnachten in Tokio verbrachte, um einen Deal mit einem japanischen Konzern abzuschließen und seine Kinder ihn erst nach Neujahr wiedersahen. Es ging um Geld, wenn Gemma in der Uni verheimlichte, dass er ihr Vater war, um nicht plötzlich fünfzig neue „Freunde" zu haben. Und es ging um Geld, wenn sie entführt wurde, um ihn zu erpressen.

Es war schnell gegangen, erschreckend schnell. Als der Sektempfang der Spendengala vorbei gewesen war, war Gemma zur Toilette gegangen, bevor der offizielle Teil des Abends begann – auf keinen Fall wollte sie inmitten einer Rede aufstehen und vor aller Augen den Raum verlassen müssen. Und auf dem Rückweg von den Toiletten war es dann passiert. Jemand hatte sie von hinten gepackt, ihr den Mund zugehalten und in ein Nebenzimmer gezerrt. Dann hatte ihr Jemand einen feuchten Lappen ins Gesicht gepresst, durchtränkt mit einer süßlich riechenden Flüssigkeit. Chloroform. Der Klassiker.

Damals, vor vierzehn Jahren, hatte Jemand Anderes (zumindest glaubte sie nicht, dass es die gleichen Täter waren) sie ebenfalls mit Chloroform betäubt. Eine Schweinerei, das mit einer Siebenjährigen zu machen, fand Gemma. Als ob sie sich hätte wehren können. Nicht einmal geschrien hatte sie. Sie war stumm und starr vor Angst gewesen. Damals hatte sie um ihr Leben gefürchtet. Damals hatte sie noch nicht verstanden, dass es um Geld ging. Immer nur um Geld. Jetzt wusste sie das, und sie wusste auch: keine Geisel, kein Geld. Jemand konnte sie also schon einmal nicht umbringen. Und ihr auch sonst nichts besonders Schlimmes antun. Gemma stellte sich vor, wie sie schwer verletzt zu ihrer Familie zurückgegeben wurde und ihr Vater einen Preisnachlass verlangte, weil sie deutliche Mängel und Gebrauchsspuren aufwies. Himmel, was war sie zynisch geworden. Und ungerecht. Denn ihr Vater hatte vor vierzehn Jahren die geforderte Summe gezahlt, ohne auch nur eine Sekunde zu zögern. Weniger als vierundzwanzig Stunden war sie damals in Gefangenschaft gewesen, weil er so kooperativ gewesen war. Und als er sie wiederhatte und in die Arme schloss, hatte er geweint, vor Freude und Erleichterung. Es war das erste Mal, dass Gemma ihren Vater hatte weinen sehen. „Meine Gemma, mein kleiner Edelstein", hatte er geschluchzt, wieder und wieder. Kleiner Edelstein, so hatte er sie getauft, als sie und ihr Bruder ihn einmal dazu überredet hatten, mit ihnen Indianer zu spielen. Niemals könnte sie ernsthaft annehmen, dass er das verlangte Geld für ihre Freilassung nicht zahlen würde. Wahrscheinlich würde er sogar draufzahlen, wenn Jemand ihr wehtat, damit Jemand ihr nicht noch mehr wehtat. Das wäre ein Teufelskreis... diesen Gedanken schob Gemma schnell von sich. Stattdessen konzentrierte sie sich auf die kleineren Gemeinheiten, mit denen sie jetzt schon zu kämpfen hatte.

Kabelbinder und ein Kissenbezug. Mehr brauchte es nicht, um sie handlungsunfähig zu machen. Die Kabelbinder um ihre Handgelenke. Sie waren so festgezurrt, dass es schmerzte und Gemma entgegen besseren Wissens versuchte, sie abzustreifen. Dabei schnitten sie ihr nur tiefer ins Fleisch, aber sie konnte es nicht lassen, es wenigstens zu versuchen.

Der Kissenbezug über ihrem Kopf. Von beiden Seiten zugeknöpft bis zum Hals, damit sie ihn nicht abschütteln konnte. Immerhin konnte sie hell und dunkel unterscheiden und Bewegungen wahrnehmen. In dem Keller, in dem sie saß, war es entschieden dunkel. Dass es ein Keller war, wusste sie, weil es kühl und feucht war. Und weil man sie eine Treppe hinunter-gebracht hatte. Das war nun bestimmt schon über eine Stunde her, vielleicht auch zwei? Gemma hatte ihr Zeitgefühl verloren. Sie fror in ihrem dünnen Kleid.

Wenig später wurde die Stille des Kellers durchbrochen. Gemma hörte Schritte und eine Stimme. Männlich, jung. Dann flog am oberen Ende des Raumes die Tür auf. Licht fiel herein, und Gemma konnte drei Menschen erkennen, durch den Kissenbezug nur schemenhaft. Sie kamen die Treppe herunter. Einer von ihnen fluchte lautstark – ihm gehörte die Stimme – und bewegte sich seltsam ruckartig. Da erst verstand Gemma, dass er sich wehrte. Die beiden anderen hielten ihn fest und drängten ihn die Kellertreppe hinab. Die letzten Stufen stießen sie ihn nach unten. Er stolperte, kippte vornüber und schlug mit dem Gesicht voran auf dem Boden auf. Jemand musste auch ihm die Hände auf dem Rücken gefesselt haben. Am oberen Ende der Treppe knallte die Kellertür zu. Sperrte die Gefangenen ein und das Licht wieder aus. Der junge Mann fluchte erneut. Gemma war sich ziemlich sicher, dass er sie nicht bemerkt hatte. Weshalb sie davon ausging, dass auch sein Gesicht verhüllt war. Und jetzt war es ohnehin stockdunkel.

„Hey", sagte sie.

„Wer ist da?" Er klang alarmiert. Besser, sie machte ihm deut-lich, dass von ihr keine Gefahr ausging. „Ich bin Gemma. Und ich bin eine Geisel wie du."

„Eine Geisel?" Nach kurzem Schweigen sprach er weiter, langsam, als müsste er erst verarbeiten, was er da überhaupt sagte. „Wie in… entführt werden, um jemanden zu erpressen? Meinst du, deshalb sind wir hier?"

„Warum denn sonst? Es geht immer nur um Geld."

„Wem sagst du das?", seufzte er.

Gemma lachte leise. „Keine Ahnung, wem ich das sage. Dazu müsstest du mir deinen Namen verraten."

„Mein Name... ist Richard III von... ach, wie mich das an-kotzt. Nenn' mich Rick. Bitte." Letzteres sagte er mit Nach-druck.

Sie lächelte. „Hi, Rick."

„Hi. Ich würde dir ja die Hand geben, aber..." – sie hörte an seinem Tonfall, wie er grinste. Galgenhumor. Das mochte sie.

„Geht's dir gut?", fragte sie. Immerhin war er gerade aufs Ge-sicht gefallen.

Er lachte, freudlos. „Ging mir schon besser."

„Nein, ich meine: Bist du verletzt? Hast du dir die Nase gebrochen oder so?"

„Du hast gesehen, wie ich auf die Schnauze geflogen bin?" Er klang überrascht – und ein klein wenig peinlich berührt. „Aber... dann haben sie dir keinen Kissenbezug über den Kopf gezogen?"

„Doch, haben sie. Ich konnte das mehr erahnen als genau erkennen. Mit dem richtigen Gegenlicht", erklärte Gemma. „Du hättest mich vielleicht auch gesehen – wärst du nicht abgelenkt gewesen."

„Mag sein. Und, nein, ich glaube, meine Nase ist nicht gebro-chen. Sie tut verdammt weh, aber ich glaube, sie blutet nicht mal", sagte Rick. Gemma war froh, das zu hören. Auch wenn sie ihn gar nicht kannte. Aber es war nett, nicht mehr allein hier unten zu sein. Und sie mochte seine Stimme. Sie fragte sich, ob das nur so war, weil sie die Stille vertrieb. Sie beschloss, darauf zu achten, wenn er weitersprach. Er tat ihr den Gefallen: „Und ehrlich gesagt, mache ich mir gerade auch mehr Sorgen darü-ber, was das für ein Zeug war, mit dem sie mich betäubt haben. Und dich wahrscheinlich auch?"

„Chloroform."

„Woher weißt du das?", fragte er. Doch, Gemma mochte seine Stimme wirklich. Sie zögerte mit ihrer Antwort. Sie wollte Rick nicht sagen, dass sie das alles hier schon einmal durchgemacht hatte. Was ging ihn das an? Stimme hin oder her.

„Chemieunterricht", log sie.

„Chemie war nie mein Fach", gab Rick zu. Meins auch nicht, dachte Gemma. „Aber ist Chloroform nicht total schädlich?", fragte er.

Sie zuckte die Schultern, bis ihr auffiel, dass er das nicht sehen konnte. „Ich hab' es schon einmal überlebt, da wird es dieses Mal auch gutgehen."

„Du... was?!" Rick klang perplex. Verdammt. Jetzt musste sie ihm wohl oder übel doch von damals erzählen.

Also erzählte sie. Wie man sie damals eben auch betäubt hatte. Wie sie in einem kleinen, weißen Raum wieder aufgewacht war und damals nicht ihr Gesicht verhüllt war, sondern das von Jemand Anders. Dass sie Angst gehabt hatte. Besonders, als er mit einem Telefon in der Hand auf sie zugekommen war und es ihr fast gewaltsam in die Hand gedrückt hatte. Doch dann war die panische Stimme ihres Vaters aus dem Hörer gedrungen, und sie hatte ihm natürlich geantwortet. Erst später hatte sie verstanden, dass dieses Gespräch im Zusammenhang mit ihrer Freigabe gestanden hatte – wenn man es denn Gespräch nennen konnte. Sie hatte so sehr geweint, dass ihr Vater sicher kein Wort hatte verstehen können. Aber das hatte den Zweck erfüllt: Es hatte ihn dazu bewegt, das geforderte Geld so schnell wie möglich zu zahlen. Um sein kleines Mädchen wohlbehalten wiederzubekommen. Und er hatte sie wiederbekommen, natürlich, schließlich ging es nie darum, ihr wehzutun. Es ging immer nur um Geld.

Rick schwieg, nachdem Gemma ausgeredet hatte. Lange. Wahrscheinlich fand er nicht die richtigen Worte. Niemand fand die richtigen Worte. Aber die wenigen Menschen, die bisher von Gemmas erster Entführung erfahren hatten, hatten alle trotzdem etwas gesagt.

„Oh mein Gott, wie schrecklich!"

„Das tut mir ja so leid!"

Dann wollte Gemma am liebsten Dinge antworten wie: „Dein Gott hat damit nichts zu tun", oder: „Mir tut leid, dass ich dir davon erzählt habe", aber am Ende hatte sie immer nur betroffen gelächelt und genickt. Sie wollte kein Mitleid, aber auch keinen Streit – sie wollte ihre Ruhe. Mit Rick bekam sie die. Und sie war dankbar dafür. Aber nach einer Weile wurde die Stille im Keller erdrückend.

„Tut mir leid, dass ich die Stimmung verdorben habe", sagte sie mit einem halben Lächeln.

„Ja, schäm dich!", gab er belustigt zurück. „Wo die Stimmung doch vorher so gut war!"

Gemma grinste unter ihrem Kissenbezug. „Da hast du wohl recht."

Rick schwieg erneut. Gemma schwieg mit ihm, bis sie auch diese Stille nicht mehr aushalten konnte. „Worüber denkst du nach?", fragte sie. Und bereute die Frage im selben Moment, in dem sie ihre Lippen verlassen hatte. So etwas fragte man nicht. Aber Rick schien sich daran nicht zu stören: „Darüber, dass du so abgeklärt bist mit dieser ganzen Geisel-Geschichte. Ich meine, das lässt dich ja ziemlich kalt."

„Es lässt mich nicht kalt", widersprach sie. „Mir ist verdammt kalt, ja. Aber denkst du, mir gefällt das hier? Entführt, gefesselt und in ein Kellerloch geworfen zu werden, entsprach eigentlich nicht meinen Plänen für den Samstagabend."

„Das sage ich ja gar nicht", wehrte er ab. „Ich meine nur… wir können doch nicht einfach hier rumsitzen. Wir müssen doch irgendwas *tun*."

Gemma lachte, aber es klang nicht fröhlich. „Was sollen wir denn deiner Meinung nach tun? Falls es dir noch nicht aufgefallen ist, sind wir gefesselt und praktisch blind." Sie wusste, dass sie gemein war, und sie hasste es. Vor allem verstand sie es nicht. Normalerweise behielt sie solche Gedanken für sich. Aber jetzt brachen ihr Zynismus und ihr Frust aus ihr heraus, und sie wusste nicht, warum. Vielleicht lag es an der Situation, die ihr eben doch unter die Haut ging, vielleicht lag es an Rick, der irgendetwas in ihr losgetreten hatte. Wie auch immer er das geschafft hatte. Sie ließ ungern Menschen an sich heran. Es brauchte Monate, manchmal Jahre, bis sie anderen erlaubte, hinter ihre Fassade zu blicken. Vor ihm war sie jetzt schon zerfallen. Dabei kannte er nicht einmal ihr Gesicht.

„Aber genau deswegen müssen wir uns doch etwas einfallen lassen. So, wie es jetzt ist, sind wir ihnen ausgeliefert. Und ich hab' keine Lust, darauf zu warten, dass sie mir vielleicht wirklich die Nase brechen." Rick klang gereizt, aber da war noch etwas in seiner Stimme. Angst. Natürlich. Auf ihn musste die ganze Sache viel bedrohlicher wirken, schließlich war er ein blutiger Anfänger, was Entführungen anging. Es tat Gemma ein wenig leid, dass sie so schnippisch gewesen war. Also beschloss sie, ihm ein wenig Mut zu machen, so, wie sie es bei sich selbst versucht hatte.

„Weißt du, ich glaube nicht, dass sie dich ernsthaft verletzen würden. Das ist nicht ihr Ziel. Sie wollen nur das Lösegeld. Sobald sie das haben, sind wir frei."

Aber diese Antwort schien Rick nicht zufriedenzustellen. Wenn überhaupt, machte sie ihn wütend: „Das ist also deine Taktik? Daddy wird schon zahlen, also sitzt du das einfach aus?!"

„Ich... Nein!" Aber genau das war ihre Taktik, wie ihr klar wurde. Abwarten und Tee trinken. Nur ohne den Tee. Oh, was gäbe sie jetzt für einen Tee. Den guten Chai Tee, den sie bei Harrods kaufte, wann immer sie nach London kam. Am besten eine ganze Thermoskanne davon, damit ihr wieder warm wurde.

Gemma wurde aus ihrem Tagtraum gerissen, als die Kellertür sich öffnete. Erneut konnte sie im hereinfallenden Licht die Schemen von drei Männern erkennen, die die Treppe herunterliefen. Doch diesmal schien keiner von ihnen eine weitere Geisel zu sein. Einer von ihnen steuerte direkt auf sie zu. Vielleicht war es mittlerweile an der Zeit, sie Kontakt zu ihrem Vater aufnehmen zu lassen, dachte Gemma. Falsch gedacht. Sie wurde gepackt und unsanft auf die Füße gezogen. Es tat weh, wie Jemand von hinten ihre Arme hielt, die aufgrund der Kabelbinder in einem unangenehmen Winkel in ihren Rücken gepresst wurden. Sie hörte Rick fluchen, vermutlich wurde er von den anderen beiden Entführern in Schach gehalten. Natürlich wehrte er sich. Und dieses Mal tat Gemma dasselbe. Sie trat nach hinten und glaubte, Jemandes Schienbein zu treffen, immerhin gab er tatsächlich einen überraschten Schmerzenslaut von sich. Aber er ließ sie nicht los. Auch nicht, als sie erneut nach ihm trat – allerdings ins Leere, weil er jetzt damit rechnete. Egal, wie sehr sie zappelte; natürlich war sie unterlegen. Selbst unter normalen Umständen hätte sie gegen Jemand keine Chance gehabt. Jetzt gerade konnte sie nicht einmal ihre Augen und Hände zu Hilfe nehmen. Und Jemand brachte es sogar fertig, sie mit nur einem Arm festzuhalten, um mit der anderen Hand den Kissenbezug an ihrem Hals ein Stück aufzuknöpfen. Er schob die Finger darunter – und drückte ihr erneut einen mit Chloroform getränkten Lappen vor den Mund. Sie kämpfte. Gegen die Hände, die sie festhielten, und gegen die Benommenheit, die sich in ihre Wahrnehmung stahl. Sie kämpfte nicht lange.

Schwarz.

Als Gemma wieder aufwachte, lag sie auf der Seite, noch immer gefesselt. Der Kissenbezug wieder zugeknöpft. Ihr linker Schuh war verschwunden. Und ihre Umgebung hatte sich verändert. Eine Plane auf hartem Untergrund, aber kein feuchter Stein wie im Keller zuvor. Es war auch nicht so leise wie dort. Sie erkannte das Brummen eines Motors – und begriff, dass das Gefühl, in Bewegung zu sein, kein Anflug von Schwindel aufgrund der erneuten Betäubung war: Sie befand sich in einem fahrenden Auto. Wenn das hier ein weißer Lieferwagen ist, ist wirklich jedes Klischee bedient, dachte sie. Sie fragte sich, wie lange sie wohl schon unterwegs waren und vor allem wohin. Warum hatte man sie und Rick nicht im Keller gelassen? Moment, Rick. War er überhaupt noch bei ihr?

„Rick?", fragte sie. Keine Antwort. Gemma schluckte. Sie wollte nicht wieder allein sein. Vielleicht hatte er sie nur nicht gehört. Vielleicht war er noch bewusstlos. Oder vielleicht hatte er sie gehört, war aber sauer auf sie, weil sie angefangen hatten, zu streiten. Obwohl sie eigentlich nicht den Eindruck von ihm hatte, er würde andere mit Schweigen strafen.

„Rick, bist du da?", versuchte sie es noch einmal. Nichts. Gemma zwang sich, die Angst zu verdrängen, die sich in ihr auszubreiten versuchte. Rational betrachtet, änderte es sowieso nichts, ob sie zu zweit waren oder allein, so oder so waren sie hilflos. Aber Angst war nicht rational. Das hasste Gemma.

„Hmm?", machte Rick. Er klang benommen. Aber er war da. Dem Himmel sei Dank. Beinahe hätte Gemma vor Erleichterung geschluchzt. Doch sie riss sich zusammen.

„Sind wir… fahren wir?", fragte er.

Gemma nickte. Das konnte er nicht sehen. „Vermutlich der Laderaum eines Lieferwagens", sagte sie.

„Wohin bringen sie uns?", fragte er.

„Woher soll ich das wissen?", gab sie zurück. Rick sagte nichts. Vielleicht zuckte er mit den Schultern. Dann: „Bist du okay?"

„Ja", sagte sie. „Und du?"

Plötzlich wurde der Wagen von einem heftigen Ruck erschüttert, der Gemma mit einem leisen Aufschrei gegen die Wand schlittern ließ.

„Was war das?!", fragte sie.

„Ich schätze, wir haben etwas überfahren", sagte Rick. Seine Stimme war jetzt näher, weil auch er durch den Aufprall nach hinten gerutscht sein musste.

Der Wagen hatte angehalten. Gemma hörte, wie sich vorne die Autotüren öffneten und Jemand ausstieg. Aufgeregte Stimmen, die miteinander stritten und sich beschimpften, weil der Fahrer den Baumstamm nicht gesehen hatte, der vor – bzw. jetzt unter ihnen – auf der Straße lag. Immerhin hatten sie kein Reh mitgenommen. Gemma setzte sich auf, lehnte sich gegen die Tür in ihrem Rücken – und verlor fast das Gleichgewicht, als die Tür einen Zentimeter weit nachgab.

„Rick", zischte sie. „Die Tür ist offen."

„Was?", fragte er.

„Schhh!", machte Gemma. Besser, wenn Jemand und seine Komplizen nichts von dieser Entdeckung erfuhren. Oder dass sie überhaupt wach waren.

„Wie kann das sein?" Jetzt flüsterte Rick.

„Ich weiß nicht. Wahrscheinlich ist die Verriegelung durch die Erschütterung aufgesprungen."

„Ist ja auch egal – wir sind frei." Rick gelang es nur mit Mühe, ruhig zu bleiben. Er klang hoffnungsvoll, enthusiastisch. *Wir sind frei.* Ein Teil von Gemma belächelte ihn dafür. Aber der andere Teil, der Teil, der Jemand vors Schienbein getreten hatte, gab ihm recht. Ihre Entführer stritten noch immer lautstark und begutachteten den Schaden am vorderen Ende des Wagens. Vielleicht hatten sie tatsächlich eine Chance. Wenn sie schnell und leise waren, sehr schnell und sehr leise, dann, vielleicht.

„Du kommst doch mit, oder?", fragte Rick. „Ich meine, ich kann verstehen, wenn du nicht riskieren willst, erwischt zu werden, aber …"

Doch Gemmas Entschluss stand fest: „Natürlich komme ich mit. Ich kann dich doch nicht unbeaufsichtigt durch die Gegend stolpern lassen."

Rick grinste breit. Zumindest stellte sie sich das vor. Auch wenn sie keine Ahnung hatte, wie sein Grinsen wohl aussah. Sie stieß mit der Schulter die Tür auf. Mondlicht flutete den Laderaum. Gemma drehte sich so, dass sie im offenen Ausgang saß. Ihre Beine baumelten einen Moment lang knapp über der Straße, dann hopste sie von der Kante. Sie stand ein wenig windschief, weil sie nur noch einen Absatz trug. Kurzentschlossen trat sie sich den verbliebenen Schuh vom rechten Fuß. Die Kälte des regennassen Asphalts fraß sich direkt durch das Nylon ihrer Strumpfhose. Aber ganz ohne Schuhe würde sie besser laufen können als auf nur einem High Heel. Ehrlich gesagt auch besser als auf zweien. Sie hasste hohe Schuhe und hatte sie heute Abend nur angezogen, weil sie einsah, dass sie unter ihrem knielangen Abendkleid nicht heimlich Sneaker tragen konnte, so wie sie es bei langen Kleidern machte.

Sie merkte, dass Rick jetzt neben ihr stand. Beide hielten inne, während sie sich an die bläuliche Dunkelheit gewöhnten, die so anders war als die Schwärze des Kellers oder des verschlossenen Lieferwagens. Gemma fragte sich, wie spät es war, oder wie früh. Sie konnte nur erahnen, dass die schmale Straße unmittelbar von Wald umgeben war. Das erklärte den Baumstamm.

„Nach rechts in den Wald?", fragte Rick.

„Zu riskant. Sie könnten uns sehen. Aber wenn wir ein Stück geradeaus laufen, bleiben wir hinter dem Wagen erst einmal außer Sichtweite."

„Gut, dass du mitdenkst", sagte Rick.

„Also erst ein Stück vorwärts und dann in den Wald – und schnell", fasste sie zusammen. Sie war ganz kribbelig; vor Kälte, vor Angst, vor Aufregung darüber, dass sie tatsächlich weglaufen würden.

„Los?"

„Los."

Sie rannten.

Es hätte wehtun sollen, praktisch barfuß über den Waldboden zu laufen, aber Gemma spürte es kaum. Ein Hoch auf das Adrenalin. Trotzdem kamen sie nur schwierig voran; ständig stießen sie gegen Bäume, blieben an Sträuchern hängen und stolperten über totes Holz. Innerhalb einer Viertelstunde waren sie beide mindestens dreimal gestürzt – schließlich konnten sie sich nicht einmal mit den Armen abfangen.

„Es macht keinen Sinn", keuchte Gemma. Sie fühlte sich erschöpft, zerschrammt und frustriert. Letzteres war am schlimmsten. „Lass uns abwarten, bis es heller wird und wir mehr erkennen können."

„Du hast wahrscheinlich recht." Auch Rick klang mitgenommen. Mehr Bestätigung brauchte Gemma nicht. Sie lehnte sich gegen einen Baum und glitt mit dem Rücken daran herunter, um sich vorsichtig zu setzen. Dann hörte sie Laub rascheln, als Rick sich neben ihr niederließ. Sie konnten es sich leisten. Wenn ihre Entführer ihre Flucht bemerkt hatten, hatten sie die Verfolgung wohl aufgegeben. Ansonsten hätten sie sie längst eingeholt.

Gemma fröstelte. Sie legte den Kopf zurück und schloss die Augen. Nur, weil sie froh war, einen Moment durchatmen zu können. An Schlaf war nicht zu denken. Wahrscheinlich würde ihr Vater, wenn das alles hier vorbei war, zumindest einige Nächte lang darauf bestehen, vor ihrer Zimmertür Wache zu halten, bis sie einschlafen konnte. So wie damals, als sie sieben war. Da war er ihr Held gewesen. Heute fragte sie sich, ob sie es gewesen war, die ihn wach gehalten hatte, oder sein Gewissen.

„Gemma ...“, sagte Rick. Sein Tonfall ließ sie aufhorchen. Es war derselbe betretene Tonfall, den ihr kleiner Bruder auspackte, wenn er wusste, dass er Mist gebaut hatte.

„Was?“ Sie war sich nicht sicher, ob ihr die Antwort gefallen würde. Aber sie musste sie hören.

„Ich... ähm... ich glaub'...“

„Was glaubst du?“, unterbrach sie ihn. „Sag schon.“

Er atmete aus. Und dann: „Ich glaub', ich hab' ein Taschenmesser dabei.“

„DU HAST WAS?“, schrie sie. Ein Taschenmesser? Die ganze Zeit über ein Taschenmesser? Während sie wieder und wieder festgestellt hatten, dass das größte Problem die Kabelbinder waren? Gemma musste sich zusammenreißen, ihn nicht weiter anzuschreien.

„Sie haben es mir nicht weggenommen, weil sie wohl einfach nicht nachgeschaut haben. Es steckt immer in der Innentasche von meinem Jackett...“

„Es steckt *immer* da?“ Gemma konnte nur mit Mühe an sich halten.

„Jaa“, sagte er gedehnt. Sie konnte ihm anhören, wie dumm er sich vorkam. „Weißt du, ich benutze es nie. Das Messer, meine ich.“

„Warum hast du es dann dabei?“

„Weil Schweizer Taschenmesser noch andere Werkzeuge haben“, sagte er zögerlich. „Aber wenn ich dir jetzt verrate, welches davon ich am meisten brauche, reißt du mir vermutlich den Kopf ab.“

„Das würde ich vielleicht gern, aber leider sind mir die Hände gebunden." Der Sarkasmus in ihrer Stimme war fast so scharf wie das Messer in seiner Tasche.

„Richtig. Da war ja was", sagte Rick. Kleinlaut – und ein klein wenig belustigt über ihr Wortspiel.

„Also, welches Werkzeug?", fragte Gemma. Sie spürte, wie ihre Wut verrauchte.

Er atmete noch einmal tief durch. „Der Korkenzieher."

Und da konnte sie nicht anders. Sie brach in Gelächter aus, laut und hysterisch. Ein bizarres Geräusch im Dunkeln, im Wald, im Dreck. Aber es war zu absurd. Dass Rick die ganze verdammte Zeit lang ein Taschenmesser mit sich herumgetragen hatte – und es ihm nicht eingefallen war, weil er es nur besaß, um damit Champagnerflaschen zu öffnen. Es ging immer nur um Geld.

Wie genau sie es geschafft hatte, das Taschenmesser aus der Innentasche von Ricks Jackett zu angeln, war Gemma ein Rätsel. Dass sie sich bei dem Versuch, ihre eigenen Fesseln zu kappen, die Hand aufritzte, wunderte sie weniger. Aber zwei Anläufe später fielen die Kabelbinder tatsächlich. Und mit ihnen die Anspannung, die Gemma seit Stunden nicht mehr losgelassen hatte. Sie riss sich den Kissenbezug vom Kopf. Er war einmal weiß gewesen, aber jetzt zogen sich erdige Schlieren darüber. Von innen war er vermutlich mit ihrer Wimperntusche vollgeschmiert. Sie ließ ihn los und sah an sich herunter. Ihr Kleid war an mehreren Stellen gerissen, und die Strumpfhose hing ihr in Fetzen von den Beinen, die stattdessen mit einem Muster aus Dreck und getrocknetem Blut gesprenkelt waren. Dann sah sie zu Rick auf, der nach wie vor gefesselt vor ihr stand. Er war groß, mindestens eins neunzig. Breite Schultern in einem wahrscheinlich maßgeschneiderten Anzug. Er wirkte unversehrt darin, allerdings ebenso verdreckt wie sie. Sie trat hinter ihn und zerschnitt seine Kabelbinder.

„Danke", sagte er, während er sich zu ihr umdrehte. Er schüttelte seine rot geränderten Handgelenke aus – und schlang im nächsten Augenblick die Arme um sie. Gemma erstarrte einen Moment lang, bevor sie es zögerlich erwiderte. Sie selbst war sparsam mit Umarmungen. Das war nur denjenigen vorbehalten, denen sie wirklich vertraute. Ihr wurde klar, dass sie Rick sogar blind vertraute. Buchstäblich. Sonst wären sie beide jetzt nicht hier. Aber sie kannten sich doch gar nicht. Gut, es sollte ja Menschen geben – und Rick gehörte offenbar dazu –, die neue Bekanntschaften direkt in den Arm nahmen. Einfach so. Weil sie sie nett fanden. Gemma fragte sich, ob sie nett war. Sie fand keine Antwort darauf und löste sich von ihm.

„Nimm den Kissenbezug ab. Ich will endlich dein dummes Gesicht sehen", sagte sie. Er lachte, wie sie es erwartet hatte, löste die Knöpfe und zog sich den Stoff vom Gesicht. Über seinen Nasenrücken zog sich ein bläulich-violetter Bluterguss. Gemma erinnerte sich, dass Jemand ihn die Treppe heruntergestoßen hatte. Braune Augen. Viereinhalbtagebart. Frech, sich für ein Event wie die Spendengala nicht ordentlich zu rasieren. Das war Gemma sympathisch. Rick grinste sie an. So sah das also aus. Sie grinste zurück.

„Und jetzt?", fragte er.

„Jetzt suchen wir uns einen Weg aus dem Wald und finden entweder eine Notrufsäule oder einen Autofahrer, der verrückt genug ist, uns in diesem Zustand mitzunehmen."

„Klingt nach einem Plan", sagte er.

Gemma nickte und rieb sich zitternd die Arme: „Und dann will ich eine Wärmflasche."

Rick zog sein Jackett aus und reichte es ihr. Ganz der wohlerzogene Aristokratensohn. Gemma verdrehte die Augen und zog es über. Mit ihren eins dreiundsechzig versank sie ein wenig darin. Es war schmutzig und kratzig und ungewohnt. Noch nie hatte sich ein Kleidungsstück besser angefühlt. Sie lächelte dankbar. Und es machte ihr nichts aus, dass er das sehen konnte.

Das Geheimnis von Restria

Kim Wegner

I

Im Westen stand die Sonne tief und feuerrot über dem Meer. Dort, wo sie die See schon ganz leicht berührte, begannen die glitzernden Wellen, wie Flammen zu tanzen. Der kühle Ostwind schob einige purpurne Wolken über das Gebirge hinweg bis zum Meer. Zwischen ihnen ließen sich bereits schemenhaft die Monde von Asim erkennen, die des Nachts schützend über den Reisenden wachten. Über die Herba-Ebene im Süden näherte sich eine dunkle, männliche Gestalt mit großen Schritten. Sein Gesicht verbarg der Mann hinter einem hohen Kragen, der gerade noch einige leichte Falten auf der Stirn und eine lange Narbe neben dem linken Auge bis hinunter zur Wange erahnen ließ. Seine Augen schienen ins Leere zu starren, während er sich zügigen Schrittes voranbewegte. Während die eine Hand den schweren, breiten Gürtel, an dem einige Habseligkeiten befestigt waren, fest umgriff, war die andere zu einer Faust geballt. Die dunklen, graumelierten Haare waren zu einem Zopf gebunden, der unter der eisernen Rüstung verschwand. Die dicken, ledernen Riemen über seinen Schultern trugen ein riesiges Langschwert, dessen Griff fein graviert war. Vivere est militare – zu leben heißt zu kämpfen, stand dort in geschwungenen Lettern. Der starke Wind ließ seinen Umhang über die Grasnarbe tanzen, wodurch dieser die zahlreichen violett schillernden Kelche der Solandra streifte, die auf dieser Ebene wuchs und die in der Dämmerung begann, ihre Blüten zu öffnen. Durch die Berührung des Umhangs zerstäubten die leuchtenden Pollen wie tausend Glühwürmchen im Wind und erhellten den Weg hinter der düsteren Gestalt. Der Anblick dieser magisch wirkenden Pflanze ließ den Betrachter leicht vergessen, dass sie das wohl giftigste Gewächs der Umgebung war. Der Fremde schenkte ihr keinerlei Beachtung – er hatte ein Ziel, und das lag vor ihm.

In der Ferne Richtung Nord-Westen an einer Meerenge hoben sich nach und nach einige Dächer aus dem Nebel empor. Zwischen ihnen schwirrten die Luftschiffe zahlreicher Händler umher, wie emsige kleine Bienen auf der Suche nach süßem Nektar. Die fünf Spitzen eines gigantischen Glockenturmes thronten über der Stadt. Es war der Turm einer tausend Jahre alten Bibliothek, die das Herzstück der Stadt bildete und ein wichtiger Anlaufpunkt für viele Reisende war. In ihr lagerte nicht nur das Wissen über die Bewohner, die Städte oder Vegetation des Landes, sondern auch das von vielen begehrte Wissen über die Heil- und Zauberkunst. Gerüchten zufolge sollten sich in den Katakomben der Bibliothek einige verloren geglaubte Unterlagen über das Schmieden allmächtiger Waffen und das Brauen von Unsterblichkeitstränken befinden, doch keiner hatte je den Eingang zu diesen Katakomben gefunden. Je näher der Fremde der Stadt kam, desto sicherer war er sich, sein Ziel vor sich zu haben. Er hatte Restria erreicht.

II

Eine gigantische Mauer umschloss die Stadt. Sie war gespickt mit zahlreichen quadratischen Wachtürmen, die sich in regelmäßigen Abständen über die Wehrmauer erhoben. Eine große steinerne Brücke führte über den tiefen, weiten Burggraben, durch dessen schwarzes Wasser man zu keiner Tageszeit den Grund erspähen konnte. Es plätscherte leise unter der Brücke. Irgendetwas hob seinen Kopf aus der dunklen Brühe. Die leuchtend gelben Augen musterten die Reisenden, bevor sie ebenso schnell wieder abtauchten, wie sie erschienen waren. Das Feuer der Fackeln vor den Toren der Stadt flackerte bedrohlich im Wind. Der Fremde schritt geradewegs auf das Tor zu, als ihm plötzlich zwei silberne Hellebarden den Weg versperrten. „HALT!" Aus dem Schutz der Dunkelheit traten zwei Männer aus ihren Wachhäusern und stellten sich ihm in den Weg. „Ihren Passierschein, Sir." Der Fremde zog ein leicht zerfleddertes Stück Papier aus seiner Gürteltasche und reichte es einer der Wachen. Diese stöhnte beim Anblick des kaum lesbaren Dokuments. „Wo haben Sie das denn her?" Der Fremde schaute die Wache über seinen hohen Kragen hinweg aus dem Augenwinkel an. „Gibt es irgendein Problem?" Der Wachmann schaute auf das Papier. „Also ich kann die Daten hier kaum noch lesen." Der Fremde wandte sich langsam der Wache zu. „Aber Sie können sie doch lesen." Der Wachmann wurde merklich nervös, als ihm der große und halb vermummte Fremde mit seinem mächtigen Schwert so bedrohlich nah kam. „Ja, das schon, aber der Zustand…" „Dann hören Sie endlich auf zu faseln und öffnen das Tor!" Der Wachmann erstarrte einen Moment, bevor er mit einer hektischen Handbewegung den Befehl gab, das Tor zu öffnen. Die eisernen Scharniere ächzten unter der Last der dicken, hölzernen Tore. „Einen angenehmen Aufenthalt, Sir." Der Fremde riss dem Wachmann das Papier aus der Hand und passierte. „Angenehm… tzzz…"

Eine scheinbar endlose Gasse aus unterschiedlichsten Läden erstreckte sich bis zum Glockenturm der Bibliothek in der Ferne. Zwischen den Häuserfronten erhellten zahlreiche bunt leuchtende Lampions die Straße. Die Häuserfronten waren aus Fachwerk, und über den Schaufenstern und Balkonen schwebten pagodenartig die Veranden. Ein Laden reihte sich an den nächsten, und zwischen ihnen tummelte sich Mensch und Tier aller Art, was zu dieser Tageszeit durchaus üblich war. Einen Moment lang hielt der Fremde inne, um sich einen Überblick zu verschaffen, als ihn plötzlich jemand beinahe zu Boden stieß. Blitzschnell drehte er sich um. Seine Hand hielt den Griff seines Schwertes, als er in die großen, dunklen Knopfaugen eines Mekagols sah. Das goldbraune Lastentier war eine Mischung aus Kamel und Vogel, wobei es den Rumpf, den Hals und die Beine eines Kamels und den bauschigen Federschwanz und den Kopf eines Vogels besaß. Das Tier schaute den Fremden erwartungsvoll an, so als hätte er etwas Futter in der Tasche. Plötzlich erschien eine winkende Hand hinter dem Tier, und eine aufgeregte Stimme ertönte: „Sind Sie in Ordnung, Sir?" Es war der Besitzer, der sich den Weg unter dem Gepäck des Tieres hindurch bis nach vorn bahnte. „Es tut mir so leid! Er ist jung und kann seine Kraft noch nicht recht einschätzen." Bevor der Fremde etwas sagen konnte, hatte das Tier bereits seine Gürteltasche erspäht und reckte den Hals, um zu prüfen, ob sich darin etwas Futter verbarg. Doch bevor das junge Mekagol die lederne Tasche erreichen konnte, erhob der Fremde seine Hand, um den Schnabel des Tieres abzuwehren. Dieses erschrak und gab als Ausdruck seines Unverständnisses ein kurzes Krächzen von sich. Energisch wandte sich der Fremde dem Besitzer zu: „Halten Sie Ihr Tier gefälligst unter Kontrolle!" Mit diesen Worten machte er auf dem Absatz kehrt und ließ den Besitzer etwas verdutzt zurück.

Die kleinen Läden reihten sich wie eine bunte Perlenkette aneinander und wurden nur selten von schmalen, dunklen Gassen unterbrochen, in denen sich die Eingänge zu den Wohnungen der Ladenbesitzer befanden. „Balcians Zaubertränke und Elixiere" stand über einem kleinen Lädchen, dessen Fassade lila-blau schillerte. Das erkerförmige Schaufenster mit der filigranen Bleiverglasung war aufwendig dekoriert, und das gravierte Eisenschild über dem Eingang, welches die Phiole eines Trankes zeigte, pendelte im Wind hin und her. Geradewegs steuerte der Fremde auf die Eingangstür zu und öffnete diese mit einer eher groben Entschlossenheit. Zielstrebig ging er einige Schritte auf die zierliche Verkäuferin hinter dem Tresen zu, die durch die scheppernde Türglocke hochschreckte.

„Herzlich willkommen", begrüßte sie den Fremden freundlich und lächelte. „Wie kann ich Ihnen weiterhelfen?" Der große Fremde ging noch einen Schritt auf den Ladentisch zu. „Ich möchte den Besitzer sprechen." Die Verkäuferin neigte lächelnd den Kopf zur Seite: „Gibt es denn ein Problem? Ich bin sicher, ich kann Ihnen ebenso gut weiterhelfen." Die Miene des Fremden wurde zusehends ernster: „Nein, das können Sie nicht. Ich muss persönlich mit ihm sprechen. Es ist dringend." Langsam verschwand das Lächeln der jungen Frau hinter dem Tresen. „Nun, das tut mir sehr leid, aber er ist nicht mehr im Hause. Sie müssten morgen wiederkommen." Der Gesichtsausdruck des Fremden entglitt, und in derselben Sekunde überzogen Zornesfalten seine Stirn: „Wo finde ich ihn?" Die Unsicherheit der Verkäuferin nahm merklich zu: „Das darf ich Ihnen nicht sagen." Der Fremde schlug mit der flachen Hand auf den hölzernen Ladentisch: „WO?!" Die junge Frau zuckte zusammen, während sie schützend die Hände vor ihr Gesicht hielt. „Er ist zu dieser Zeit meistens in der Taverne am Marktplatz." Noch bevor sie ihre Hände wieder fallen ließ, hörte sie schon die Türglocke des Ladens schellen und sah gerade noch einen wehenden Umhang, der durch die Tür verschwand.

III

Während in der Ladengasse immer noch reges Treiben herrschte, war der Marktplatz bereits lichter geworden. Einige fahrende Händler und Gaukler hatten ihre Stände bereits abgebaut und waren weitergezogen. Die Lichter der eisernen Laternen erhellten den Platz, über den noch einige Gestalten die Heimreise antraten. An einem Ende des großen Marktplatzes fiel ein Gebäude besonders ins Auge. Es war der Hauptturm der Bibliothek Restrias, welcher das Eingangsportal bildete. Gigantische, elfenbeinfarbene Sandsteinquader stapelten sich zu einem prunkvoll verzierten glockenturmartigen Gebäude, welches mit seinen fünf goldenen Spitzen den Himmel zu berühren schien. Gegenüber der Bibliothek stach ein weiteres Gebäude heraus. Es war viel heller als die umliegenden Häuser. Der Eingang war mit einem Vorbau überdacht, der von großen, steinernen Torbögen gestützt wurde. Zwei breite Steinstufen führten zur mächtigen Ebenholztür, durch die man die Taverne Restrias betrat. Hier trafen sich Händler, Reisende und Bewohner nach getaner Arbeit, um von der Last des Lebens einmal zu ruhen. Hier wurde getrunken, geschlemmt, geplaudert, viel gelacht und manchmal sogar ein gutes Geschäft gemacht.

Der Fremde trat ein und sah sich in dem großen Gasthaus um, das sich über zwei Etagen erstreckte. Er ging geradewegs auf den Gastwirt zu, der hinter der Theke einige Gläser polierte.

„Einen wunderschönen guten Abend, mein Herr", schallte es dem Fremden entgegen. „Was darf ich Ihnen Gutes tun?" „Ich bin auf der Suche nach einem gewissen Balcian, dem Besitzer des Zaubertrankladens. Ich soll ihn hier finden." Der Wirt lachte, während er unbehelligt das Glas in seiner Hand polierte, so als hätte er diesen Satz nicht zum ersten Mal gehört. Sichtlich erbost über die Reaktion des Gastwirts, wurde der Fremde deutlicher: „Und? Wo ist er?" Der Wirt schaute auf und einem Mann an der Theke lächelnd ins Gesicht. Dieser schmunzelte, während er in sein fast leeres Glas starrte. Der bereits leicht angetrunkene Gast stöhnte: „Was möchtest du denn von diesem Balcian?" Der Fremde antwortete bestimmend: „Er hat einen Auftrag, den ich ausführen werde." Der Mann am Tresen schaute über seine Schulter und musterte den Fremden: „Na, dann setz' dich mal. Du hast ihn gefunden." Der Fremde schlug seinen Umgang zurück und nahm auf dem Barhocker neben Balcian Platz. Dieser betrachtete den gezeichneten Schwert-kämpfer weiter aus dem Augenwinkel. „Und du meinst also, du bist der Richtige für den Job?" Diese Frage war offen-sichtlich rhetorisch, denn er fuhr fort, bevor der Fremde antworten konnte: „Verrätst du mir denn auch deinen Namen?" Der Fremde gebar sich genervt: „Ich wüsste nicht, dass dieser von Bedeutung wäre. Für einen Auftrag dieser Bezahlung wäre es ratsam, den Namen nicht zu kennen." Balcian wandte sich geschwind dem Fremden zu: „Aber bevor wir hier in der Öffentlichkeit über irgendwelche Bezahlungen sprechen, wird dir meine Tochter noch erklären, worum es überhaupt geht." Der Fremde strafte Balcian mit skeptischen Blicken: „Der Auf-traggeber selbst kann mir nicht einmal die Details seines eige-nen Auftrages mitteilen?" Balcian grinste: „Das schon, aber du wirst den Auftrag mir ihr zusammen durchführen." Balcian hatte nicht einmal sein Wort beendet, da schlug der Fremde erneut seinen Umhang zurück und erhob sich von seinem Platz: „Sie sind ein Narr zu glauben, ich würde mit jemandem zusammenarbeiten!" Er war gerade im Begriff zu gehen, als Balcian ihm nachrief: „Der Lohn für deine Mühe ist nicht nur das Geld."

Der Fremde wandte sich um. In diesem Moment schaute Balcian zur Galerie oberhalb der Theke und gab einer jungen Frau ein Zeichen. Diese hatte das Geschehen von den oberen Sitzplätzen beobachtet, stand nun auf und blieb am obersten Treppenabsatz stehen. Balcian deutete auf die Treppe am Ende des Gastsaals und der Fremde folgte. Während er der jungen Frau Stufe für Stufe näherkam, wurde ihre Gestalt nach und nach sichtbar. Sie trug ein hautenges, schwarzes Kostüm, welches von zahlreichen Riemen und Schnallen zusammengehalten wurde. Ihre schwarzen Stiefel gingen ihr bis zu den Knien. Eine Korsage presste ihre Brust zu einem prallen Dekolleté zusammen, über das ihr langes, wallendes Haar fiel. Hinter einigen silbergrauen Strähnen waren kleine, feine Elfenohren zu erkennen.

Kaum hatte der Fremde den Treppenabsatz erreicht, drehte ihm die junge Frau den Rücken zu: „Folge mir." Sie lief voran, bis ans Ende der Galerie und hob einen dicken, schweren Vorhang zur Seite, der die Sicht auf ein kleines Séparée freigab. „Setz' dich." Der Fremde beugte sich unter dem Vorhang hindurch und blieb neben einem kleinen Tischchen stehen. Die junge Frau nahm auf dem Sofa Platz: „Willst du dich nicht setzen?" Der Fremde verschränkte die Arme: „Nein, es wird nicht lange dauern." Die junge Frau ließ sich nicht beirren und kam direkt zur Sache: „Ich will deine Zeit nicht verschwenden. Ich heiße Nora, und ich werde diesen Auftrag mit dir zusammen ausführen. Aber bevor du gleich wieder sagst, dass du den Auftrag allein ausführen wirst, werde ich dir erst erzählen, worum es geht." Der Fremde fuhr ihr ins Wort: „Ich weiß bereits, worum es geht. Dein Vater ist auf der Jagd nach einem Dornenschwanz-Basilisken." Nora nickte: „Gut. Wie ich höre, hast du die Ausschreibung meines Vaters im Gasthaus von Celest bereits gefunden. Aber da du nicht weißt, was genau mein Vater von diesem Tier braucht, werde ich mitkommen." Der Fremde ignorierte diese Aussage: „Du wirst mir einfach sagen, was dein Vater benötigt, und ich werde es beschaffen." Nora wurde zusehends ärgerlicher: „Ich werde gar nichts und vor allem nicht diskutieren. Ich riskiere doch nicht, dass du nachher mit dem Gegenstand davonläufst, sobald du erfährst, um was es sich handelt. Außerdem weiß ich, wo wir den Basilisken vermutlich finden können." Der Fremde nahm ihr das Wort aus dem Mund: „In den Sümpfen unweit von hier. Ich bin nur an dem Tier interessiert." Nora fuhr rasch fort: „Hervorragend. Dann sind wir uns ja einig. Dann weißt du ja sicherlich auch, zu welcher Tageszeit so ein Dornenschwanz-Basilisk anzutreffen ist." Der Fremde ließ sich nicht beirren. „Im Morgengrauen. Ich werde noch in der Dunkelheit aufbrechen." Nora erhob sich. „Nicht so ganz. WIR werden uns noch heute Nacht auf den Weg machen und unser Lager in den Sümpfen aufschlagen. Ich schlage vor, dass du die Zeit bis zum Aufbruch dazu nutzt, noch etwas zu essen, dich mit Tränken, Proviant und dem, was du sonst noch brauchst, auszustatten. Wir treffen uns in einer Stunde vor der Taverne." Nora griff nach einem kleinen Lederbeutel, der neben ihr auf dem Sofa lag: „Du kannst mir noch deinen Namen verraten." Als sie aufsah, war der Fremde bereits verschwunden.

IV

Es war spät geworden in der Stadt, und dennoch schienen die Laternen um den Marktplatz herum beinahe taghell. Nur in der Taverne war noch Gelächter zu vernehmen. Eine große Gestalt stand bereits vor dem Gasthaus im Schutze der Dunkelheit – ein großes Schwert und einen geknoteten Beutel auf dem Rücken. Die Stille der Nacht wurde durch das Klackern unterbrochen, welches Noras Absätze auf dem Kopfsteinpflaster erzeugten. Ihr langes Haar war zu einem Zopf gebunden, der über ihre Schulter fiel, und sie trug einen riesigen Bogen mit sich. Sie lächelte, als sie den Fremden sah. „Und ich dachte schon, du würdest nicht erscheinen. Können wir?" Der Fremde setzte sich wortlos in Bewegung. Nora griff nach einer Fackel, die am Eingang einer Seitengasse hing, und sie durchquerten den Torbogen. Es war dunkel, und der Weg war uneben und steinig. Die Gassen der Altstadt waren ineinander verwunden wie die Wege eines Labyrinths, jedoch schien Nora den Weg zu kennen. Eine ganze Weile folgten sie den engen Gassen und Pfaden, bis sie schließlich an ein großes, steinernes Wassertor kamen, das sich am westlichen Ende der Stadt befand. Restria war durch insgesamt drei bekannte Tore zu erreichen. Das Erdtor im Süden, durch das der fremde Reisende die Stadt betreten hatte, das Lufttor im Norden, welches die Luftschiffe über das Meer in die Stadt geleitete, und das Wassertor im Westen. Es war der wasserseitige Eingang zur Stadt, hinter welchem sich die Meerenge befand.

Es plätscherte innerhalb des Tores. Seichte Wellen schwappten hinein und setzten ein kleines Bötchen immer wieder in Bewegung, welches dort bereits auf sie wartete. Als sie näherkamen, richtete sich in diesem eine hagere Gestalt auf. Die blassgraue Gesichtsfarbe des Mannes ging in die seiner Kleidung über, welche ein wenig an einen Totengräber erinnerte. Das Gesicht ganz eingefallen, machte es den Anschein, als hätte er bereits hundert Jahre in dieser Welt gelebt. Nora deutete auf den Fährmann. „Darf ich vorstellen? Das ist Elderfan, Wächter des Wassertors. Er wird uns heute Nacht in die Sümpfe bringen." Im Anschluss deutete sie auf den Fremden. „Und das ist..." Der Fremde musterte den Fährmann skeptisch und schwieg einen Moment, bevor er Noras Vorstellung ergänzte. „... Einar." Der Fährmann hob seine knochige Hand bedächtig an seine Mütze und nickte. Beide stiegen in das Boot und nahmen auf zwei hölzernen Bänken Platz, die bereits stark verwittert waren. Auffallend war, dass das kleine Bötchen keine Ruder zu haben schien, doch Einar bemerkte noch etwas anderes. „Wenn dies der Wächter des Wassertors ist und er dieses nun offensichtlich verlässt, wie kommen die Menschen dann durch dieses Tor in die Stadt?" Nora wirkte entschlossen. „Nun, dann sollten wir uns lieber beeilen, nicht?"

In diesem Moment richtete sich der Fährmann auf, atmete einmal tief und hob seine Arme in die Luft. Sofort setzte sich das kleine Boot in Bewegung und verließ das Tor. Sie fuhren auf der Meerenge in Richtung Süd-Westen, weiter ins Landesinnere. Aus dem weiten Kanal wurde schon bald ein schmaler Fluss, der sich so schwarz und glatt wie Öl seinen Weg durch die Botanik bahnte. Das Feuer der Bugfackel spiegelte sich in dem sumpfigen Wasser. An einem flachen Uferstück legte der Fährmann an. Als seine Passagiere das Boot verlassen wollten, hielt er ihnen die offene Handfläche entgegen und Nora legte etwas Goldglänzendes darauf. Kaum hatten sie festen Boden unter den Füßen, setzte der Torwächter seine Fahrt fort. Einar schaute ihm nach. „Ich hoffe, es gibt noch einen anderen Weg zurück." Nora lachte. „Keine Sorge. Ich weiß, wo es langgeht" Sie schwang sich ihren großen Bogen um den Oberkörper und stapfte los. Einar beobachtete einen Moment lang, wie die Absätze ihrer Stiefel im Morast versanken, bevor er ihr kopfschüttelnd folgte.

Unweit des Ufers erstreckte sich ein dichter Wald. Seine Bäume wirkten auf den ersten Blick kahl und tot, doch bei genauerem Hinsehen war zu erkennen, dass sie grau-grün glänzten, als seien sie aus Glas. Wundersam schillernde Insekten schwirrten umher, wie winzige Irrlichter. Inmitten des Waldes, auf einer kleinen Lichtung, blieb Nora plötzlich stehen. „Da wären wir. Hier werden wir die Nacht verbringen." Einar schaute sich um. Er nahm den Beutel von seinem Rücken, hing ihn an einen Baum und schwang sich unter einem Ast hindurch. Nora rief ihm nach: „Wo willst du hin?" Einar schaute sich nicht um, während er sich weiter den Weg durch das Dickicht bahnte. „Wir werden Feuerholz brauchen." Nora lief ihm ein paar Schritte nach. „Du lässt mich hier einfach allein?" Doch Einar war schon verschwunden. Sie nutzte die Zeit seiner Abwesenheit, um das Lager aufzuschlagen. Sie spannte zwei Hängematten zwischen die Bäume und befestigte Dachhimmel darüber. In der Mitte der Lichtung lagen zwei Baumstämme, die als Sitzgelegenheit dienen konnten. Zwischen ihnen hob sie eine seichte Kuhle aus und umrandete diese mit Findlingen, die in der Nähe umherlagen. Plötzlich knackte es im Dickicht. Blitzschnell zog Nora einen Pfeil aus ihrem Köcher und hielt den Bogen im Anschlag, unwissend über das, was dort auf sie zukam. Es raschelte... Aus der Dunkelheit trat Einar, die Arme voller Feuerholz. Nora atmete auf. „Das hätte auch schiefgehen können. Du solltest dich besser vorher ankündigen." Einar lächelte müde. „Das wäre nicht nötig, wenn du nicht so nervös wärst." Er ließ das Holz in die von Nora vorbereitete Kuhle fallen und entzündete es mit Feuersteinen, die er aus seinem Beutel nahm. Nora kramte etwas Proviant hervor, und sie nahmen auf den Baumstämmen Platz.

Während sie aßen, sagte keiner von ihnen ein Wort. Von Zeit zu Zeit waren die Schreie der Elkenschnäbler zu hören, die in diesen Sümpfen heimisch waren. Irgendwann unterbrach Nora die Stille: „Du scheinst nicht sehr gesprächig zu sein." Einar starrte ins Feuer und stöhnte. „Ich sage das, was notwendig ist." Nora ließ nicht locker. „Dann scheinst du es bei mir ja nicht für sehr notwendig zu halten." Einar schaute auf. „Ich kenne dich nicht, und das ist für diesen Auftrag auch nicht notwendig." Nora blieb hartnäckig. „Richtig, du kennst mich nicht. Woher willst du wissen, dass ich dich nicht im Schlaf... sagen wir... erwürge?" Einar lächelte und starrte wieder ins Feuer. Er schwieg einen Moment lang und schaute dann wieder auf. „Nora scheint mir kein typischer Name für eine Elfe zu sein." Nora antwortete bereitwillig. „Ja, das ist richtig. Mein voller Name laute eigentlich Eleonora. Meine Mutter, die ebenfalls dem Volk der Elfen angehört, gab ihn mir. Sie ist schwer erkrankt, als ich noch sehr klein war. Mein Vater zog mich allein groß, und das, obwohl er meine Mutter pflegen und den Laden führen musste. Meine Eltern bedeuten mir alles." Einar schaute sie aufmerksam an. „Und darum dieser Auftrag? Du besorgst etwas, was deine Eltern benötigen, richtig? Es muss sehr wichtig für sie sein." Nora nickte. „Ja, sehr wichtig. Es geht um das Leben meiner Mutter. Mein Vater möchte damit..."

Einar unterbrach sie. „Nein, sag' es mir nicht. Ich muss nicht mehr wissen." Nora runzelte die Stirn. „Du sagtest von Anfang an, dass du nur an dem Basilisken interessiert wärst. Was meintest du damit?" Einar senkte den Blick und schaute wieder ins Feuer. „Das ist unwichtig." Nora blieb neugierig. „Für mich klingt es sehr wichtig. Dir muss viel daran liegen. Du kannst es mir sagen. Ich habe dir schließlich auch von meiner Familie erzählt." Einar schwieg einen Moment. Dann stand er auf und wandte sich von Nora ab. „Es ist spät. Wir sollten lieber noch etwas schlafen, bevor wir auf die Suche nach diesem Ungeheuer gehen." Nora stand auf und berührte Einar nur ganz leicht am Arm. „Keine Sorge, wir finden ihn." Einar nickte, ohne sich umzudrehen. Er knöpfte seinen Umhang auf und schwang ihn sich von den Schultern. Dann öffnete er die Schnallen seines Harnischs, zwängte sich aus der Rüstung und lehnte diese an einen Baum. Darunter trug er ein schwarzes ärmelloses Stoffhemd, welches den Blick auf einen Teil seines geschundenen Oberkörpers freigab. Er war breitschultrig – die Muskeln seiner Arme fein definiert. Von den Handgelenken bis hoch zum Hals und zu den Schulterblättern zogen sich einige mittlerweile leicht verblasste Narben. Nora beobachtete den gezeichneten Krieger noch einen Moment, bevor beide sich zur Nachtruhe in ihre Hängematten legten.

V

Im Morgengrauen hatte sich dichter Nebel gebildet, der wabernd zwischen den Bäumen entlangzog. Einar rüttelte an Noras Hängematte. „Wir sollten aufbrechen." Nora erschrak so sehr, dass sie beinahe aus ihrem Nachtlager fiel. „Meine Güte, wie feinfühlig." Schnell sprang sie aus der Hängematte, schwang sich den Bogen und den Köcher auf den Rücken und reichte Einar seinen Beutel. „Weiter westlich von hier befindet sich ein Steingebirge. In den Höhlen dieser Felsen soll der Dornenschwanz-Basilisk leben." Einar nickte. „Gut. Dann los." Sie bahnten sich den Weg durch das Geäst, bis sie auf einen Pfad aus alten Holzplanken trafen, dem sie eine Zeit lang folgten. Irgendwann brach Nora ihr Schweigen. „Hast du Angst vor ihm?" Einar starrte weiter in die Ferne. „Ich habe nie Angst." Nora lächelte leicht. „Das glaube ich dir nicht. Jeder hat vor irgendetwas Angst." Einars Blick senkte sich zu Boden. „Nein, jetzt nicht mehr." Nora schaute ihn fragend an. „Nicht mehr? Was meinst du damit?" Doch sie bekam keine Antwort. Der Weg führte sie über eine kleine Hängebrücke, die über einem Abgrund hing. Dahinter lag das Steingebirge. Ein sandiger Pfad zog sich durch die riesigen Gesteinsformationen – auf beiden Seiten ragten nur die steilen Felswände empor. Es dämmerte bereits leicht, jedoch drang das erste Licht der Sonne kaum durch die riesigen Steinschluchten. In der Ferne erspähte Einar plötzlich etwas. „Dort hinten." Er deutete auf den Eingang einer Felsenhöhle. Nora schaute etwas besorgt. „Was sollen wir jetzt tun? Uns anschleichen?" Einar schien entschlossen. „Wir werden auf uns aufmerksam machen und ihn so aus der Höhle locken. Nimm dich nur vor seinem Dorn in Acht. Er ist giftig." Nora schaute entsetzt. „Ähm ja... Danke für die Information."

Sie steuerten geradewegs auf den Höhleneingang zu. Einar löste die ledernen Riemen, die sein Schwert über seinen Schultern hielten, und schlug es mit voller Wucht gegen die Felswand. Er setzte sich in Bewegung – seine Schritte wurden schneller und schneller. Dabei ließ er sein riesiges Schwert an der grobsteinigen Wand entlanggleiten, so dass die Funken sprühten. Er hatte fast den Eingang des Felsens erreicht, da ertönte ein grausam schrilles Kreischen, welches so durchdringend war, dass es durch Mark und Bein ging. Nora und Einar hielten inne, als aus der Dunkelheit der Felshöhle plötzlich ein blassgraues und schuppiges, schlangenartiges Tier auf sie zuschoss, das Maul weit geöffnet, seine Zähne so scharf wie Rasierklingen. Einar drängte Nora zurück. „Vorsicht!" Der Basilisk bäumte sich vor ihnen auf und erhob seinen Dornenschwanz – bereit zum Angriff. Nora richtete ihren Bogen auf den Kopf des Tieres und schoss. Der Pfeil traf den sich vor Wut windenden Basilisken am Hals, was ihn noch aggressiver machte. Er schoss nun direkt auf Nora zu, die einen weiteren Pfeil abschoss. Diesmal traf sie das Maul des Tieres, wodurch es vor Schmerz kreischte. Aber auch dieser Angriff schien ihn nicht im Geringsten zu schwächen, denn das schlangenartige Tier zerbiss den Pfeil mit seinen nadelspitzen Zähnen und holte zum Gegenangriff aus. Nora sprang im letzten Moment zur

Seite, so dass der Basilisk gegen die Felswand schlug. Die Wucht des Aufpralls war so stark, dass er dabei einige Steinbrocken herausbrach. Durch den heftigen Zusammenstoß taumelte das Tier einen Augenblick etwas benommen. Diesen Moment nutzte Nora, um sich nach ihrem Verbündeten umzusehen, doch Einar war verschwunden. Nach all dem Aufwand und dem langen Weg, den sie gegangen waren, hatte er sich einfach aus dem Staub gemacht.

In der Zwischenzeit hatte sich der Basilisk wieder orientiert und erneut Kurs auf Nora genommen – den Schwanz hoch in die Luft gehoben, so dass sie den Giftdorn auf sich zukommen sah. Nora stolperte rückwärts, bis sie auf die gegenüberliegende Steinwand traf. Den Rücken fest an den Fels gepresst, gelang es ihr nicht mehr, einen weiteren Pfeil aus ihrem Köcher zu ziehen. Das schlangenartige Tier schoss kreischend auf sie zu und nichts schien es aufhalten zu können, als über dem Kopf des Basilisken plötzlich ein Schatten erschien. Nora schaute hoch, doch die seichten Sonnenstrahlen, die mittlerweile die Felsen überschritten hatten, blendeten sie. Der Schatten kam rasend schnell näher, bis Nora schließlich ein Schwert und einen flatternden Umhang auf sich zufliegen sah. Einar hatte unbemerkt eine Felswand erklommen, einen günstigen Moment abgewartet und sich dann in die Tiefe gestützt. Es gelang ihm gerade noch rechtzeitig, den angriffslustigen Basilisken zu erreichen, bevor dieser Nora töten konnte, und ihm noch im Fall mit seinem Schwert den Kopf abzuschlagen. Nora, die immer noch wie erstarrt dastand, war übersät mit Blutspritzern – neben ihr lag der abgeschlagene Kopf des Basilisken, der sie mit geöffneten Augen anstarrte.

Einar war etwas unsanft neben ihr gelandet. Er wischte mit einer Ecke seines Umhangs das Blut von seinem Schwert, schwang es sich auf den Rücken und befestigte es wieder an den Riemen über seiner Schulter. „Alles in Ordnung? Du bist leicht errötet." Nora, die sich allmählich aus ihrer Starre gelöst hatte, schrie sich ihre Anspannung von der Seele. „SOLL DAS EIN WITZ SEIN?! Du machst dich aus dem Staub und lässt mich hier mit diesem monströsen Ding allein, und als wenn das nicht reicht, verteilst du auch noch sein Blut auf mir und fragst mich dann allen Ernstes, ob alles IN ORDNUNG IST? Ein bisschen später und ich wäre jetzt tot!" Einar schaute nachdenklich. „Nun, das bist du aber nicht. Das hätte ich nicht zugelassen. Kein zweites Mal…" Nora schaute ihn fragend an. „Kein zweites Mal? Was soll das denn nun wieder heißen? Würdest du mir das mal bitte erklären?" Einar schaute betrübt auf die Überreste des Basilisken. „Dieses Monster nahm mir das Wichtigste in meinem Leben. Die Narbe in meinem Gesicht habe ich ihm zu verdanken. Sagen wir, ich hatte noch eine offene Rechnung zu begleichen." Nora starrte ihn ungläubig an. „Du sprichst auch nur in Rätseln." Einar reagierte nicht auf sie. Er schritt indessen die Länge des Tieres ab. „Du sagtest, du brauchst etwas von dem Basilisken. Was ist es?" Nora antwortete etwas gequält, während sie sich zwischen der Felswand und dem Kopf des Tieres hindurchschob. „Ja, seinen Giftdorn." Einar zog ein Messer aus seinem Gürtel und schnitt den etwa dreißig Zentimeter langen Dorn aus dem Schwanz des Tieres und warf ihn Nora entgegen. „Lass uns gehen."

Sie durchquerten die Felsschluchten des Steingebirges und den Wald in den Sümpfen und kamen nach einem halben Tagesmarsch wieder an den Fluss, an dem sie der Torwächter abgesetzt hatte. Diesem folgten sie ein Weilchen in Richtung Süden, bis sie auf eine weite Brücke aus altem Backstein trafen, die den Sumpf mit der Herba-Ebene verband. Inzwischen war es dunkel geworden, und die Sonne stand, wie jeden Abend, tief und blutrot über dem Meer, während die Monde von Asim am Himmel prangten. Die zahlreichen Solandra hatten bereits ihre Blüten geöffnet, und ihre leuchtenden Pollen begleiteten die zwei Reisenden auf ihrem Weg. Nora lächelte selig. „Ist es nicht sonderbar, dass so etwas Wunderschönes so giftig und gleichzeitig lebensrettend sein kann?" Einar schaute andächtig über die Ebene. „Ja, das ist es. Aber was meinst du mit lebensrettend? Das Leben deiner Mutter?" Nora nickte. „Ja. Ich dürfte es dir eigentlich nicht erzählen, aber ich denke, du hast es dir verdient. Mein Vater erbte vor meiner Geburt eine verschlüsselte Karte, von der keiner je dachte, dass diese existierte. Er erkannte früh, dass sie irgendetwas mit dem geheimen Zugang zur Bibliothek tun haben musste. Als meine Mutter dann erkrankte, setzte er alles daran, das Rätsel um die Karte zu lösen. Sein halbes Leben verbrachte er damit. Vor einigen Monaten bat er mich dann, einige sehr seltsame und seltene Zutaten für einen Trank zu beschaffen, unter anderem einige Blüten der Solandra und den Giftdorn eines Dornenschwanz-Basilisken. Ich glaube, er hat den Zugang zur Bibliothek gefunden, aber erzählte mir nichts davon, um mich zu schützen. Ich weiß, dass dieser Trank meine Mutter heilen wird."

Das Feuer der Fackeln vor den Toren Restrias flackerte im Wind, als sie die Brücke der Stadt erreichten. Nora wandte sich zu Einar. „Ich glaube, ich weiß jetzt, was du meintest, als du sagtest, dass dir das Wichtigste in deinem Leben genommen wurde. Du hast einen lieben Menschen verloren, richtig?" Einar senkte den Blick. „Es war vor etwa zwei Jahren. Wir reisten gemeinsam durch das Steingebirge auf der Suche nach einem Schatz. Dabei trafen wir auf dieses Monster. Sie war sehr mutig und stellte sich dem Basilisken in den Weg, als mich das Tier angriff. Dieses Monster rammte ihr seinen Giftdorn mitten in die Brust. Ich konnte es noch vertreiben, aber sie starb in meinen Armen…" Nora fragte näher nach. „Meinst du mit „sie" deine Frau?" Einar nickte. „Wir waren nicht verheiratet, aber ich liebte sie." Nora war sichtlich verwundert und ergriffen zugleich. „Ich hätte nicht gedacht, dass du... Das tut mir sehr leid." Einar fuhr fort. „Das erste Jahr plagten mich furchtbare Schuldgefühle. Ich hatte mich beinahe aufgegeben, als das Gefühl der Schuld in Wut umschlug und ich nur noch Rache wollte. Das zweite Jahr verbrachte ich einzig und allein damit, mich auf einen erneuten Kampf vorzubereiten. Als ich dann den Auftrag im Gasthaus von Celest sah, wusste ich, dass die Zeit gekommen war." Nora blickte Einar in seine dunklen Augen. „Und? Wie fühlst du dich nun?" Einar schüttelte den Kopf. „Es hat sich nichts geändert." Nora tat es sichtlich leid. „Sie muss etwas sehr Besonderes gewesen sein, wenn du das alles auf dich genommen hast." Einar nickte erneut. „Ja, das war sie. Du erinnerst mich ein wenig an sie. Sie war furchtlos, klug, zielstrebig, wunderschön und furchtbar dickköpfig – genau wie du." Nora lächelte verlegen. „Was willst du jetzt tun?" Einar wirkte unentschlossen. „Ich denke, ich werde mir eine neue Aufgabe suchen." In diesem Moment traf Nora eine Entscheidung. „Komm mit mir. Wenn es stimmt, dass mein Vater den Zugang zur Bibliothek gefunden hat, dann warten dort nicht nur Heiltränke. Der Sage nach soll dort auch irgendwo das Mondschwert von Alfarin versteckt sein. Es könnte dir gehören, quasi als Belohnung." Einar lächelte, ging einen Schritt auf Nora zu, die ihn fragend ansah. Er hob seine Hand und strich sanft über ihre Wange. „Ich bin froh, dass meine Rache noch so viel Gutes tun konnte." Er war gerade im Begriff zu gehen, als Nora ihn am Arm packte. „Werden wir uns wiedersehen?" Einar sah sie über seine Schulter hinweg an. „Wer weiß." Dann wandte er sich um und verschwand in der Dunkelheit der Nacht.

Neue Wege wagen

Julia Kremkow

„Guten Morgen, guten Morgen, guten Morgen Sonnenschein…" Tina drückte auf den Ausschaltknopf ihres Radio-
weckers. 4 Uhr 30 zeigte er an. Kurz überlegte sie, liegenzublei-
ben, aber das stand nicht zur Debatte. Es war zu viel zu tun.
Tina stieg aus dem Bett, wankte Richtung Küche, drückte den
Anschaltknopf ihrer Kaffeemaschine und taumelte schlaftrun-
ken ins Badezimmer. Ein Hoch auf Kaffee und die Dusche,
dachte sie. Finanzlisten überarbeiten, Herr Chan kommt,
Präsentation vorbereiten, Meeting mit den Abteilungsleitern,
nachmittags das Gespräch mit der Pressetante, Herbert Mommsen kam auch noch, hoffentlich mit besserem Konzept für sein
neues Drehbuch, abends Geschäftsessen mit dem Chef, und
dann wäre da ja noch das Vorstellungsgespräch mit dem poten-
tiellen Praktikanten. Hoffentlich kein Stümper. Zwischendurch
muss ich unbedingt noch meiner Mutter zum Geburtstag gratulieren, dachte sie. Tina stieg aus der Dusche, rollte den Kopf hin
und her, die Hoffnung aufgebend, dass die heiße Dusche ihre
Nackenschmerzen lindern würde. Sie zog ihren bereits gestern
rausgehangenen Jil-Sander-Hosenanzug an, nahm einen
Schluck Kaffee, griff ihre Aktentasche sowie den gelben Hut
und verließ die Wohnung.

Obwohl bereits Ende September, war es zu der Uhrzeit noch
dämmrig. Mit langen Schritten ging Tina nach gegenüber zur
Straßenbahnstation. Außer einem jungen Mann wartete dort
niemand. Tina nahm ihr Handy aus der Tasche, checkte ihre
Mails und seufzte beim Anblick der Zahl, die ihr Postfach an-
zeigte. Vierzig neue Mails seit gestern 22 Uhr. Allein zwanzig
waren von ihrem Chef. Änderungswünsche bezüglich des
Skripts von Mommsen. Es war sicher kein Glanzstück, aber…
„Na, auch schon so früh unterwegs? Kommst du von der Party
im Goldenen Zirkel? Da war ganz schön was los, was?" Ohne
ihrem Stehnachbarn einen Blick zu schenken, antwortete Tina

einsilbig: „Nein". „Oh, dann schon arbeiten? Ziemlich früh, bist du Ärztin oder Krankenschwester oder…" „Ich muss arbeiten, es wäre nett von Ihnen, wenn Sie jemand anderen mit Ihrem Small-Talk-Versuch belästigen", brachte Tina hervor. Bevor ihr Gegenüber eine Antwort geben konnte, ertönte ein Bimmeln und die S 2 hielt vor den beiden. Ohne den Mann weiter zu beachten, stieg Tina in die Bahn, suchte sich einen Stehplatz und vertiefte sich weiter in ihre Mails. „Nächster Halt – Jungfernstieg", ertönte die monotone Ansagestimme.

„Frau Hermann, wo sind die Listen? Was ist mit den Änderungen des Skripts von dieser Memme Mommsen? Alles fertig für das Pressegespräch? Moment! Ja, Petersen hier?" Ihr Chef brüllte. Und das permanent und auch noch gern. Das Gerücht in der Agentur ging sogar herum, dass er an seinem eigenen Hochzeitstag zu seiner Frau „Ja, ich will und liebe dich" gebrüllt haben soll. Meistens gab es sogar noch ein Gratisgeschenk von ihm, besser bekannt als Spucktröpfchen und fauliger Atem. Tina seufzte. Was sie nicht alles für die Karriere tat.

Grrr, grrr. Ihr Magen machte sich bemerkbar. 19 Uhr. Außer einem Latte Macchiato hatte Tina heute nichts zwischen den Kiemen gehabt. Noch eine Stunde bis zum Geschäftsessen. Tina überlegte kurz, ob es sich noch lohnen würde, zum Café Automat gegenüber zu gehen. Ihr war schon ganz flau im Magen, und mit Blick auf den leeren Bürokühlschrank schnappte sie sich ihren Blazer und ihren gelben Hut, um sich eine Kleinigkeit zu holen. Träumerisch dachte sie an die leckeren Thunfischsandwiches.

Es vibrierte in ihrer Hosentasche. Sie zog das Handy heraus, und mit Blick auf die Nummer rollte Tina die Augen. „Was gibt's?" „Hallo Tina, hier ist Melanie. Du weißt schon, deine Schwester, falls du dich erinnerst? Wir haben lange nichts mehr voneinander gehört." Tina wollte schon auf den Vorwurf antworten, doch ihre Schwester quasselte einfach weiter. Von dem Haus, von der Arbeit, von ihrem Mann, von den Nachbarn, die zu spät den Rasen mähten, von der Kassiererin, die falsch abrechnete… Wenn sie morgen schon um halb vier aufstand, konnte sie um halb fünf bereits zur Arbeit, dann schaffte sie auf alle Fälle vor dem Meeting noch die Arbeitspläne und die Manuskriptkorrektur. „Erde an Tina? Hast du gehört, was ich gesagt habe?" „Ja. Ja, natürlich, warum sollte ich nicht zuhören?" „Und, was sagst du nun dazu?" Tinas Herz schlug schneller. Was zum Teufel sollte sie nur auf das späte Rasenmähen antworten? Allein sich darüber aufzuregen, war kleinlich und spießig. „Ähm, also…, das mit dem Rasenmähen…." „Vergiss das mit dem Rasenmäher, ich meine, was sagst du zu meiner Schwangerschaft? Ist das nicht toll?" Kurzes Schweigen, in Tinas Kopf ratterte es. Kinder? Oh Gott, diese kleinen, schreienden Blagen? Die nur scheißen, fressen und weinen? Auf keinen Fall konnte sie jetzt an den Feiertagen zu ihrer Schwester. „Hallo, Tina, bist du noch dran?" „Melanie, ich, äh, also Glückwunsch! Aber ich muss jetzt weiter arbeiten, wichtiges Meeting, mit dem Chef, du weißt ja, wie Chefs sein können. Also bis bald!"

Ohne eine Antwort abzuwarten, legte Tina auf. Ihr Blick fiel auf das Café Automat. Bis auf die flackernden Kerzen auf den Tischen bewegte sich nicht viel, selbst der Kellner lungerte an der Bar herum und versuchte, die Zeit totzuschlagen. Piep Piep. Ihr Handy zeigte eine WhatsApp-Nachricht an. Melanie. „Du bist wirklich das Allerletzte. Egoistisch, karrieregeil. Nicht mal über meine gute Nachricht kannst du dich für mich freuen. Verrotte in deinem achso tollen Büro!" Seufzend steckte sie ihr Handy weg, schaute in das Café. Jetzt war es schon so spät, dass sie los zum Restaurant musste, um noch rechtzeitig zu kommen. Dann eben ein anderes Mal.

Ihr Chef redete und redete. Sein Hauptgang war schon kalt, aber er kam vor lauter Sabbeln nicht zum Essen. Mommsen und sein Skript waren erneut die Zielscheibe seiner Schimpftiraden. Tina hörte nur mit halbem Ohr zu, stocherte in ihrem Salat herum und dachte an die Nachricht ihrer Schwester. Sicherlich hatte sie sich nicht so gefreut, wie ihre Schwester es erwartet hatte, aber musste sie das auch? Nur, weil sie eine Frau war, hieß es nicht, dass sie Kinder mögen musste, oder? „Und denken Sie bitte an den Gala-Abend morgen. Da ist die Anwesenheit der gesamten Belegschaft von Invictus gefordert. Öffentliche Demonstration für die Flüchtlinge: Refugees are welcome", sagte Petersen mit einem Grinsen, so falsch wie eine Schlange. Er war Geschäftsmann, den lediglich das Geld interessierte. Wer für ihn keinen Nutzen oder Gewinn brachte, hatte schlechte Karten. Die Unterstützung der Wohltätigkeitsveranstaltung war somit lediglich eine Methode, die soziale Erwartung der Gesellschaft zu erfüllen. Der gute Samariter, so sah Petersen sich gerne. Innerlich verdrehte Tina die Augen; sie unterstützte das Projekt, aber dieses falsche, gönnerhafte Verhalten ihres Chefs ließ ihren Blutdruck in die Höhe schießen! Entweder meinte er es ehrlich oder nicht. Doch leider hatte Tina in ihrem Business schon mehrfach die Erfahrung gemacht, dass derjenige gewann, der für sich selbst sorgte. Es lebe der Egoismus! Adios Gemeinschaftlichkeit!

„Sicher, steht im Terminplan", sprach Tina. „Ziehen Sie sich was Schickes an, und lassen Sie ausnahmsweise mal ihren ollen Hut zu Hause, der macht sie so alt", erwiderte ihr Chef charmant wie immer. Tina nickte bloß, legte wie bei jedem Geschäftsessen in diesem Nobelschuppen genau fünfzig Euro auf den Tisch und ließ sich vom Kellner Hut und Mantel bringen. Die Agentur übernahm nie die Kosten für Essen und Getränke, nicht mal bei der Weihnachtsfeier. Alter Geizhals, dachte sie verärgert. Mit einem kurzen Nicken ging Tina aus dem Restaurant hinaus und rasch zur S-Bahn, um endlich in ihre wartende Wohnung zu kommen.

„Hallo, Frau Hermann, gut, dass ich Sie treffe. Haben Sie schon mein neues Kapitel gelesen? Wie fanden Sie es? Kamen die Gedankenprozesse des Mörders auch gut heraus? Können Sie sein Verhalten verstehen? Waren sie nachvollziehbar? Würden Sie an seiner Stelle auch so handeln?" Tina war nicht verwundert, Herbert Mommsen auf der Wohltätigkeitsgala zu treffen. Er war tatsächlich der Inbegriff des guten Samariters, einer, der sein gutes und ethisches Handeln auch von Herzen so meinte. Tina hatte wenig Lust, sich mit ihm jetzt über sein Skript zu unterhalten, und bezweifelte, dass sie jemals überhaupt die Handlungen eines achtfachen Serienmörders mit Hang zur Dramatisierung nachvollziehen könnte. Leider musste sie bei ihrer Kritik mit Vorsicht walten. Manchmal verhielt sich Mommsen wie ein dreijähriger Junge, der im Supermarkt seine Lieblingssüßigkeit nicht bekam und stattdessen auf dem Boden lag und tränenreich mit den Fäusten trommelte. Diese Reaktion hatte Tina bei ihm schon oft erlebt. „Ich hatte leider keine Gelegenheit, da setze ich mich morgen dran, Herr Mommsen. Sie entschuldigen mich? Ich muss noch etwas Dringendes mit dem Chef klären".

Das Hotel Atlantic hatte die Kellner mit Tabletts ausgestattet, die Gläser voll mit Champagner gefüllt. Bevor die Reden anfingen, brauchte sie unbedingt Alkohol, um die ganze Lobhudelei zu ertragen. Es sollte ein Event für und mit Flüchtlingen sein, und doch schien kein einziger Gast ein Flüchtling zu sein. Wie so oft fanden im Film-Business solche Aktionen nicht mit den Betroffenen statt, es wurde nur über sie gesprochen oder entschieden. Ganz in ihren Gedanken versunken, bemerkte Tina nicht die Gestalt, die sich von links mit dem Rücken zu ihr näherte. Rummms. Und es war passiert. Beide stießen zusammen, das Champagnerglas leerte sich auf ihre grüne Hose und die magentafarbenen Schuhe ihres Gegenübers. Aus Tinas Augen schossen vor Wut die Blitze, doch ihr Gegenüber kam ihr zuvor. „Oh, Entschuldigung, es tut mir leid, da sieht man mal wieder, dass man nicht rückwärts durch die Gegend laufen sollte." Dunkelbraune trafen auf hellblaue Augen. „He, Moment, Sie kenne ich doch! Ah, von dem Friseur aus der Großmannstraße? Nee, Sie arbeiten in der Fleischereiabteilung im Edeka. Nee, kann ja nicht sein, dann wären Sie nicht hier. Ähm." Tina musterte ihr Gegenüber. Und wusste nicht, ob sie lachen oder weinen sollte. War es nicht egal, ob sie sich kannten oder woher? Der Typ hatte vielleicht Nerven. Was sollte sie denn jetzt mit ihrer Hose machen?

„Ach, nee. Sie sind die kleine Zicke von der Straßenbahnstation. Gestern früh, wissen Sie noch?" Tina runzelte die
Stirn und schaute den Mann näher an. Obwohl sie von sich
behauptete, ein gutes Gesichtsgedächtnis zu haben, konnte sie
ihr Gegenüber nicht einordnen. Das durchleuchtete sie mit
seinen Augen, so dass sie sich fast nackt vorkam. Nicht im
herkömmlichen Sinne, eher, als wenn er ihr direkt in die Seele
schaute. „Tut mir leid, ich hab' viel mit Menschen zu tun... und
kann... nicht immer mir jedes... Gesicht... merken", stotterte
Tina. „Macht nichts. Ich bin Hamid. Hamid Al Sharif. Komme
aus Syrien und bin derzeit am UKE als Praktikant tätig. Und
Sie?" Hamid lächelte Tina freundlich an. Sie war erstaunt,
scheinbar konnten doch Flüchtlinge an dieser Veranstaltung
teilnehmen. „Ich bin Tina, Drehbuchagentin von Fiete Petersen
und bei seiner Agentur Invictus tätig." „Hallo Tina, es freut
mich, Ihre Bekanntschaft zu machen!" Er sprach in einem sehr
guten Deutsch, dass wunderte Tina etwas. Die meisten Flüchtlinge, die sie kannte, waren in ihrem Gebrauch der deutschen
Sprache hinterher. Aber sicherlich gab es auch wichtigere
Dinge, die sie bearbeiten mussten.

Ein unangenehmes Schweigen begann, sich auszubreiten.
Tina überlegte, was sie sagen könnte, doch ihr fiel nichts ein.
Small Talk war noch nie ihre Stärke gewesen, außer ihrer Arbeit
gab es nichts, was sie so in ihrem Leben hatte. Mit ihrem
Freund Olaf sprach sie fast nur über berufliche Themen. Einen
kurzen Moment erschrak sie darüber, doch das verdrängte sie
schnell. „Und was halten Sie so von Eisbären?", fragte Hamid
plötzlich. „Äh, was?", irritiert schreckte Tina aus ihrem
Gedankenkarussell auf und sah ihren Gesprächspartner verwirrt an. „Naja, dieses neue Eisbärbaby aus dem Hamburger
Zoo ist doch das Gesprächsthema. Ist recht niedlich, oder?
Haben Sie es schon im Zoo gesehen?" Tina schüttelte mit dem
Kopf. „Leider hab' ich es auch noch nicht gesehen, aber wenn
Sie möchten, können wir es ja mal zusammen besuchen. Ich
gebe Ihnen meine Handynummer oder besser, geben Sie mir
doch Ihre, dann können wir uns verabreden." Tina, immer noch
verwirrt von diesem Thema, erwachte aus ihrer Trance. Sie

wollte unter keinen Umständen einem Fremden ihre Handynummer geben und auch nicht mit Hamid in den Zoo gehen, nur um Eisbärbabys anzustarren. Lächerlich. „Wissen Sie, geben Sie mir doch Ihre, ich kann meine nicht auswendig, ich rufe Sie dann an, wenn ich mal das Bedürfnis habe, in den Zoo zu gehen, Herr Al Sharif." „Ach! Duzen wir uns einfach. Ihr Deutschen seid immer so förmlich. Für dich bin ich Hamid!" Hamid zückte eine Visitenkarte aus der Hemdtasche, gab sie Tina und lächelte sie an. Seine Aufmerksamkeit galt plötzlich einem Paar, das an der Bar stand. Er nickte ihr erneut zu. „Ruf mich an, ich würde mich freuen!" Und ging dann zu seinen Bekannten.

Er ließ eine verwirrte Tina zurück. Sie blickte sich um. Überall waren die Leute in scheinbar angeregte Gespräche vertieft. Lachten, tranken reichlich Champagner, erfreuten sich des Lebens. Obwohl das Atlantic gut besucht war, hatte sich Tina schon lange nicht mehr so einsam und allein gefühlt wie in diesem Moment. Sie dachte an ihre Schwester. An ihre Mutter, der sie vergessen hatte, zum Geburtstag zu gratulieren. An das Café Automat mit seinen leckeren Thunfischsandwiches, wonach sie sich plötzlich sehnte. Tina beschloss zu gehen. Für heute reichte es an Öffentlichkeits- und Netzwerkarbeit und an Charity, sie wollte nur weg von hier. Tina steckte die Visitenkarte von Hamid in die Hosentasche und ging, ohne sich zu verabschieden.

Sie ging Richtung Binnenalster, beobachtete die Lichter der Großstadt. Die Bars und Restaurants waren bis zum letzten Sitzplatz besetzt. Junge Leute, die hip waren oder es zumindest versuchten, unterhielten sich angeregt. Stießen mit Cocktails an, lachten über flache Witze, tauschten den neuesten Klatsch und Tratsch aus. Tina ging langsam an ihnen vorbei, weiter in Richtung Agentur. Sie könnte sich noch an das Skript von Mommsen setzen. Tina bog in die Straße ein, in der die Agentur war, und sah, dass im Automat noch Licht brannte. Sie blieb kurz stehen und entschied sich für einen Besuch im Café.

Ein kurzes Glockengebimmel war zu hören, als sie die Tür öffnete, und der Kellner blickte von seiner Zeitung auf. Außer ihm war niemand in dem Café. Beide nickten zur Begrüßung, und Tina entschied sich für einen Tisch in der Mitte des Raumes. Sie legte Hut und Mantel ab. Blickte dann zum Kellner, dessen Namen sie nicht kannte, obwohl sie schon seit drei Jahren regelmäßig herkam. „Wie immer, ein heißer Kakao und ein Thunfischsandwich?", fragte der Kellner. Tina nickte, und er verschwand in der Küche. Zehn Minuten später kam der Kellner mit beidem zu Tina, stellte Teller und Tasse vor ihr ab, wünschte „Guten" und verschwand dann wieder an den Tresen, um sich erneut seiner Zeitung zu widmen.

Tina rührte mit einem Löffel in dem dampfenden Kakao. Sie dachte wieder an Melanie. Ihre Schwester und sie hatten sich auch immer Kakao und Thunfischsandwich gemacht, als sie klein und ihre Eltern unterwegs waren. Es war ihr Ritual. Das hatte ihnen keiner nehmen können, auch nicht als sie älter waren und unterschiedliche Interessen entwickelten. Melanie wollte immer schnell heiraten und Kinder bekommen, vielleicht weil ihr Familienleben so unharmonisch verlief. Ständig der Streit ihrer Eltern. Ständig der Streit zwischen ihrer Mutter und Melanie. Die Affäre ihres Vaters mit seiner Sekretärin und das Verlassen der Familie. Ihre Mutter, die trotz der Streitigkeiten mit ihrem Vater so sehr an ihm hing und nur noch körperlich, aber nicht mehr mental existierte. Tina hatte sich damals geschworen, nicht so zu enden. Sich nicht von jemandem abhängig zu machen, Gefühle aus dem Spiel zu lassen, sich nur auf sich zu verlassen. Melanie hingeg…

Ein lautes Jubeln auf der Straße durchbrach ihren Gedankenkreislauf. Junge Leute, vermutlich Studenten, liefen laut grölend an dem Fenster vorbei. Lachend, feiernd, fröhlich. Tina spürte einen Stich im Herzen, der sich langsam zog. Ihr fiel es schwer zu atmen, und ein Kloß machte sich in ihrer Kehle breit. Ihre Augen brannten, sie musste mehrmals blinzeln, und ganz langsam lief ihr eine einzelne Träne das Gesicht herunter. Das ist albern, Tina. Du hast einen super Job, das wolltest du immer.

Mach dich nicht lächerlich!, ärgerte sie sich. Sie zog ein Taschentuch aus ihrer Hosentasche, wollte sich die Augen abtupfen und stellte fest, dass sie die Visitenkarte herausgezogen hatte. Ohne zu blinzeln, starrte Tina die Karte an. Wegschmeißen oder einspeichern? Wegschmeißen oder einspeichern? Dieser Gedanke kam ihr immer wieder in den Kopf. Setzte sich fest wie eine Zecke in die Haut. Aus einem sentimentalen Moment heraus, griff Tina ihr Handy, gab die Nummer unter neue Kontakte ein und speicherte sie. Mit einer gewissen Verwunderung steckte sie ihr Handy wieder weg und biss in ihr Sandwich.

Langsam stieg Tina aus der S 2. Die Woche war hart gewesen. Dauernd Termine, dauernd musste etwas beschafft, korrigiert oder entschieden werden. Sie rieb sich die Augen und drückte anschließend auf ihre Schläfe, um den beginnenden Kopfschmerz wegzumassieren. Tina dachte an ihre warme Wohnung, an eine heiße Dusche, an die Kartoffelsuppe mit Krabben, die sie vorgekocht hatte und auf ihrem Herd stand, und an ihre Jogginghose. Es war Samstagabend. Der einzige Abend der Woche, der ihr gehörte. Das Handy schaltete sie aus, sobald sie einen Fuß in ihre Wohnung setzte. Das war ihr Luxus. Und doch war sie heute nicht so erpicht darauf, ihre Verbindung zur Außenwelt zu kappen. Sie ging die Straße hinunter und durch das eiserne Eingangstor des Wohnkomplexes. Tina kramte in ihrer gelben Tasche nach dem Hausschlüssel, achtete nicht auf ihre Umgebung und ging langsam weiter. „Ah, hab' ich dich, jedes Mal das gleiche Problem, dich zu finden."

Den Hausschlüssel in der Hand, wollte Tina kurz den Briefkasten öffnen, als sie sie sah und stocksteif stehenblieb. Fett, klobig, herausfordernd blickend. So saß die Gartenkreuzspinne direkt neben dem Türgriff der Eingangstür. Ihre Schwester hatte sie mal gefragt, warum sie trotz ihrer Angst so gut über Spinnen und ihre Arten Bescheid wusste. Das war ganz einfach zu erklären: Kenne deinen Feind! Die Spinne bewegte sich kei-

nen Zentimeter. „Schsch", versuchte Tina, das Tier zum Weiter-
gehen zu bewegen. Nichts. Tina blickte sich um; was sollte sie
machen? Vielleicht bei den Nachbarn klingeln? Besser nicht, die
Spinne sprang bestimmt auf ihre Hand. Olaf anrufen? Der war
frühestens in zwei Stunden erreichbar, nach dem Meeting und
dem Flug. Mist!

Es wurde langsam dunkel, die letzten Sonnenstrahlen
streiften die Baumkronen und Häuserdächer wie eine Feder.
Fröstelnd zog Tina den Reißverschluss ihrer Jacke zu und
bewegte sich ansonsten keinen Millimeter mehr. Der Blick war
weiterhin auf die Gartenkreuzspinne gerichtet. Fieberhaft
überlegte sie, was sie machen könnte. Wen sie zur Hilfe rufen
könnte. Ihr fiel niemand ein. Über diese Erkenntnis war sie
etwas sprachlos. Konnte sie keinen um Hilfe fragen? Kannte sie
so wenige Leute, vor denen ihr diese Geschichte nicht peinlich
wäre? In Gedanken ging sie ihr Adressbuch durch. Geschäftspartner, Pressevertreter, Kunden. Die einzige Person, die nicht
zu ihrem Arbeitsumfeld gehörte, war, außer Olaf, ihre Schwester. Und die war siebenhundert Kilometer weit weg und obendrein noch sauer über ihr desaströses Telefonat. Vielleicht. Nee,
das kann ich nicht machen, dachte sie. Ihr Blick fiel auf die
aktuellste Nummer, die in ihrem Adressbuch gespeichert war:
Hamid S. Der syrische Krankenhauspraktikant von der Wohltätigkeitsgala. Sollte ich?, dachte Tina.

Mit Blick auf die sitzfaule Spinne, wählte sie Hamids Nummer. Bum, Bum, Bum. Der Herzschlag ging ihr bis zum Hals.
Tut. Tut. Tut. „Moin, hier ist Hamid Al Sharif. Hallo? Tina, bist
du das?" „Hey, ja, also folgendes kanstdmihefnmitSpine",
endete sie. „Was? Ich habe nichts verstanden, kannst du es bitte
nochmal erzählen?" BumBumBum. Tinas Herz schlug immer
schneller. Innerlich zählte sie bis zehn, merkte, wie ihr wärmer
wurde. Tina atmete tief ein. „Also, weißt du, mir ist es etwas
unangenehm, aber ich habe ein kleines Problem, und gerade
kann mir kein anderer helfen. Bist du zu Hause und hättest
Zeit, kurz bei mir vorbeizuschauen?", stammelte sie. „Sicher,
ich kann kommen. Welche Straße?" „Schemelstraße 10." „Echt?

Das ist ja gleich ums Eck von mir, bin unterwegs. Bis gleich."
Klick. Puh, das ging schneller und unkomplizierter als gedacht.
Bum, bum. Ihr Herz beruhigte sich etwas. Ihr Blick glitt zurück
zur Spinne, die ihre Position um kein Stück geändert hatte.
Gefühlt taxiert dieses Vieh mich genau so, wie ich es bei ihm
tue, dachte Tina.

„Moin, Tina, warum stehst du bei der Kälte draußen, hättest
doch auch drinnen auf mich warten können." Tina schreckte
zurück und machte einen kleinen Satz nach oben. „Hey, danke,
dass du so schnell gekommen bist, ich…" Ihr Blick fiel auf die
Bandage an Hamids rechtem Knie. „Also, wobei kann ich dir
helfen?", fragte er. Tina versuchte, ihm zu antworten, aber als
Antwort war lediglich das Klappern ihrer Zähne zu verstehen.
Mit großen Augen schaute Hamid sie an, gleichzeitig verlagerte
er sein Körpergewicht auf den linken Fuß, um das rechte Knie
zu entlasten. „Ach, also das ist mir sehr unangenehm, aber ich
komme nicht ins Haus, weil, also, und es ist schwierig, wirklich,
mein Rad muss ich ja auch mit reinbekommen und dann die
Tür öffnen…" „Kann ich mir vorstellen, Möbel und Fahrrad
gleichzeitig zu tragen und ins Haus zu bringen, ist schwer. Na,
gut, dass ich jetzt hier bin und dir helfen kann." Möbel? Welche
Möbel? „Wo sind die denn?", fragte Hamid. Oh Mist, das wird
ja jetzt noch peinlicher als erwartet, dachte Tina. Sie spürte, wie
die Hitze ihr ins Gesicht stieg. „Also das hat nichts mit Möbeln
zu tun, sondern eher mit einem etwas kleineren, pelzigen, lang-
haarigen, aber doch gefährlichen Lebewesen." Hamid schaute
sie verwirrt an. Die Fragezeichen in seinen Augen waren ein-
deutig zu sehen. „Das Problem ist kein Schrank, sondern eine
Gartenkreuzspinne, und sie sitzt sehr hochnäsig in der Nähe
des Türknaufs. Wie die Prinzessin auf der Erbse!" Regungslos
schaute Hamid Tina weiterhin an, seine Mundwinkel zuckten,
als wenn er mehrere Stromschläge abbekommen hätte. Dann
schien eine Explosion loszugehen, eine Explosion des Lachens,
die mit einer Fontäne von Tränen auf dem Gesicht von Hamid
ihren Höhepunkt fand.

Langsam wurde es albern. Sicher war das lustig, aber sie

hatten es dennoch mit einer ernsten Situation zu tun. Warum verstand das denn immer keiner? Tina war kurz vorm Aufgeben, dann musste sie zur Not heute Nacht ins Hotel oder zumindest erst mal ins Automat. Ein Sandwich würde bestimmt helfen. Langsam verebbte das Lachen von Hamid. „Ok, sorry, das war jetzt vielleicht unpassend, aber ehrlich, das ist das Witzigste, was mir seit langem passiert ist. Dann wollen wir mal die Mörderspinne beiseiteschaffen, oder vielleicht sollten wir Spiderman zur Hilfe rufen?", unkte Hamid. Er schaute zu Tina, die jedoch fing an zu schluchzen, und im nächsten Moment liefen ihr Tränen über das Gesicht. Erschrocken schaute Hamid zu ihr, ging einen Schritt auf sie zu und wollte sie in den Arm nehmen. Was gar nicht so leicht war, denn mittlerweile wurde Tina von einem Weinkrampf erfasst. „Hey, das war doch nur ein kleiner Spaß, ich wusste nicht, dass das so eine große Sache für dich ist." Wie zu Anfang ihrer Begegnung versuchte Tina zu antworten, aber es ging nicht. Hamid strich mit der Hand über ihren Arm, humpelte dann zur Eingangstür und nahm die Spinne auf die Hand. Er blickte sich kurz um, ging dann ein paar Meter nach rechts und setzte die Spinne ins Beet. Die war danach nicht mehr gesehen. Mit einem breiten Grinsen kam Hamid zu Tina zurück.

„My Lady, Ihr nobler Ritter hat das Monster beseitigt!", kam es von ihm. Er griff nach Tinas Arm, die sprang zurück und quickte wie ein Schwein vor der Schlachtbank: „Nicht anfassen, du hast die angefasst!!! Also bitte nicht, also, bitte…." Tina fühlte sich dennoch etwas befreiter, ihr Herz schlug nicht mehr so schnell, und sie fühlte noch etwas anderes, etwas, das sie schon lange nicht mehr gefühlt hatte: Dankbarkeit. Hamid gab ihr ein Taschentuch. „Für die Tränen." Süß, mit Einhörnern drauf. „Hör mal, wie wäre es, wenn wir noch was trinken gehen auf diesen Schreck. Es gibt ein kleines Café, es ist etwas abseits, Richtung Binnenalster und manchmal wie leergefegt, aber es lohnt sich. Die Sandwiches sind die besten Hamburgs." „Du meinst aber nicht das Automat, oder?" Hamid nickte. Es hörte sich alles verlockend an, aber sie musste noch so viel erledigen. Außerdem, so gut kannte sie ihn jetzt auch nicht. Allerdings hatte er ihr bei dem Spinnen-Gate geholfen. Gott, wie peinlich. Gut, dass Olaf nicht davon Wind bekommen hatte, der würde sie wochenlang damit aufziehen. „Ok, für 'ne Stunde gern."

In der S-Bahn saßen beide in einem Vierer, direkt an der Tür. Sie schwiegen sich an, tauschten aber verstohlene Blicke aus. Tina fuhr sich mit der Hand durch ihr Haar, knetete ihre linke Hand mit der rechten, um sie dann wieder locker auf den Schoß zu legen. „Nächster Halt Jungfernstieg!" Beide erhoben sich, wobei Tina sich kurzzeitig an der Eisenstange neben dem Sitz festhalten musste. Ihre Beine waren wie Pudding. „Alles in Ordnung?", fragte Hamid und hielt ihr seine Hand entgegen. „Ja, alles gut, bin wohl zu schnell aufgestanden." Das Erlebnis mit der Spinne steckte ihr doch noch in den Knochen. Sie bogen in die Poststraße ein, gingen ein kurzes Stück geradeaus und dann wieder Richtung Binnenalster. „Hier ist es. Ist niedlich, oder?" Tina zeigte auf das Café, linste aber kurz zur Agentur hinüber, wo noch Licht brannte. Ihr Magen zog sich etwas zusammen. „Ja, stimmt, niedlich trifft es, fand ich beim ersten Besuch auch", kam die Antwort von Hamid. „Ach stimmt, du kennst das Café, hattest du ja erwähnt." Verwirrt runzelte Tina die Stirn, sie war echt etwas durcheinander.

Sie traten durch die Tür, das Glöckchen kündigte ihr Eintreten an. Der Kellner stand am Tresen und blickte von seiner Zeitung auf. Tina wartete schon auf sein stetiges Begrüßungsnicken, doch stattdessen erhellte sich die Miene des Kellners, und er lächelte beiden zu. „Oh, heute mal mit Begleitung? Wie schön, das ist ja eine wahre Rarität! Welchen Tisch möchtet ihr haben? Ihr habt freie Platzwahl." Tina spürte erneut, wie die Hitze von ihrem Nacken und Gesicht langsam Besitz ergriff, und nuschelte: „Den da drüben nehmen wir." Sie blickte nicht zu Hamid, das war ihr nach der Aussage des Kellners unangenehm. Kaum saß sie auf dem Stuhl, griff sie zur Speisekarte und versteckte sich dahinter, obwohl Tina bereits ihre Bestellung wusste. Hamid nahm die Karte nicht, sondern lehnte sich entspannt mit dem Rücken an die Stuhllehne und schaute direkt zu Tina.

Nach zehn Minuten räusperte er sich, und Tina zwang sich, von der Karte aufzuschauen. „Und schon etwas gewählt?" „Ja, ich nehme eine heiße, weiße Schokolade und ein vegetarisches Sandwich. Und du?" Bevor Tina antworten konnte, kam der Kellner und erkundigte sich nach ihrer Bestellung. „Eine weiße Schokolade und das vegetarische Sandwich bitte für mich und für…." „Dat Übliche wie immer, junge Dame?", fragte der Kellner. Tina nickte zögerlich. War der Kellner schon immer so nervtötend gewesen? „Kommt sofort." Schweigen breitete sich erneut wie Blei über Tina und Hamid aus. Ihre Gedanken rotierten, suchten nach einem Gesprächsthema. Hamid räusperte sich. „Und, kommst du gebürtig aus Hamburg?" Tina schüttelte den Kopf. Erwartungsvoll schaute Hamid sie an, doch Tina sagte nichts weiter. „Und du kommst woher?" „Ach so, tschuldige, also ich komme aus einem kleinen Kaff aus Schleswig-Holstein. Kennt niemand, Boostedt heißt es." „Aha, interessanter Name. Und deine Familie wohnt da noch?" „Teilweise, meine Mutter ja, meine Schwester wohnt im Süden, Stuttgart." „Oh, du hast Geschwister, wie cool, noch andere außer der einen Schwester? Wie heißt sie, wie …"

Tina unterbracht den Schwall an Fragen barsch. „Ich habe eine Schwester, und ihr Name ist Melanie." Ihre Antwort sollte deutlich gemacht haben, dass sie nichts weiter zu dem Thema zu sagen hatte. Hamid war anderer Meinung. „Melanie, hat der Name eine Bedeutung?" Spießerin vielleicht, dachte Tina, sagte aber stattdessen: „Der Name hat, so weit ich weiß, keine Bedeutung." „Ist nicht dein Lieblingsthema, oder?" Hamid musterte Tina aufmerksam, schaute ihr direkt in die Augen. Tina wurde unruhig, wieder hatte sie das Gefühl, Hamid konnte ihr auf den Grund ihrer Seele schauen. Wie bei der Wohltätigkeitsveranstaltung. Wieso hatte sie ihn bloß angerufen? Tina veränderte ihre Sitzposition, um Zeit für eine Antwort zu schinden. „Es gibt nicht viel zu dem Thema zu sagen, meine Schwester und ich hatten früher eine gute Beziehung zueinander, aber Menschen verändern sich mit der Zeit. Melanie und ich auch. Positiv oder negativ, das sehen wir beide wahrscheinlich unterschiedlich. Wir reden nur selten miteinander. Unsere Einstellungen, unsere Haltungen sind verschieden wie Tag und Nacht. Sie hat kein Verständnis für meine Lebensweise, und ich verstehe ihre Lebenspläne nicht." Hamid wollte gerade etwas erwidern, da kam der Kellner mit ihren Bestellungen, stellte sie vor ihnen ab und verschwand nach einem lauten „Guten".

Tina biss schnell in ihr Sandwich, um nicht weiter antworten zu müssen, Hamid jedoch rührte sein Essen nicht an und blickte Tina traurig an. „Ich hatte auch einen Bruder. Also habe… Ich habe offiziell einen Bruder. Zumindest hoffe ich das." Tina hörte auf zu kauen und blickte Hamid an. „Wie kann man denn offiziell einen Bruder haben?" Hamid antwortete auf ihre Frage nicht. Diesmal rutschte er auf dem Stuhl hin und her, nahm seine Tasse Kakao in die Hand und stellte sie wieder ab, ohne etwas davon getrunken zu haben. „Ich bin alleine aus Syrien geflohen, mein Bruder Hassan ist dortgeblieben. Wegen einer Frau, wollte nicht gehen. Alter Sturkopf. Ich kann dein Verhältnis zu deiner Schwester bestimmt nicht beurteilen, aber scheinbar standet ihr euch mal nahe. Ich liebe meinen Bruder. Sehr sogar, und die Ungewissheit darüber, ob er noch lebt oder nicht, macht mich fertig. Telefone funktionieren nicht, Internet und Handy fehlen ihnen dort auch. Obwohl wir in Streit auseinandergegangen sind, und ich immer noch wütend auf ihn bin, denke ich zuerst an die guten Erinnerungen. Wir kommen auch aus einem Dorf nahe Masraat al-Kubair, aber wir hatten eine, wie nennt ihr das in Deutschland?, Bevorzugung. Wir konnten eine Schule besuchen. Aber die Schule war zehn Kilometer entfernt von unserem Heimatdorf. Räder hatten wir nicht, also mussten wir jeden verdammten Schultag zu Fuß hinlaufen, und Hassan, der drei Jahre älter ist, hat mich jeden Tag hingebracht. Und wenn ich nicht mehr laufen konnte, hat er mich auf Rücken, also ich meine, Huckepack getragen, obwohl er selbst so müde war von der Schule und der Landarbeit zu Hause."

Tina hatte während Hamids Erzählung weder geblinzelt noch ihr Essen angerührt. Sie verharrte auf ihrem Platz, unfähig, sich zu bewegen. Gott, dass wäre ohne jeden Zweifel der Top-Stoff für ein Drehbuchskript von Mommsen! „Was ich dir damit sagen will, ist, egal, wie ärgerlich man manchmal auf nahestehende Personen ist, man muss über seinen Schatten springen und den ersten Schritt auf sie zu machen. Tut deiner Schwester und vor allem dir gut! Das Leben ist zu kurz für solchen Ärger." Tina schwieg weiter. Sie überlegte. „Sag deine Aussagen nochmal, aber diesmal in Ich-Botschaften, dann hast du auf alle Fälle das Zeug zum Psychotherapeuten", antwortete Tina zynisch. Hamid zog die linke Augenbraue hoch. „Überlege es dir, ich meine, ist es nicht merkwürdig und auch traurig, dass jemand bei einem Notfall lediglich einen neuen, flüchtigen Bekannten zur Hilfe rufen kann?" Darauf hatte Tina keine Antwort, und beide bissen von ihrem Sandwich ab. Stille trat ein. „Hast du dir eigentlich mein Angebot mit den Eisbärbabys überlegt?", erkundigte sich Hamid.

Ächzend stieg Tina die Treppen zu ihrer Wohnung hinauf. Warum hatte sie so viel Kram gekauft? Sie schloss die Tür auf, ging direkt in die Küche und legte die schweren Tüten eilig auf den Küchentisch. Sie ging zurück, schloss die Haustür und griff zum Altkarton, den sie heute vor der Arbeit aus dem Keller geholt und an der Tür abgestellt hatte. Gott sei Dank war endlich Samstagabend. Diese Woche war die Hölle in der Agentur gewesen. Sowohl ihr Chef als auch Mommsen hatten sie diese Woche mehr Nerven gekostet und bei ihr graue Haare produziert als in den gesamten letzten sechs Monaten. Sie seufzte. Olaf kam dieses Wochenende nicht nach Hause, Geschäftsreise nach New York. Sie hatte also freie Verfügung über ihr gesamtes Wochenende.

Seit dem Gespräch mit Hamid im Automat waren zwei Wochen vergangen. Zunächst hatte sie nicht über seine Worte weiter nachgedacht, hatte sie beiseitegescheucht wie eine lästige Fliege. Aber nachdem Olaf letzte Woche schon kurzfristig ihr Wochenenddate abgesagt hatte, damit er seinen Chef nach Mailand begleiten konnte, kam sie Samstagabend bei Wein und

Käse doch ins Grübeln. Hatte sich schlaflos im Bett hin und her gewälzt. Hatte es mit warmem Bier, langweiligen Büchern versucht und sogar angefangen, Schafe zu zählen. Nichts hatte geholfen. Also hatte sie nachdenken müssen. Über Hamids Worte, über seine Geschichte, über ihre Schwester. Sie begann, die Sachen aus der Tüte zu nehmen und in den Altkarton zu packen. Danach beschrieb sie einen Briefbogen. „'Was unsere Seele am schnellsten und am schlimmsten abnutzt, das ist Verzeihen ohne zu vergessen!' (A. Schnitzler) Ich möchte keine abgenutzte Seele haben und wirklich verzeihen; ich hoffe, du auch! In der Hoffnung, alte Traditionen auch an die künftige Generation weiterzugeben, schicke ich dir Kakao, die Zutaten für unser Spezial-Thunfischsandwich und einen kleinen Teddybären!"

Tina klebte den Karton zu, schrieb Melanies Adresse darauf und blickte mit einem zufriedenen Lächeln auf das Päckchen. Sie könnte ihrer Schwester so persönliche, emotionale Sachen nie direkt sagen. Die Möglichkeit mit dem Päckchen schien ihr eine gute Alternative. Tina griff zu ihrem Handy und simste: „Wie sieht es mit einem gemeinsamen Zoobesuch am Sonntag aus? Hab' gehört, da gibt es so süße Eisbärbabys. Gebe ganz dekadent auch einen Kakao im Automat aus. Bist du dabei, Hamid? Tina." Sie las sich die Nachricht noch einmal durch, zögerte, sie zu senden. Doch dieser Plan war schöner als die Aussicht auf ein einsames Wochenende in ihrer Wohnung, die ihr kalt vorkam. Tina drückte auf Senden.

Spuren von Herrn Kratz

Mareke Tammen

Ihr Atem stockte für einen Moment. Erschrocken setzte er sich auf und blickte auf die zierliche Figur in dem großen Holzbett. Inge. Seine geliebte Frau war nur noch ein Schatten ihrer selbst. Ihr herzförmiges, warmes Gesicht war eingefallen und blass, und ihr Körper lag abgemagert und geschwächt im Bett. Schwarzer Schatten…, dachte er düster und seufzte. Die Ärzte hatten es „Krebs" genannt, doch Inge konnte dieses Wort nicht leiden. „Krebse gehören ins Meer!", hatte sie immer wieder geschimpft. Deshalb nannten sie es „schwarzer Schatten". Inge atmete nun wieder ruhig weiter, doch die Anstrengung war deutlich zu hören. Jeder Atemzug kostete sie Kraft, und er wusste es. Jedes rasselnde Geräusch brach ihm mehr und mehr das Herz.

Sein Blick schweifte über die Flickendecke, die den Körper seiner Frau warm hielt. Unversehens musste er lächeln. Nur zu gut erinnerte er sich daran, wie Inge hochschwanger vor dem Kamin gesessen und an der Decke genäht hatte. „Hari, diese Decke wird ewig halten!", verkündete sie damals stolz, und ihre braunen Augen leuchteten dabei wie kleine Sterne. Wie viele Jahre waren seitdem verstrichen? Peter war nun schon fünf Jahre tot. Gefallen im Krieg. Diese Erinnerung verdrängte Hari schnell wieder aus seinem Kopf. Zu schmerzhaft war der Gedanke an den kalten Körper seines Sohnes tief unter der Erde. Peter. Er war ihr einziges Kind gewesen. Ihr Sonnenschein. Es kam ihm vor wie gestern, als sein kleiner Junge freudestrahlend in Papas Gummistiefeln durch das Wohnzimmer gestapft war.

Hari seufzte schwer. Den kleinen Jungen gab es schon lange nicht mehr. Aus ihm war ein kräftiger, junger Mann geworden. Voller Energie und Tatendrang. Voller Leben. Gefallen im Krieg. Durchsiebt von Blei. Für immer fort. Hari rieb sich die

Augen und verdrängte die düsteren, schmerzvollen Erinnerungen endgültig aus seinen Gedanken. Er musste dieses grausame Gedankenkarussell stoppen.

„Piiiep! Piiiep!" – erschrocken fuhr er herum. Die alte Wanduhr schlug. Ein kleiner, zerkratzter Holzvogel verkündete heiter, dass es zehn Uhr war. Ein treuer Begleiter seit vielen Jahren. Zehn Uhr. Seit vier Stunden saß er nun auf dem Stuhl und wartete. Wartete, wie jeden Tag. Hoffte. Flehte. Betete, dass es bald endlich vorbei sein würde. Wünschte sich, dass Inge von ihren Qualen erlöst werden würde. Sein Herz würde das nicht mehr lange ertragen können. In all den Jahren war es Inge gewesen, die ihm den Rücken gestärkt hatte. Als die Ernte so schlecht war, dass er Angst hatte, sie würden es nicht über den Winter schaffen, war es Inge, die ihm Mut gemacht hatte. Sie war sein Fels in der Brandung. Seine Krücke, wenn er drohte zusammenzubrechen.

Hari seufzte schwer. Ihm wurde schlagartig bewusst, wie sehr sein Rücken schmerzte. Vier Stunden saß er nun hier auf dem wackeligen, harten Holzstuhl. Er stand auf und streckte sich. Ein Knacken durchbrach die Stille. Du wirst alt, mein Freund…, dachte er und rieb sich den schmerzenden Rücken. Dann schlurfte er zu dem Fenster neben dem Bett. Auf der Fensterbank stand eine gesprungene, alte Porzellanschale. Daneben lag sein abgenutzter, grauer Tabakbeutel und eine Packung Streichhölzer. Er griff nach dem Tabakbeutel und begann, sich eine Zigarette zu drehen.

Die Ärzte hatten ihm hunderte Male davon abgeraten zu rauchen. Vor allem in Gegenwart von Inge sollte er darauf verzichten, doch stur, wie Inge nun einmal war, bestand sie darauf, dass er im Schlafzimmer rauchte. „Ich mag den Geruch so gerne, Harald!", sagte sie jedes Mal und damit war die Diskussion beendet. Harald. Er lächelte. Früher war das ein Warnsignal gewesen. Sie nutzte den Namen nur, wenn sie wütend war. Er erinnerte sich daran, wie er versehentlich ihren geliebten Frühstücksteller, ein Erbstück ihrer Mutter, bei dem Versuch den Tisch abzuräumen zerbrochen hatte. „Harald!", schrie sie, als sie seinen kleinen Unfall bemerkt hatte. Doch Inge konnte ihm nie lange böse sein. Sie hatte ein weiches Herz.

Die Zigarette war fertig gedreht. Er nahm sie in den Mund, zündete sie sich an und nahm einen tiefen Zug. „Ich mag den Geruch so gerne. Das erinnert mich immer an den blauen Wolf. Erinnerst du dich?", hatte Inge vor ein paar Tagen noch gesagt. Das war das letzte Mal gewesen, dass sie gesprochen hatte. Es strengte sie zu sehr an.

Der blaue Wolf. Als ob er das je vergessen würde. Es erschien ihm wie gestern. Er kam vom Wochenmarkt, hatte die Kartoffeln verkauft und wollte sich ein kühles Bier in der Dorfkneipe Der blaue Wolf gönnen. Er hatte sich an einen Tisch in der Ecke gesetzt und sich in der Kneipe umgesehen. Der Raum war klein und mit abgenutzten Möbeln ausgestattet. Es waren nicht viele Gäste da. Die Fischer waren noch nicht zurück, und sie waren es, die die Kasse füllten. Das war so in Groote Haven. Die meisten Männer des Dorfes waren Fischer. Wenn sie auf einem großen Fang waren, blieben die Kassen manchmal tagelang leer. Leute wie Hari, die mehr schlecht als recht eine Landwirtschaft betrieben, hatten schlechte Karten. Der Wirt hatte Freude daran, ihm dies immer wieder unter die Nase zu reiben. „Harald, deine Tuffels sind noch mal dein Grab!", lachte er, wenn Hari wieder anschreiben lassen musste. Die Kartoffeln als Begleichung nahm er dennoch immer an.

„Was darf es denn sein?", riss ihn eine Stimme aus den Gedanken. Er sah auf und blickte in ein paar funkelnde, braune Augen. Inge. Sie war die neue Kellnerin. Da war es auch schon um Hari geschehen. Das freundliche, herzförmige Gesicht mit den geröteten Wangen, die wilden, roten Locken, die zu einem lockeren Dutt gebunden waren, und ihr strahlendes Lächeln.

„Verdammtes Leben…", murmelte Hari und nahm einen letzten Zug von seiner Zigarette, bevor er sie in der Porzellanschale ausdrückte. Er sah hinaus. Draußen war es dunkel. Das schwache Mondlicht hinter den dichten Wolken legte die schemenhaften Umrisse der Bäume im Garten frei. Regentröpfchen prasselten sanft gegen das Glas des Fensters. Ein Sturm zieht auf..., dachte Hari und legte seine Stirn gegen das Fensterglas. Aus der Ferne konnte er die Glocken vom alten Kirchturm hören. Pfeifend zog der Wind seinen Weg durch die Blätter der Bäume und ließ die knorrigen Äste geräuschvoll tanzen.

„Hari..." Ihre Stimme war krächzend und leise. Ein Schauer lief ihm über den Rücken, und er drehte sich panisch um. Inge sah ihn an. Ihre Augen, sonst so lebensfroh und warm, waren glanzlos und leer. Hari merkte, wie ihm eine heiße Träne über die Wange rann. Er durfte nicht weinen. Nicht vor Inge. Er musste stark bleiben. Das hatten sie sich beide versprochen.

Er stolperte zum Bett und ließ sich auf die Knie nieder. „Liebes!", flüsterte er und ergriff ihre Hand. Sie fühlte sich kalt und ausgetrocknet an. Er drückte seinen Mund auf die Hand und küsste sie. Inges Mund verzog sich zu einem schwachen Lächeln. „Hari... ich... glaube...", begann sie und ein Hustenanfall schnitt ihr das Wort ab. „Beruhig' dich, Liebes!", sagte Hari und strich ihr über die Wange. „Hari,... es ist bald vorbei", murmelte sie und keuchte vor Anstrengung. Hari konnte nicht anders: Dicke Tränen brannten sich ihren Weg über seine Wangen und fielen auf seine Hände, die immer noch Inges Hand umklammert hielten. Das Atmen wurde immer schwerer, und Inge schloss die Augen.

Er wusste nicht, wie viel Zeit verstrichen war. Er hörte nur noch den Sturm draußen. Das Atmen war verstummt. Hari hatte keine Tränen mehr übrig. Er starrte auf das Gesicht seiner Frau und fühlte nichts. Eine drückende Leere hatte sein Herz umhüllt. „Inge", hauchte er ein letztes Mal. Sie blieb stumm in dem Bett liegen.

Tage verstrichen. Hari wusste nicht mehr, wann der Bestatter da war oder wann er ihn benachrichtigt hatte. Er hatte keinerlei

Erinnerungen daran, wie die Frauen des Dorfes mit Blümchen und Kuchen zu Besuch kamen und er ihnen wortlos die Tür vor den Nasen zugeschlagen hatte. Die Beerdigung auf dem kleinen Friedhof vor der Kirche, die Karten, in denen flüchtige Bekannte ihm ihr Mitgefühl ausdrückten – alles war an ihm vorbeigezogen. Er verbrachte die Tage damit, auf seinem Stuhl vor dem Kamin zu sitzen.

Das Feuer knisterte, und er starrte ins Leere. Draußen tobte ein neuer Sturm. Heftiger als der letzte. Der Sturm, der Inge von ihm genommen hatte. Hari blickte zu dem letzten Stück Holz, das neben dem Kamin lag. Er musste neues Holz aus dem Schuppen neben der Scheune holen. Seufzend stand er auf und ging aus dem Zimmer in den Flur. Sein geflickter Regenmantel lag über einem Stuhl am Küchentisch. Er zog ihn an, griff nach der Öllampe, die auf dem Küchentisch stand, und verließ das Haus. Eisiger Wind und Regentropfen, scharf wie Glasscherben, schossen ihm ins Gesicht. Die Arme schützend vor das Gesicht haltend, schlurfte er zum Schuppen. Die Tür klapperte unter der Wucht des Sturms. Er entriegelte den Schuppen und schlüpfte ins Innere. Ein großer Korb stand in der Mitte des Raumes, um das Holz, welches überall verteilt aufgestapelt stand, zu transportieren. Er stellte die Öllampe auf einen kleinen Tisch, der neben der Tür stand, und ging zu dem Korb.

Dann hörte er ein Geräusch. Ein klägliches Jammern kam aus dem Korb. Hari hielt inne. In dem Korb war etwas. Er schlich sich näher heran und blickte hinein. Dort, zwischen Holzresten und altem Zeitungspapier, lag ein kleines Kätzchen. Die großen, bernsteinfarbenen Augen starrten ihn ängstlich an; das Maul zu einem stummen Mauzen geöffnet. Hari starrte verständnislos auf das kleine Geschöpf. Der kleine, orangefarbene Kopf zog sich ängstlich zurück, die kleinen Pfötchen wurden enger an den Körper gepresst.

„Wie kommst du denn hierher?", fragte Hari schließlich und hockte sich vor den Korb. Das Kätzchen gab ein ängstliches Fauchen von sich. „Shhhh, ganz ruhig", versuchter Hari, das

Kätzchen zu beruhigen, und streckte die rechte Hand aus, um es zu streicheln. Mit einem Satz gruben sich zwei Pfötchen in seine Hand. Fluchend fuhr Hari zurück und fiel nach hinten. Er blickte auf seine Hand. Zwei tiefe Kratzer zierten seinen Handrücken. „Kleines Biest", murmelte er und kniete sich wieder vor den Korb. Das Kätzchen putzte sich stolz ein Pfötchen und sah ihn an. Hari schüttelte lächelnd den Kopf. Dieses kleine Geschöpf schien ihn zu verspotten.

Hari musterte das kleine Wesen. Das kleine, braune Näschen, die großen Augen und die tapsigen Pfötchen. Das leuchtend orangene Fell war mit bräunlichen Streifen durchzogen und wuchs wild in alle Richtungen. Noch immer putzte es sich das Pfötchen. Hari starrte es weiter an. Wie zerbrechlich es doch aussah. Wie war es nur hierhergekommen? Was sollte er nun tun?

Das Kätzchen streckte sich und machte einen kleinen Katzenbuckel. Es gähnte und rollte sich zu einem kleinen, flauschigen Knäuel zusammen. Hari musste lächeln. Dieses Kätzchen fühlte sich scheinbar wohl. Draußen wütete ein Sturm, und Holzreste und altes Zeitungspapier konnten freilich nicht sehr gemütlich sein, doch das kleine Tier fing an, zu schnurren und sich eine gemütlichere Position zu suchen. Hari starrte fasziniert dabei zu, wie das Kätzchen augenblicklich einschlief. Er dachte daran, wie er selbst stundenlang im Bett lag und kein Auge zutat. Wie ihm seine Gedanken und Schuldgefühle den Schlaf raubten und er dann vor Erschöpfung einschlief.

„Was mache ich jetzt nur mit dir?", fragte er und unternahm einen neuen Versuch, das temperamentvolle Tier zu berühren. Ganz langsam tasteten seine Finger nach dem Fell. Das Kätzchen blieb schlafend liegen. Dann strich er über den Rücken des Tieres. Das Fell fühlte sich weich und flauschig an. Es ertönte erneut das zufriedene Schnurren. Wieder lächelte Hari. Es fühlte sich merkwürdig an. Seine Mundwinkel taten ein wenig weh. Wie lange hatte er schon nicht mehr gelächelt? Er saß hier lächelnd vor einem Körbchen und streichelte ein Kätzchen. Das war doch ein absurdes Bild! Nach einigen Minuten stand er auf und nahm das Kätzchen vorsichtig aus dem Körbchen. Es schlief friedlich weiter. Er bettete es in die großen Taschen seines Regenmantels. Dann legte er etwas Holz in den Korb und verließ den Schuppen wieder.

Hari saß wieder auf dem Holzstuhl vor dem Bett. Es lag keine sterbende Frau darin. Kein schweres Atmen, das ihm das Herz brach. Da war nur ein leises Schnurren. Beim Anblick des Kätzchens empfand Hari etwas Tröstliches. Er stand auf und setzte sich neben das Kätzchen auf das Bett. Die Matratze gab ein quietschendes Geräusch von sich, als sie unter seinem Gewicht nachgab. „Du armes Wesen, ganz allein", murmelte Hari und streichelte das Kätzchen neben sich. „Weißt du, ich bin Hari und wohne hier", erklärte er dem schlafenden Tier. „Inge fand es immer wichtig, dass man höflich ist, weißt du?", fuhr er fort. Das Kätzchen öffnete verschlafen ein Auge und starrte ihn an. „Du musst keine Angst haben, Herr Kratz. Ich hoffe, du bist mit dem Namen einverstanden", sagte er. Langsam streckte sich Herr Kratz und sah sich auf dem Bett um. „Du musst mir verzeihen, ich bin nicht sehr kreativ, aber schließlich hast du auch einen Eindruck hinterlassen", entschuldigte sich Hari und deutete auf die Kratzer auf seiner Hand. Dann beobachtete er Herrn Kratz dabei, wie er mit einem Faden, der aus der Flickendecke ragte, spielte. Er wackelte mit dem Hinterteil und sprang mit einem großen Satz auf den Faden zu. Die kleinen Pfötchen zappelten wild um den Faden herum.

Hari schmunzelte. Tief in seinem Inneren machte sich eine ungewohnte Wärme breit. Er fühlte etwas. Freude und Belustigung wegen eines kleinen, frechen Wesens, das seine Decke zu zerrupfen drohte. Lag es an der Leichtigkeit, die Herr Kratz ausstrahlte, wenn er einen neuen Sprung auf den Faden unternahm? Es erinnerte ihn an Inge. Diese Lebensfreude und Leichtigkeit. Das rote Fell. Hari war von dem Tier fasziniert.

Doch dann beschlich ihn das schlechte Gewissen. War es

Unrecht, dass er sich bei dem Anblick dieses Tieres besser fühlte, wo doch Inge begraben und verlassen auf dem Friedhof lag? Sein Herz wurde ihm wieder schwer. Jetzt schämte er sich für sein Lächeln und seine Gefühle. Er legte sein Gesicht in die Hände und versank.

Vor einigen Monaten hatte er genau hier neben Inge auf dem Bett gesessen und sich für seine geheimen Gedanken geschämt. Gedanken darüber, dass es besser wäre, wenn Inge sterben würde. Er hatte es nicht ertragen können, dass sie solche Schmerzen erleiden musste. Es kam ihm Unrecht vor, dass Inge so lange darauf warten musste, endlich erlöst zu werden. Doch diese Gedanken machten ihm Angst. War es nicht herzlos, so zu denken? Unmenschlich und gefühlskalt. Schuldgefühle kamen in ihm hoch, und er ekelte sich vor sich selbst. Ekelte sich, dass er den Tod seiner Frau herbeisehnte.

Schon wieder kreisten hunderte Gedanken durch seinen Kopf. Er fühlte sich so schuldig. Dann spürte er etwas Kleines, Warmes auf seinen Schoß klettern. Er sah durch seine Finger hindurch, dass Herr Kratz es sich in seinem Schoß gemütlich machte. „Nein, lass das!", ermahnte ihn Hari und nahm ihn hoch. Er hielt ihn einige Zentimeter von seinem Gesicht entfernt und sah ihn an. Die bernsteinfarbenen Augen fixierten seine grauen. Schon wieder versuchte das Tier, ihn mit den Pfötchen zu erwischen, doch er setzte es neben sich auf das Kopfkissen. Hari seufzte. Er war durcheinander. Es war alles zu viel. Schuldgefühle nagten an ihm wie die Ratten am Getreide. Ihm wurde übel.

Herr Kratz war inzwischen wieder auf seinen Schoß geklettert. „Du bist verflucht hartnäckig!", seufzte Hari und blickte auf das Kätzchen hinunter. Irgendetwas in seinen Augen sagte ihm, dass das Tier ihn verstand. Ich werde verrückt, dachte Hari, schließlich konnten Tiere nicht einmal sprechen. „Meine Frau ist gestorben, weißt du? Und ich weiß nicht, ob es Unrecht ist, dass ich mich darüber freue, dass sie erlöst ist", erklärte

Hari zögernd und legte seine Hände neben das Kätzchen auf den Schoß. „Sie hatte diesen schwarzen Schatten, der ihre Lunge kaputt gemacht hat. Es war so schrecklich." Hari schluckte und blinzelte die Tränen, die in seinen Augen brannten, weg. „Weißt du, sie hat so gelitten. Mein Engel hat so sehr gelitten. Ich wollte einfach nur noch, dass das vorbei ist. Das sie keine Schmerzen mehr hat. Sie sollte einfach keine Schmerzen mehr haben."

Das Kätzchen rollte sich in seinem Schoß zusammen und schnurrte. „Du findest, es ist kein Unrecht, was?", fragte Hari und kam sich merkwürdig vor. „Nein, es ist nicht Unrecht. Schließlich habe ich Inge mehr als alles andere geliebt!", sagte eine Stimme in seinem Kopf, und ihm wurde schlagartig klar, dass dies die Wahrheit war. Es war die Liebe zu seiner Frau, die Liebe zu Inge, die ihn dies denken ließ.

Tränen liefen ihm über das Gesicht. Doch waren es dieses Mal keine Tränen der Trauer. Es waren Tränen der Erleichterung. Hari hatte es nun verstanden. Er wollte sich nicht länger mit Schuldgefühlen zerfleischen. Ja, es war seine Liebe zu Inge, die ihn so denken ließ. Er hätte sich lieber sein eigenes Herz aus der Brust gerissen, um Inge nicht eine Sekunde länger leiden zu lassen. Endlich wurde ihm klar, dass sein Wunsch nach Inges Erlösung nur ein Zeichen seiner Liebe zu ihr gewesen war.

Hari weinte leise vor sich hin, und seine Finger streichelten über das warme Fell von Herr Kratz. Das Schnurren beruhigte ihn. Es erinnerte ihn auf eine merkwürdige Art an das Rauschen des Meeres. Er mochte das Meer. Dann strich er sich die Schuhe von den Füßen und legte sich mit dem ganze Körper auf das Bett. Herrn Kratz gefiel dies gar nicht. Er sprang beleidigt maunzend von seinem Schoß und tapste an das Fußende des Bettes.

Hari starrte einige Sekunden an die Decke. Unbewusst wackelte er mit seinen Zehen und erregte somit die Aufmerksamkeit von Herr Kratz. „Autsch!", schimpfte er, als sich die Krallen in seine Socken bohrten. Er setzte sich auf und starrte auf seine Füße. Das Kätzchen umklammerte seinen linken Fuß. „Du bist ganz schön frech!", tadelte ihn Hari und zog vorsichtig seinen Fuß an. Herr Kratz aber wollte seine „Beute" nicht so einfach hergeben. Seine kleinen Zähnchen gruben sich tief in Haris Fuß. Ruckartig zog Hari seine Beine an, und Herr Kratz fiel auf die Seite. Mit einem vorwurfsvollen Blick rappelte er sich wieder auf. Hari lächelte und schloss die Augen. Nach wenigen Minuten war er eingeschlafen. All die Erschöpfung der letzten Tage forderte ihren Tribut. Es war die erste Nacht seit einer gefühlten Ewigkeit, in der Hari friedlich einschlief. Frei von quälenden Gedanken oder schmerzvollen Schuldgefühlen.

Hari träumte vom Meer. Kleine Wellen schwappten an den Strand, Möwen flogen kreischend durch die Luft, und er saß in einem alten Strandkorb. Zu seinen Füßen lag Herr Kratz und knabberte an den Überresten eines Fisches. Warme Sonnenstrahlen wärmten Haris nackte Füße, und er atmete die klare Seeluft ein. Dann bemerkte er eine Gestalt, die den Strand entlanglief. Er erkannte sie sofort. Inge trug ein langes, grünes Kleid, welches mit großen, weißen Blumen bestickt war, und strahlte ihn an. Er lächelte und winkte sie zu sich rüber. Schließlich saßen sie nebeneinander in dem Strandkorb. Hari sah sie glücklich an. Ihr Gesicht war nicht eingefallen oder blass. Das herzförmige Gesicht strahlte, und ihre Wangen glühten in einem zarten Rosa. „Du bist so wunderschön!", sagte Hari und ergriff ihre Hand. „Bitte sei nicht so traurig, mein Herz", hauchte sie leise. Gemeinsam blickten sie auf das Meer. Die Sonne sank langsam und tauchte das Meer in ein tiefes Orange. Das Rauschen des Meeres wurde lauter und lauter.

Dann erwachte Hari. Neben seinem Kopf lag Herr Kratz und schnurrte laut. Hari fühlte sich erholt. Seit langem hatte er schon nicht mehr so gut geschlafen. Er stand auf und ging zum Fenster. Draußen schien bereits die Mittagssonne und flutete den Garten in ein goldenes Licht. Hari öffnete das Fenster und lehnte sich nach draußen. Die Luft war kalt und klar. Er atmete tief ein und schloss die Augen. Sonnenstrahlen strichen warm über sein Gesicht.

Die letzten Jahre waren hart gewesen. Er hatte seinen Sohn verloren, sein Hof lief immer schlechter, und nun war seine geliebte Frau gegangen. So viel Trauer, so viele Schmerzen hatte er ertragen müssen. Hari öffnete die Augen wieder und drehte sich um. Mit dem Rücken zum Fenster, sah er auf das Bett hinüber. Herr Kratz hatte sich unter die Flickendecke verkrochen und erkundete das neue Gebiet. Bei diesem Anblick wurde Hari bewusst, dass er nicht mehr allein sein musste. Gewissermaßen hatte er Herrn Kratz das Leben gerettet. Wie auch immer er seinen Weg in den Korb im Schuppen gefunden hatte, er hätte dort nicht überlebt. Da war sich Hari sicher. Der Kater würde bei ihm bleiben. Er würde sich um ihn kümmern.

Hari setzte sich ans Bettende und hob die Flickendecke hoch. Herr Kratz lag auf dem Rücken und spielte mit der Decke. „Komm mal her, Kleiner", murmelte Hari und griff nach dem flauschigen Körper. Empört fiepte Herr Kratz auf, doch schon hatte Hari ihn auf seinen Schoß gesetzt.

„So, Herr Kratz, ich finde, es wäre das Beste, wenn du bei mir bleibst", sagte er und streichelte dem Kätzchen über den zottligen Kopf. „Aber es gibt hier auch ein paar Regeln!", fuhr Hari streng fort. Das schien Herrn Kratz jedoch nicht sonderlich zu interessieren. Er sprang mit einem Satz von seinem Schoß. Langsam ließ er die Pfötchen an der Matratze hinabgleiten und fixierte mit den Augen den Boden. Dann, mit einem mutigen Satz, landete das Kätzchen sicher auf dem Holzboden. „Darüber sprechen wir dann später", sagte Hari amüsiert und öffnete die Tür. Er brauchte erstmal eine Tasse Tee.

Die Küche war unordentlich. Auf dem Küchentisch lagen alte Zeitungen und Briefumschläge verteilt, und in dem Spülbecken stapelte sich schmutziges Geschirr. Hari schlurfte zum Herd und nahm den alten Teekessel. Ein klägliches Mauzen an der Tür ertönte. Herr Kratz war ihm offenbar in die Küche gefolgt. Mit wackeligen Schritten lief er bis zum Küchentisch und jammerte erneut. „Du hast wohl Hunger, Kleiner", sagte Hari und ging zum Kühlschrank. Eine angebrochene Flasche Milch stand in der Tür des Kühlschranks. Das dürfte fürs Erste reichen!, dachte Hari und begann, eine Schüssel vom Geschirrstapel im Spülbecken abzuwaschen. Ungeduldig maunzte Herr Kratz, als Hari eine volle Schüssel Milch vor seinen Pfötchen abstellte. „Lass es dir schmecken", sagte Hari, als sich das Kätzchen gierig auf die Milch stürzte und einige Spritzer auf dem Boden verteilte. Hari schüttelte lachend den Kopf.

Einige Minuten später stand Hari am Fenster des Schlafzimmers. Eine dampfende Tasse Tee stand neben der Porzellanschale. Hari drehte sich eine Zigarette. Auf dem Bett spielte Herr Kratz wieder mit einem Faden aus der Flickendecke. Hari zündete sich die Zigarette an und ging zum Bett. „Lass die Decke gefälligst heil, du kleiner Rabauke!", tadelte er ihn und nahm das Kätzchen hoch. Der Qualm der Zigarette zog dem Tier ins Gesicht, und es begann zu niesen. Hari setzte das Tier wieder auf das Bett und ging zurück zum Fenster. Herr Kratz nieste erneut. Hari stutzte. Urplötzlich kam ihm das Bild von Inge wieder in den Kopf. Die abgemagerte, schwache Gestalt, die hustend im Bett lag. Das Keuchen und Ringen nach Luft. „Herr de Vries, ich muss Sie eindringlich warnen. Das Rauchen schadet nicht nur Ihnen, sondern auch Ihrer Frau. Bitte unterlassen Sie das! Die Lunge Ihrer Frau ist schon sehr stark angegriffen!", hörte er die Stimme der Ärztin in seinem Kopf. Schwarzer Schatten, dachte er und nahm sich die Zigarette aus dem Mund. Er sah auf das Bett. Herr Kratz putzte sich mit der Pfote das Gesicht. Nein, du nicht auch noch!, dachte Hari und drückte die Zigarette aus. Dann nahm er den Tabakbeutel in die Hände und ging zum Kamin. Schwarzer Schatten, dachte Hari erneut. Er drehte sich um und sah zum Bett zurück. Herr Kratz versuchte, unter die Flickendecke zu kriechen; der orangene Schwanz wedelte ungeduldig durch die Luft. Hari lächelte. Dann blickte er auf den Tabakbeutel in seinen Händen. Sein Blick schweifte auf die Kratzspuren auf seinem rechten Handrücken. „Oh ja, du hast Spuren hinterlassen", dachte Hari glücklich. Dann schmiss er den Tabakbeutel in den Kamin.

Zwischen den Rosen

C.B.K.

Januar

Es war grau draußen. Der Regen prasselte in Strömen auf die Straße. Die Lichter der vereinzelten Kutschen schienen wie verirrte Seelen, die im dunklen Strom den Weg nach Hause suchten, doch taten sie dies? Ja. Vermutlich waren die Pferde, die klatschnass im dumpfen Licht glänzten, der Geborgenheit ihres Stalls näher als sie selbst. War sie zwar in ihrem Haus, doch schien ihr, als hätte sie jede Sekunde mit den Pferden dort unten tauschen mögen. Vereinzelte Regentropfen rannen das Fensterglas hinab, rannen über ihre schemenhafte Reflektion, entlang der hohen Stirn, durch die tiefen Höhlen, aus denen ihre Augen starr hinausblickten, entlang der hohen Wangenknochen und hinab, hinab über Holz, dann Stein, fallend ins Unendliche.

Donner grollte in der Ferne, es tat sich ein Klangteppich aus Zischen, Grölen und Knurren, erhellt von vereinzelten verzackten Blitzen, auf. Die Straßen waren mittlerweile leer, die alte Grandfather Clock, die ihr Onkel aus Aberdeen zur Hochzeit geschickt hatte, schlug zehnmal. Es war eine schöne Standuhr. Mannshoch, mit silbrigem Ziffernblatt und messingfarbenem Pendel, das stetig, verlässlich, beständig Maß hielt und die Zeit einteilte, mit einem leichten Tick, Tack, Tick, Tack, dass schien, als würde in ihr ein Walzer gespielt und kleine Miniaturen von Zahnrädern einen Tanz aufführen, der von niemandem je gesehen würde.

Diese Uhr hatte vermutlich mehr gesehen als sie. Sie war in den Cotswolds aufgewachsen, kannte die lebendige Studentenstadt Oxford mit ihren verwinkelten Gassen, der Bodleian Library und der Radcliff Camera, hatte zusammen mit ihrem Vater eine der Ausstellungen des British Museums in London bewundert und auf der Linie des nullten Längengrads in Greenwich gestanden. Ach, was war das alles lange her. Es erschien wie ein anderes Leben, eines, das man nur aus Büchern kennt, wenn man sich mit dem Protagonisten identifiziert und doch weiß, dass das gelesene Leben ungleich des eigenen ist. Denn die Drachen und Monster, die man im Buch besiegt, schlagen weiter um sich. Und jetzt saß sie fest. In einem großen Herrenhaus zwar, in der Nähe von Bracknell, mit Park und Wäldern – und doch purer Isolation, die auch die verschiedensten Evening-Dinners und Afternoon-Teas in feiner Gesellschaft nicht brechen konnten.

„Margret! Kommst du? Ich bin zurück!", schrie es von unten herauf. Ihr Mann. Richard Underworth, Politiker im House of Lords und die Plage des Hauses. Nein, so sollte ich nicht denken, fuhr es ihr durch den Kopf, das macht es nur schwieriger.

„Ja, ich komme runter", sie seufzte tief auf, streckte die Schultern durch, stand auf, atmete noch einmal tief ein und aus, um sich innerlich zu wappnen, und ging durchs Zimmer. Ihre rechte Hand strich im Vorbeigehen noch sanft das Holz der Uhr, als würde ihr das Tick, Tack ein „nur Mut" zuflüstern, bevor sie die breiten Treppenstufen hinabging, um ihren Mann zu begrüßen und die ewige Litanei über das Unterhaus und seinen Gegenstreiter an sich herabprasseln zu lassen, gespickt mit häuslichen Vorwürfen und Verbesserungsvorschlägen. Draußen heulte der Sturm, ein Blitz fuhr in einen Baum, der trotz Regen aufflammte und wie eine Fackel die Dunkelheit erleuchtete.

Richard stand am Treppenansatz und schaute zu ihr hinauf. Auf seiner Stirn war eine Falte zu sehen, die sich vom Nasenwurzelansatz bis zur Mitte der Stirn zog. Das Licht der sich hinter einer Glashülle befindlichen Kerze schien auf sein gescheiteltes Haar, dessen einstige Schwärze mittlerweile von silbernen Strähnen durchzogen war. Das von dem Sideboard stammende Licht betonte seine tiefen Augenhöhlen. „Margret, hast du den Delaneys bereits geschrieben bezüglich des Pferderennens in Ascot?" Nein, das hatte sie nicht. Sie hatte es tun wollen, aber dann nicht die Energie aufbringen können. Mr. Delaney war ein gekünstelter Charmebolzen und Mrs. Delaney eine spitznasige, junge Frau mit böser Zunge. „Hast du? Mein Gott, ich rede mit dir!" Sie schaute an seinem Gesicht vorbei und fokussierte einen Fleck an der hinteren Wand, es sah aus wie Ruß. Wie konnte dort Ruß hinkommen? Sie bemerkte, dass sie sich mit der Rußfrage nur beschäftigte, weil sie dem finsteren Blick nicht entgehen konnte, aber ihre Gedanken suchten bei Trivialitäten Zuflucht. „Verdammt, Frau, warum habe ich dich eigentlich geheiratet? Ein lebendes Gespenst, das nie anwesend ist." Die Schlagader an seinem Hals pulsierte. Er holte mit der Hand aus, die Rückhand traf die Kerze, diese fiel samt ihrem Gehäuse auf den Fußboden, Glas klirrte zerschellend, die Kerze ging aus. Der Qualm tänzelte leicht hinaus und zerstob. Richard schnaubte, zertrat die Scherben mit einer wütenden Drehung und stürmte in sein Studierzimmer.

Die Mädchen rannten und sprangen, kabbelten, neckten sich, Seitenhiebe und Tuscheleien erfüllten den Moment, bis die Lehrerin alle mit vorgehaltenem Zeigefinger und strengem Auftreten zum Benehmen ermahnte. Margret hatte die Szene aus der Fensternische heraus beobachtet. Wie fern ihr dieses fröhliche, unbeschwerte Gehabe doch war. Wie sehr sie sich manchmal doch wünschte, mitalbern, mitrangeln zu können, genau wie die anderen zu sein. Und doch blieb sie stets außen vor, fühlte sich nicht teilhabend an den Momenten, die die anderen teilten, blieb Beobachtende und beobachtete. Ach, wie sie sich nach der Heimat sehnte, nach ihrem Vater, den langen Spaziergängen und Ausflügen zu den Seen der Umgebung, ja selbst der Jagd, auf die er sie heimlich mitgenommen hatte. Heimlich, um der Empörung ihrer Mutter zu entgehen. Ach, wie schön war der eine Sommer gewesen, als sie ihren Onkel in Schottland besucht hatten, den Bruder ihres Vaters, und sie dort oben entlang der Bergketten gewandert waren.

Sie erinnerte sich an eine Gelegenheit, als sie Moorhühner

schießen waren. Ihr selbst gefiel diese Tätigkeit nicht, sie war kein Freund des Jagens, aber der frischen Luft, des Adrenalins der anderen, der Lebendigkeit des Augenblicks, die umso stärker wirkt, je mehr das Leben dem Tode naht. Und schließlich schmeckten ihr die Vögel gut. Aber dennoch taten ihr die Tiere leid, die aufgereiht auf dem feuchten Gras, Moos und Heidestrauch lagen und mit glanzlosen Augen einander an- und in den Himmel starrten. Ein Junge nahm eines der Vögelchen und zerquetschte ihm den Kopf mit den braunen und weißen Sprenkeln. Dunkelrotes, dickflüssiges Blut rann aus dem feinen Schnabel. „Guck mal, Vati, der hier war ganz jung!" Vor Begeisterung kippte ihm die Stimme. Margret wandte sich in diesem Augenblick ab, atmete tief durch und versuchte, ihre Abscheu vor dem Mangel an Respekt dem Tier gegenüber in den Griff zu bekommen. Rauch lag in der Luft, bald würden sie alle wieder aufbrechen Richtung Tal und dort dann später die erlegten und vom Personal gereinigten und zubereiteten Moorhühner gemeinsam verspeisen.

Mit dem Rauch dachte sie an den heimischen Kamin, vor dem ihre Mutter wohl sitzen würde, mit zusammengepressten Lippen, wenn sie wissen würde, wo sie sich aufhielt. Ihre Mutter wünschte sich nichts sehnlicher als eine Tochter, die brav allen Anforderungen gerecht wurde, sich sittsam verhielt und am besten den ganzen Tag stickte. „Sticken. Als ob. Eher würde ich in den Wald rennen und Holz hacken!", würde sie gerne laut rufen. Aber sie traute sich nie.

Die Mädchen fingen nun an, auf sie zuzukommen. „Hey Margret, was schaust du so blöd nach draußen, ist da ein Gespenst, oder bist du einfach dämlich?" Margret ignorierte sie, transportierte sich zurück auf die Berge, auf denen ihre Schritte auf dem Moos federten, die Wolken ihr frei übers Haupt zogen und kleine Cairns an vergangene Schlachten und Zeiten erinnerten.

Es war ihre Mutter gewesen, die ihren Vater überredet hatte, sie in dieses Internat zu stecken, ihre Mutter, die eifersüchtig war, nicht die ungeteilte Aufmerksamkeit ihres Ehemannes zu erhalten, die wütend auf die Tochter war, mit der sie keine Gemeinsamkeiten fand, und wütend darauf, das Gefühl zu haben, gegen eine Wand anzureden. Und so war sie, Margret, hier gelandet, unter gleichaltrigen Mädchen guter Gesellschaft, die auf das spätere Leben als Herrin des Hauses vorbereitet werden sollten. Ach, wäre sie doch bloß irgendwie abgehauen, hätte sie sich bloß damals Barnaby, das gutmütige Shire-Horse, geschnappt und wäre fortgeritten, fort von dem Druck, den Kommentaren, der Bissigkeit. Aber wohin? Egal. Einfach fort, einfach fort.

Margret wachte auf, schweißgebadet, ihr Herz raste, als ob es selbst einen Galopp hingelegt hätte. Rauch lag tatsächlich in der Luft. Er stammte vom Kamin, in dem das abgedeckte Feuer langsam vor sich hinglomm und gegen die schwerfällige Nässe draußen im Schornstein angrummelte. Hufe klapperten auf dem Kopfsteinpflaster, und Wagenräder quietschten. Sie stand auf und schaute aus dem Fenster, ihr Mann saß in der Kutsche und fuhr fort. Sie atmete erleichtert auf. Einige Stunden Ruhe, einige Stunden so etwas wie Frieden, so weit dieses Wort dem Gefühl des Eingesperrtseins etwas entgegensetzen konnte.

Februar

Sie saß am kleinen Bach unterhalb der Grenze des Anwesens und starrte in und auf den fließenden Strom. Einige Wasserhühner tauchten ihre Köpfe unter, fanden etwas zu essen und schwammen fröhlich weiter gegen die Strömung, riefen zwischendurch, verstummten dann. Die Sonne schaute zwischenzeitlich hinter der fließend verändernden Wolkendecke hervor und badete ihr Haar ebenso wie die riffelnden Wellen in weiß gleißendem Licht. Das Mosaik aus Licht und Schatten verdichtete sich, die Zweige der Bäume über ihr schwankten sanft in der leichten Brise. Sie blickte über den Bach hinaus ins Dunkel des Gesträuchs. Dorthinter begann der Wald. Es schien ihr, als sähe sie dort eine Gestalt, aber dort konnte doch gar nichts sein, oder? Ein Knacken und strauchelndes Rascheln erscholl. Nein, das musste ein Tier sein, oder sie bildete es sich ein. „Hiiilfeee", schrie eine Stimme. Mist, also hatte sie es sich doch nicht eingebildet.

Ohne nachzudenken, raffte Margret ihre Röcke und stapfte durch den Bach hin zur anderen Seite. Vorbei an den tiefen Ästen der Tanne, vorbei an Buchensprößlingen, Eschen und den zitternden Erlen, über altes, braunes Laub, Matsch und die vereinzelten Moosstellen. Aber wo kam der Ruf her? Sie hatte die Richtung verloren. „Hallo?", rief sie laut. Keine Antwort. Sie ging weiter, strauchelte ebenfalls. Da!, da kam das Geräusch wieder. Jetzt sah sie die Quelle. Ein kleines Mädchen war über eine Wurzel gestolpert und mit der Stirn am Stamm angeschlagen. Aus großen, angsterfüllten Augen schaute sie Margret an. Wie alt mochte sie sein? Fünf? Sechs? „Hey, habe keine Angst." Margret näherte sich dem Kind, streckte ihre Hand aus. Aber bevor sie es erreichen konnte, war das Kind in der Sekunde eines Augenschlags verschwunden. Wie konnte das möglich sein? Sie hörte nichts mehr. Absolute Stille lag in der Dämmerung, kein Rascheln, keine Schritte, keine Vogelstimme, kein Atmen, kein Murmeln des Bachs.

Sie ging weiter, die Fallspuren mussten doch da sein. Aber nichts, keine einzige Spur ihres Zusammentreffens war ersichtlich. Margret ging weiter auf dem schmalen Pfad, der sich vor ihr abzeichnete, vor ihr, mitten auf dem Weg, stand plötzlich eine mannshohe Blume. Fingerhut? Oder Eisenhut? Welche war nochmal welche?, fragte Magret sich selbst. Die Pflanze war groß, riesig nahezu. Violette Blüten heruntergereiht, weiße Sprenkel, süßer Duft. Nein, nicht näherkommen, sie ist giftig, erinnerte sie sich. Aber viel zu wenig wusste sie über Pflanzen. Viel zu wenig. Dabei waren sie so wild und faszinierend und schön. Warum wuchsen eigentlich bei ihr keine Pflanzen, lag kein Ziergarten hinterm Haus? Nur die Äcker und Pflanzen des Küchengebrauchs. Das wollte sie ändern, versprach sie sich. Die

Stille verflüchtigte sich, sie machte einen Schritt rückwärts, drehte sich um, hörte ein Rascheln, sah nichts, spürte keine Augen zwischen ihren Schulterblättern, aber es schien ihr, als schaute die Pflanze ihr hinterher.

Zurück über den Pfad, zurück durch den Bach, zurück über die Wiese, zurück über den Boteneingang, hinein, hinein auf Zehenspitzen. Sie wusch sich, zog sich um, unbemerkt von den Angestellten, schlich in die Bibliothek ihres Mannes und suchte sich jedes Buch über Pflanzen heraus, dessen sie habhaft werden konnte. Es waren nicht viele, nur drei seiner Tante, die er von ihr geschenkt bekommen hatte. Sie schleppte ihre Beute in ihr Zimmer, holte sich Papier, Feder und Tinte und begann, die Werke zu studieren. Welche Pflanzen wuchsen auf dem heimischen Boden? Welche waren giftig? Welche taugten als Heilpflanze, welche gefielen ihr am besten? Welche konnte man wie anordnen? Voller Elan arbeitete sie an Plänen und sortierte Listen, überlegte, woher sie welche bekommen konnte. Wie gut, dass ihr Mann diesen kompletten Monat in London verbringen würde. Sie freute sich.

Am nächsten Morgen stand sie früh auf, nahm sich eine Schüssel vom lauwarmen Porridge aus der Küche und einen Tee, aß schnell ihr Frühstück und ging hinaus. Aus dem dem Stall vorliegenden Geräteschuppen holte sie sich Faden, Stecken und Spaten und machte sich an die Arbeit, hinterm Haus ein Beet abzustecken, nichts Großes, eventuell vier mal zwei Meter. Mit dem Faden und den Stecken markierte sie die Umrandung, und dann begann sie zu graben. Schritt für Schritt, Spatenstich für Spatenstich. Sie bemerkte die Angestellten, die entweder die Nase rümpften oder hinter vorgehaltener Hand miteinander tuschelten.

Nur Alec, der alte Aufseher, kam direkt auf sie zu und fragte, ob er es nicht delegieren und die jüngeren Knechte die Arbeit ausführen lassen sollte. Aber sie dankte höflich ab und wendete sich wieder dem stetigen Rhythmus des Grabens zu. Die Arbeit machte ihr Spaß und erfüllte sie, zur Mittagszeit hatte sie bereits die Hälfte geschafft. Sie holte sich eine Pastete aus der Küche, setzte sich auf die Stufen der Hintertür und betrachtete ihr Werk. Der Himmel war strahlend blau, keine Wolken waren zu sehen, nur einige Raben durchzogen hoch oben die Luft. Vielleicht konnte das Leben ja doch schön sein. Der Geschmack von Fleisch, gesottenen Karotten und Zwiebeln in der mürben krümeligen Teighülle schmeckte ihr besser als je zuvor. Mit einem letzten großen Bissen stopfte sie sich den Rest der Pastete in den Mund, wischte sich ihre Finger an den Rockschößen ab und machte sich wieder an die Arbeit, die Druckstellen und aufkeimenden Blasen in der Handinnenseite ignorierend.

Beim Graben fand sie allerhand, Steine, alte Porzellanscherben, einige kleine Knochen und einen Haufen Regenwürmer und Krabbelviecher. Ach, schön würde das Beet werden. In die Mitte wollte sie Rosen und Lupinen setzen, Phlox und Lavendel abgestuft nach außen hin. Pfingsttulpen und Buchsbaumhecken, Kornblumen und Kamille, Astern, Rittersporn und wie viele weitere! Alles würde seinen Platz in ihrem Garten finden. Alles. Jede Farbe, jede Form, jede Wuchshöhe. Sie würde es schaffen. Abends fiel sie rundum zufrieden ins Bett und schlief tief und traumlos. Sie hatte ihr Tagwerk vollbracht und war zufriedener, als sie es seit langem gewesen war.

Am nächsten Tag schrieb sie dem Pflanzenhändler Lionel Turndyke, den sie zufällig auf einer Gesellschaft bei Lady Tweedslay im vorigen Jahr kennen gelernt hatte, als er dem illustren Kreis von der Tätigkeit der Pflanzenjäger berichtete. Sie übergab den Brief und die angefügte Bestellliste dem Boten und lehnte sich, die Arme über dem Kopf verschränkt, zurück. Jetzt hieß es abwarten.

März

Voller Erwartung rannte sie zur Haustür, als sie das sonore Klingeln der Servant's bell gehört hatte. Waren das ihre

Pflanzen? Fast rutschte sie aus, als sie in den Flur abbog und rennend auf dem polierten Parkett schlitterte. Mit einem Wums kam sie an der Hintertür an, riss diese auf und stand mit errötetem Gesicht und Haaren, die sich aus ihrer Frisur hervorkringelten, dem überraschten Gesellen Lionels gegenüber. „Ehm, Mrs. Underworth, ich habe nicht damit gerechnet, Sie hier am Boteneingang zu sehen", stammelte der verdutzte junge Mann, dessen kurzen, lockigen Haare ihm bis knapp über die Augen fielen. „Unverhofft kommt oft", erwiderte Margret lachend. „Ich hatte mich so auf die Lieferung gefreut. Danke, dass Ihr sie so schnell habt bringen können." „Gerne doch", war die lächelnde Erwiderung.

Sie gingen hinaus und umrundeten den Wagen. Die wurzelnackten Stauden und Knollen lagen ordentlich sortiert und beschriftet neben- und hintereinander und strahlten eine Mischung aus kargem Simplizismus und Hoffnung auf Fülle aus. Sie strahlte den Händler an, „Sie sind wunderschön!". Er lachte nun auch. „Schön, das höre ich selten. Die meisten bewundern die Pflanzen lediglich zur Zeit ihrer Blüte, nicht der der Ruhe." Er setzte die Pflanzen und Kisten vorsichtig neben ihrem umgegrabenen Beet ab. „Kann ich noch irgendwie behilflich sein?" „Nein, den Rest bekomme ich alleine hin, vielen herzlichen Dank." „Und wenn Sie weitere Pflanzen brauchen, schreiben Sie einfach Mr. Turndyke, dann bringe ich sie Ihnen so schnell wie möglich vorbei." Sie schauten sich lächelnd an, schüttelten die Hände, der Moment verstrich, und der junge Pflanzenhändler fuhr los, sich im Vorbeifahren nickend an den Hut tippend.

Die nächsten drei Tage verbrachte Margret von morgens bis abends im Garten. Sie grub Löcher, setzte Pflanzen, sortierte Wurzeln, wässerte die gepflanzten Stauden, grub Knollen ein und arbeitete sich beständig fort, von der Mitte nach außen, so dass sich fast ein Kreis ergab, den sie den Tag über ablief. Einen kleinen Weg legte sie an. Dort in der Mitte würde sie neben die

Rosen eine kleine Bank setzen, dann könnte sie mitten zwischen den Stauden den Sommer verbringen. Und wenn die Lupinen und Rittersporne hoch genug wüchsen, könnte sie hier auch so leicht niemand sehen. Sie könnte ihren Tee hier mit hinausnehmen und eventuell lesen. Aus Freude gelesen hatte sie lange nicht mehr, dabei hatte es ihr früher so viele gute Stunden bereitet. Sie würde wieder lesen, Browning, Tennyson und Keats zwischen den Rosen.

Den Tag drauf beschloss sie, wieder einen Spaziergang zu machen. Wie automatisch führten sie ihre Füße zurück zum Bach, durch diesen hindurch und in den Wald hinein, wo sie die Blume gesehen hatte, aber sie fand sie nicht. Komisch, es musste doch hier irgendwo gewesen sein. Alte Geschichten vom verhexten Wald fielen ihr wieder ein, aber sie wischte die Gedanken weg. Blödsinn, es musste eine richtige Erklärung geben. Wahrscheinlich war sie einfach falsch abgebogen. Aber andererseits... Was war mit dem Mädchen? Was mit der Blume? Und vor allem hatte die Blume ja geblüht, im Januar! Warum war ihr das nicht früher aufgefallen? Merkwürdig. Schnellen Schrittes ging sie zurück, Beklommenheit hatte von ihr Besitz ergriffen. Sie wollte so schnell wie möglich zurück, um zu sehen, ob denn mit ihrem Garten immerhin noch alles in Ordnung war.

Schon als sie den Bach wieder durchquert hatte und dabei war, die Wiese hochzulaufen, hörte sie es. Das Quietschen der einfahrenden Kutsche, die schnell zuckelnden Pferdehufe auf den Steinen. Das Aufschlagen der Kutschentür. Die schweren Schritte ihres Mannes. Bei diesem Gedanken überfielen sie Panik und Widerstreben. Warum hatte sie der Ehe zugestimmt? Nun, hatte sie bei diesem Arrangement eine Wahl gehabt? Nein! Vermaledeit, nein! Wut regte sich in ihr. Wut gegen die Umstände, Wut gegen ihren Mann. Aber sie würde nicht mehr kuschen, sie würde keine Angst mehr haben. Verdammt nochmal!

Als sie oben ankam, fuhr die Kutsche gerade Richtung Stall,

und ihr Mann stand, die Arme in die Seiten gedrückt, vor ihrem Beet. „Was hat das zu bedeuten?" „Nichts." Wut begann in seinen Augen zu funkeln, „Du kannst mir nicht erzählen, dass das nichts ist. Was soll der Unfug? Was soll dieses Gestrüpp hinter meinem Haus?" „Das ist kein Gestrüpp! Das sind Stauden, die ich angepflanzt habe!" „Ach sieh an, das Gespenst kann ja reden, welche Überraschung ist das denn?", spie Richard mit verächtlicher Stimme aus. Er ging auf die Rosen zu und begann, sie trotz der Dornen mit seinen bloßen Händen herauszureißen.

„Lass sie in Ruhe!", schrie Margret ihn an. „Einen Dreck werde ich tun!", kam die Erwiderung. Er zerrte weiter an den Pflanzen und verwüstete das Beet. Rote Wut flammte in Margret auf, sie ergriff den Spaten, der zu ihrer Rechten lag, holte aus und hieb ihn mit aller Wucht auf Richards Hinterkopf. Er sackte zusammen und fiel mit dem Gesicht vornüber in die Rosen. Wie vom Donner gerührt, stand Margret mit dem Spaten in der Hand da und starrte auf ihren leblosen Ehemann. Verflucht! Gottverdammt! Ich wollte ihn doch nicht umbringen, loswerden, ja, aber umbringen? Oh mein Gott, oh mein Gott, was passiert nun? Sie schrie. Alec rannte humpelnd herbei und hielt sie am Arm. „Alles ist gut Miss, ich kümmere mich". Margret wurde auf ihr Zimmer gebracht, andere Knechte hoben Richard auf und legten ihn aufs Bett. Er atmete noch, und sein Puls schlug. Nachmittags traf Doktor Blackmore ein, der sich beeilt hatte, aus Oxford herzureiten. Er untersuchte den Patienten und ließ ihn zur Ader. Danach suchte er Margret auf.

„Mrs. Underworth." „Oh Doktor, habe ich ihn umgebracht?" „Nein, das haben Sie nicht. Noch lebt er. Die Frage ist, wie lange, aber er atmet. Und Ihr Schlag mit dem Spaten war nicht ausschlaggebend. Ganz unter uns gesagt... meine Frau hätte mir auch einen Spaten oder Schlimmeres über den Schädel gezogen, wenn ich ihren Garten verunstaltet hätte." Er zwinkerte ihr zu und fuhr fort: „Nein, er hatte schon seit langem Probleme mit dem Herzen, deretwegen er bei mir in Behandlung war. Im House of Lords gab es viele Ärgernisse im letzten Monat, und

Ihr Mann hing zwischen allen Stühlen, welches seiner Gesundheit nicht sonderlich förderlich war. Im Garten erlitt er einen Herzinfarkt, und in eben jenem Moment traf ihn scheinbar der Spaten. Sein Schädel weist keinerlei Frakturen auf, er blutete weder aus den Ohren noch sonst woher, von daher, meine Liebe, kann ich Ihnen versichern, dass Sie keine Schuld trifft."

Margret atmete auf. Das beklemmende Gefühl einer eisernen Faust, die sich um ihre Lunge gelegt hatte, ließ ein wenig nach. Ich habe ihn nicht getötet. Tränen stiegen ihr in die Augen. Nicht aus Trauer, sondern aus purer Erleichterung, keine größere Schuld zu tragen. Sie umarmte den verdutzten Doktor, der solche Gefühlsäußerungen nicht gewöhnt war, verabschiedete ihn und ging zu Richard ins Zimmer. Sie setzte sich neben ihn und ergriff seine Hand. Alle Wut, aller Abscheu waren verflogen. Mitgefühl war an ihre Stelle getreten. Plötzlich blickte er sie an, sie sagte: „Es tut mir leid", gefolgt von seinem leisen „Mir auch". Er drückte leicht ihre Hand, und dann wurde der Griff lockerer, bis er erschlaffte. Sie faltete seine Hände und schloss seine Augen und saß noch lange neben ihm, eine Kerze entzündet.

Die Beerdigung war gut besucht. Politiker, Leute der feinen Gesellschaft, alles, was Rang und Namen hatte, war vertreten. Keiner erwähnte den Spatenvorfall mit einer einzigen Silbe, obwohl die Geschichte wahrscheinlich schnell wie Heidefeuer ihre Runde gemacht haben musste. Richard wurde in dem Underworth'schen Familiengrab beerdigt, es nieselte leicht. Margret stand am Grab und ließ jede geschüttelte Hand über sich ergehen. Trauer empfand sie nicht, sie stand eher leicht neben sich und wünschte sich fort.

Plötzlich standen Lionel Turndyke und dessen Gehilfe vor ihr. Diese zwei waren die einzigen, die nicht um des Gesehenwerdens willen gekommen waren, sondern weil sie, die sie in Margret eine Gleichartige erkannten, ihr beistehen wollten.

Nun, und sie war eine gute Kundin, das schadet auch nicht, dachte sich Lionel im Stillen. Aber diesen Gedanken verschloss er, sobald er ihn gedacht hatte, beschämt ganz schnell wieder in der hintersten Kammer. „Ihr könnt immer zu uns kommen, wenn es Euch nach Gesellschaft und Pflanzen-Fachsimpeleien verlangt." „Ich danke euch".

Da tippte eine andere Hand auf Lionels Schulter, und dieser fand sich sodann in sein Schicksal eines Gespräches mit einer weiteren Gruppe ein. „Es tut mir aufrichtig leid", sagte der junge Pflanzenhändler. „Ich weiß, Mr. Underworth war kein einfacher Charakter, aber…" „Ihnen muss gar nichts leidtun", schnitt Margret ihm freundlich das Wort ab. „Wie heißen Sie eigentlich?" „Oh, stimmt. Ich hatte mich ja gar nicht vorgestellt. Seamus Selkirk." „Sehr erfreut." „Ganz meinerseits." Sie grinsten sich an und verkniffen sich ein Lachen, welches unangebracht gewesen wäre. „Werden Sie bald wieder Pflanzen bei uns bestellen?", fragte er sie mit hochgezogenen Augenbrauen. „Ja, da gehe ich schwer von aus!", erwiderte Margret, immer noch ein Lachen unterdrückend. Sie verabschiedeten sich und der Tag nahm seinen Lauf.

Juni

Die Sonne schien aus vollster Kraft, ein goldener Feuerball, der alles wärmte, wenn nicht verbrühte, was nicht Schutz noch Schatten fand. Margret trug ihr neues, blaues Leinenkleid mit Blumenstickereien, die sie selbst hinzugefügt hatte. Ach, was würde ihre Mutter dazu sagen? Sie saß auf der kleinen, hölzernen Bank in ihrem Beet und lächelte. Der Duft der Rosen umhüllte sie. Dunkelviolette, stark duftende Strauchrosen mit mattgrünen Blättern, daneben Edelrosen in Purpurrot und Gelb, Lupinen in Blau- und Lilatönen. Margeriten, der Lavendel, der Anziehungspunkt für kleine Hummeln war. Schmetterlinge flogen herum, einer landete auf ihrer Nase. Konzentriert versuchte sie, so flach zu atmen wie irgend möglich und den Schmetterling schielend zu beobachten. Es war ein Fuchsschwanzfalter. Manchmal dachte sie noch an ihre Erlebnisse im Wald. Wie das wohl hatte sein können? Sie konnte sich keinen Reim drauf machen. Stattdessen war sie so unendlich dankbar für das Jetzt, den Frieden, ihren Garten, die Blumen, die alle ausnahmslos wunderschön grünten und blühten. Sie lächelte. Der Falter war nun weitergeflogen. Sie hatte diesem Garten alles zu verdanken, erst mit diesem Projekt war sie aus der Hülle herausgewachsen. Im Stillen dankte sie dem Fingerhut, mochte er jetzt da gewesen sein oder nicht.

Hufe klapperten im gemütlichen Trab, wer mochte das sein? Sie richtete sich auf und schaute über die Blumen hinweg. Seamus! Er winkte, lächelte und rief ihr vom Fuhrwerk aus „Neue Blumen!" zu. „Gute Nachrichten!", schrie sie zurück und eilte in die Küche, um Tee und Scones mit Double Cream und Erdbeermarmelade auf einem Tablett anzurichten und herauszutragen. Als sie zurückkam, grasten die Pferde bereits nebenan, und Seamus saß müde und zufrieden mit geschlossenen Augen auf der Bank im Blumenbeet. Die Sonne flammte auf seinem Haar, und als Margret herbeikam, rückte er auf. Die beiden unterhielten sich, tranken Tee und aßen Scones, bis das Summen der Hummeln und das Singen der Vögel verklang.

Im Wald hinter dem Bach tobte ein Mädchen, fiel hin, schrammte sich die Wange am knorrigen Stamm auf. Der Fingerhut sang ihr ein Lied. Rotgoldene Töne verwoben sich zu Gedanken, zu Worten, zu Sätzen, zu Willen, zu Realitäten. Das Mädchen weinte nicht, es war nicht gefallen, es war daheim, es ging ihm gut.

Das andere war gefallen, war gefangen, war verloren. Aber nun. Nun. Nun. Nicht. Nun nicht. Sie kämpft sich hoch, rappelt sich auf, orientiert sich. Ist. Der Fingerhut verstummt, der Traum regt sich von neuem. Dunkelblau zieht sich Zufriedenheit durch Existenz, in golddurchwirkten Blumen, alles klingt.

Der Schatten über den Kreidefelsen

Claudius Eicher

Herrmann Adler stand vor dem Spiegel, knöpfte seinen Mantel zu und rückte seinen Hemdkragen zurecht. Sorgfältig überprüfte er seine Uniform auf Verunreinigungen, die nach den gestrigen Strapazen durchaus vorhanden sein konnten. Er hatte bereits in der Früh seine Kleidung gewissenhaft gesäubert. Ein letzter Blick sollte nun klären, ob noch Blutspritzer oder anderer Schmutz, den er vielleicht übersehen hatte, zu finden war. Dabei musterte er höchst stolz sein Schulterstück. Noch vor vier Wochen war er vom Generalfeldmarschall SS-Reichsführer Heinrich Himmler persönlich zum SS-Sturmbannführer befördert worden. Er hatte ihm feierlich verkündet, dass das Reich seine Dienste für besondere Aufgaben benötigen würde, welche dies waren, teile er ihm allerdings nicht mit, nur, wer sein neuer Vorgesetzter sein würde: SS-Gruppenführer Paul Haußer. Beim Hören des Namens lief ihm ein leichter Schauer über den Rücken, denn er hatte bereits gehört, zu welchen Taten dieser Mann fähig war.

Es klopfte an die Tür des kargen, kleinen Raumes, worin sich Herrmann befand: „Entschuldigen Sie die Störung. Der Gruppenführer wünscht, Sie zu sehen!" Herrmann nickte und folgte dem Soldaten, der die Nachricht überbracht hatte, durch das Rathaus. Er ließ seinen Blick durch den langen, dunklen Flur schweifen. Die Elektrik war traurigerweise ausgefallen, als tags zuvor eine Panzergranate auf dem Vorplatz des Gebäudes detoniert war und ebenfalls die großen Fenster der Ratshalle bersten ließ. Sie gingen eine lange, breite Eichenholztreppe hinunter ins Erdgeschoss, die gespenstisch bei jedem Schritt knarrte. Schließlich machten sie bei einer Tür halt, an der auf Polnisch in großen Lettern „Büro des Bürgermeisters" stand. Hier hatten sich die obersten Herren standesgemäß einquartiert. „Guten Morgen, Herr Gruppenführer Haußer!", salutierte Herrmann mit dem Hitlergruß. Haußer saß an einem großen, massiven Tisch, gemeinsam mit vier weiteren hochdekorierten Offizieren in Uniform. „Da sind Sie ja, Adler! Treten Sie ein. Ich habe einen Auftrag für Sie", rief er ihm unwirsch zu und winkte ihn zu sich. „Wir haben gestern einen großartigen Sieg errungen und haben unserem Führer große Ehre erwiesen. Polen gehört zu großen Teilen uns. Doch schändlicherweise akzeptieren viele dieser Menschen hier dies nicht. Machen Sie sie gefügig und lehren Sie sie Respekt. Wir dürfen keine Schwäche zeigen, sonst tanzen uns diese Dörfler auf der Nase herum!" „Jawohl!"

Herrmann verließ den Raum. Er hatte einen Auftrag, den er ausführen durfte, und dieser war von hoher Wichtigkeit. Er verließ das Rathaus und lief hinüber zu dem Verwaltungsgebäude, wo sein Bataillon untergebracht war. Mit geschwollener Brust stolzierte er in die Eingangshalle. „Meine Herren, antreten!", rief er. Seine Männer sprangen von ihren Feldbetten und stellten sich auf. „Es wird Zeit." Seine fünfzig Soldaten folgten ihm im Gleichschritt auf den Marktplatz, wo fünf Einheimische die Hakenkreuz-Flagge aus dem Boden zu reißen versuchten. Als sie die anrückende SS sahen, liefen sie davon. „Feiglinge!", rief einer der beiden Oberscharführer aus Herrmanns Bataillon. „Holt die Leute aus ihren Häusern und treibt sie hier zusammen. Wir werden ihnen eine Lektion erteilen!", befahl Herrmann. Seine Truppe teilte sich auf und brach in die Häuser der Bürger ein. Unter lauten Schreien zerrten die Soldaten die Männer und Frauen aus ihrem Heim und brachten sie auf den Marktplatz.

Herrmann stolzierte vor der verängstigten Menschenmenge auf und ab und verzog keine Miene, als seine Männer einen Kreis um sie schlossen. „Ihr Bürger dieser Stadt. Der Führer bietet euch eine zweite Chance, ihn von eurem Wert zu überzeugen. Bekennt euch zum deutschen Reich und helft beim Aufräumen dieser Kleinstadt." Ein Mann sprang auf: „Verschwindet, ihr Bastarde, ihr habt hier...", Herrmann griff zu seiner Pistole und schoss dem mutigen Widersacher in den Kopf. Er war sofort tot, und sein lebloser Körper knallte unter dem Aufschrei der Menschen und dem Gelächter der Soldaten zu Boden. Herrmann war sichtlich erbost und schrie: „Wagt es noch jemand, die Autorität des Führers anzuzweifeln? Keiner?" Die Menge schwieg. „Suchen Sie sich zehn dieser Leute heraus", befahl er seinen Unteroffizieren. Fünf Soldaten zogen zehn Männer und Frauen nach vorne zu Herrmann und ließen sie in einer Reihe aufstellen. „Legt an!" Seine Soldaten richteten gehorsam ihre Gewehre auf die weinenden Menschen, Herrmann tat dies ebenfalls, denn er war ihr Vorbild und fest entschlossen, ein Exempel zu statuieren. „Feuer!"

„Einen wunderschönen guten Morgen!" Herrmann schreckte auf und grüßte den vorbeilaufenden Wanderer mit einem netten Lächeln zurück. „Das wünsche ich Ihnen auch, es ist so herrlich sonnig an diesem frühen Morgen." „Wohl wahr. Der frühe Vogel fängt den Wurm!" Herrmann stand weit oben auf den Kreidefelsen und schaute auf das weite Meer. Die sanften Wellen der Ostsee brachen sich an den Klippen, und ein leises Rauschen war zu hören. Dies war sein Lieblingsplatz. Die wunderschöne Natur und die majestätisch wirkenden Felsen faszinierten ihn immer wieder, denn seit seinem Ruhestand vor sechzehn Jahren kam er fast jeden Tag her und genoss die Stille und den Ausblick. Lang ist es her, dachte Herrmann und schaute leicht nach unten, wo ein kleines Ausflugsschiff, dessen Passagiere den Sonnenaufgang bestaunt hatten, zurück in den Hafen fuhr.

Der Himmel an diesem Junimorgen war wolkenlos, und eine warme Brise wehte Herrmann um die Nase. In solchen sommerlichen Monaten stand er immer früh auf und begann oft mit dem Aufstieg auf den Felsen, um zu bestaunen, wie die Sonne über dem Horizont aufging. Für seine stattlichen einundachtzig Jahre war er noch gut zu Fuß, jedoch war der Weg nach oben für ihn stets eine Herausforderung, so dass er, wenn er oben angekommen war, immer nach Luft ringen musste und eine kurze Verschnaufpause machte. Seine Bekannte Elisabeth Hallbacher hatte ihm zu seinem Geburtstag einen Spazierstock aus

Mahagoniholz mit einem Bronzeknauf geschenkt, den er bei seinen Wanderungen stets bei sich trug, um sich den steilen Anstieg zu erleichtern. Er kämmte sich seine wenigen weißen Haare wieder zurück, die durch den Wind durchgepustet waren, und rückte seinen Hemdkragen wieder zurecht, nachdem er sich seinen beigen Trenchcoat ausgezogen hatte. Er klopfte den Staub von den Beinen seiner dunkelblauen Leinenhose, den der trockene Boden hinterlassen hatte.

Er genoss die Stille, bis auf das leichte Rauschen des Wassers, den Wind in den Sträuchern und ein paar Vögeln war nichts zu hören. Lediglich der Wanderer hatte ihn aus seinen Gedanken gerissen. Wahrscheinlich war dies einer aus dem Westen, dachte Herrmann. Jetzt kommen immer häufiger Touristen, seitdem die Mauer weg und die Deutsche Demokratische Republik am Ende ist. Sogar ein paar Türken, bestimmt aus dem Ruhrgebiet, liefen erst kürzlich über den Dorfplatz. Die Bezeichnung „Gastarbeiter" passt wohl an dieser Stelle auch nicht mehr, setzte Herrmann seine Gedanken fort. Gäste gehen nämlich irgendwann wieder. „Bürger ausländischer Herkunft" wäre da wohl eine treffendere Formulierung. Oder ob es nun doch „Mitbürger" sind? Trotzdem sind sie fremd hier, überlegte Herrmann. Langsam machte sich bei ihm der Hunger bemerkbar, und er ging zurück nach Hause.

Als Herrmann am nächsten Morgen die Gardinen seines Schlafzimmers öffnete, fielen die Sonnenstrahlen hinein. Er ging zu einer Kommode in der Ecke des Zimmers und blickte in den darüberhängenden Spiegel. Ein letzter prüfender Blick sollte sein Äußeres auf Makel überprüfen. An diesem Morgen würde er nicht auf die Kreidefelsen stiefeln, denn heute hatte er sich mit Frau Elisabeth Hallbacher zum Frühstück in dieser kleinen Bäckerei am Dorfbrunnen verabredet. Frohen Mutes schlenderte er los.

Als er die Tür öffnete und die Glocke über dem Eingang klingelte, sah eine große Frau mit schneeweißen Haaren und einer

braunen Hornbrille herüber und winkte ihm zu. „Hier drüben",
rief sie. Herrmann ging schnellen Schrittes auf sie zu und
reichte ihr freudestrahlend die Hand. „Einen wunderschönen
guten Morgen, Frau Hallbacher." „Es freut mich, dass Sie da
sind, Herr Adler. Bitte setzen Sie sich doch zu mir", sagte sie
und strahlte ihn mit ihren blauen Augen an. Herrmann nahm
Platz und schaute sie an. Sie war etwa in seinem Alter, vielleicht
ein wenig jünger, er war sich nicht ganz sicher. Sie kam aus
dem Westen, aus Bonn, wenn er sich recht erinnerte. Sie war
Lehrerin gewesen und erst mit dem Fall der Mauer hergezogen.
Herrmann hatte sie vor fünf Monaten in der Kaufhalle kennen
gelernt, als sie ihn versehentlich mit dem Einkaufswagen ange-
fahren hatte. Aber wahrscheinlich war dies nur ein Vorwand,
um ihn anzusprechen, da war er sich sicher.

Normalerweise hätte er stumm die Entschuldigung entgegen-
genommen und wäre weitergelaufen, aber diese Frau hatte ihn
sogleich in ein Gespräch verwickelt. So ging sie damals direkt
auf ihn zu und reichte ihm die Hand: „Mein Name ist übrigens
Elisabeth Hallbacher. Und Ihrer?" „Adler, Herrmann Adler,
mein Name, freut mich", entgegnete er höflich und wollte sich
wieder dem Spirituosenregal zuwenden und nach einer Flasche
Sanddornlikör greifen, doch sie ließ nicht locker. „Sie scheinen
ja einen guten Geschmack für alkoholische Köstlichkeiten zu
haben", hakte sie weiter nach. „Nun ja, das kann ich kaum
leugnen, Frau Hallbacher", antwortete er. „Naja, wenn man
diese mickrige Auswahl hier bedenkt…", entgegnete sie leicht
provokant. „Was wollen Sie denn damit andeuten? Finden Sie
etwa diese tolle Auswahl an fünf verschiedenen Sorten Spiri-
tuosen nicht großartig? Das gibt es sonst fast nur in den touris-
tischen Gegenden dieser Republik", sagte er mit einem leicht
vorwurfsvollen Ton. „Beim besten Willen nicht, mein Bester. Sie
sind mir ja ein Scherzkeks", lachte sie.

Herrmann war sichtlich verwirrt. Was war das denn für eine
Frau? Eine Frau, die einfach so einen fremden Herrn beim Ein-
kaufen anspricht und dann noch Ahnung von alkoholischen
Getränken haben will? Das verstand Herrmann nicht. „Ich habe

zu Hause eine Auswahl verschiedenster Spezialitäten, die ich im Laufe der Jahre von meinen Reisen mitgebracht habe, da kann dieses Regal hier kaum mithalten", sagte sie stolz. „Soso, das klingt ja sehr köstlich", antwortete er unwillig und drehte seinen Kopf wieder zum Regal. „Möchten Sie mit mir einen Kaffee trinken gehen? Dann können Sie mir ja erklären, was Sie an dieser Auswahl hier so mögen. Rufen Sie mich doch einfach an, wenn Sie sich trauen. Bis dann!", scherzte sie, gab dem verdutzten Herrmann einen Zettel und verschwand mit ihrem Einkaufswagen hinter dem nächsten Regal.

Die Bedienung riss ihn aus seinen Gedanken. „Was darf's denn bei Ihnen sein?" „Ähm, ich hätte gerne einen Kaffee, schwarz bitte, und ein Körnerbrötchen mit Ihrem leckeren Bauernschinken. Und bei Ihnen, Frau Hallbacher?" „Das hätte ich auch gerne, bitte." „Wie geht es Ihnen denn an diesem Morgen? Ich hoffe, Sie konnten besser schlafen nach Ihrer Erkältung neulich?", fragte er höflich. „Wie ein Kleinkind. Allerdings war die Nacht nicht von Dauer", antwortete sie und gähnte leise. „Oh, wie kommt das denn? Haben bei Ihnen wieder irgendwelche Jugendliche geklingelt, weil sie einen dummen Streich spielen wollten?" „Mitnichten. Aber es haben sich mehrere Menschen laut gestritten und Hunde haben gebellt." „Oh nein, das waren doch hoffentlich nicht wieder diese beiden ungehobelten Russen? Dieser Hund von dem kleineren der beiden hat neulich vor meine Auffahrt uriniert." „Nein, Herr Adler, keine Russen. Ich konnte es nicht genau zuordnen, aber wer es letztendlich war, ist ja auch nicht wichtig." „Nun ja, ich bin untröstlich, es leben hier seit längerer Zeit schon seltsame Menschen. Früher sah dies noch anders aus, Frau Hallbacher." „Was wollen Sie denn damit andeuten? Menschen sind nun mal unterschiedlich. Wenn alle gleich wären, dann wäre es hier schon sehr öde", sagte sie leicht gleichgültig. „Aber manche Menschen verstehen anscheinend nicht, dass man sich hier an gewisse Regeln halten muss. Ruhestörung ist eine Ordnungswidrigkeit! Und gerade den Menschen, die nicht hier beheimatet sind, fehlt oft die Akzeptanz für die hier geltende Ordnung", argumentierte Herrmann. „Jetzt machen Sie aber mal einen Punkt. Sie machen ja gerade aus einer Mücke einen Elefanten, und außerdem habe ich vorhin gesagt, dass ich nicht weiß, wer es war. Woher die Ruhestörer kamen, ist völlig irrelevant! Ich konnte einfach nur nicht lange schlafen, das passiert halt mal!" „Bitte entschuldigen Sie, ich wollte Sie nicht verärgern", gab Herrmann nach. Elisabeth antwortete nicht, sie verzog lediglich die Mundwinkel und blockte mit einer unwirschen Handbewegung ab. „Lassen Sie uns zahlen und noch ein paar Schritte gehen, es ist ein schöner Tag." „In Ordnung, meine Teuerste."

„Bitte setzt euch! Wir werden uns heute wieder mit dem Thema 'Demokratie' beschäftigen", sagte Elisabeth feierlich. Ein leichtes Raunen ging durch die Reihen des Klassenzimmers. „Das haben wir doch schon letzte Woche gemacht", rief ein Junge, der breitbeinig auf seinem Stuhl kippelte, aus der letzten Reihe. „Michael, bitte melde dich, wenn du etwas anmerken möchtest, Zwischenrufe empfinde ich als unhöflich", tadelte sie ihn. „Wir werden uns heute explizit mit der Exekutive beschäftigen. Wer weiß, was damit gemeint ist?" Ein Mädchen meldete sich: „Das sind die staatlichen Organe der Gewaltenteilung, die die geltenden Gesetze ausführen." „Richtig, Melanie! Die Gewaltenteilung ist eine der wichtigsten Errungenschaften unserer Demokratie, die verhindert, dass sich eine Diktatur wie die der Nationalsozialisten wiederholt. Wir werden uns jetzt mit der Exekutive durch die Regierung auf Bundesebene befassen. Wie ihr sicher wisst, wird hier in zwei Wochen der Deutsche Bundestag gewählt. Wer weiß denn, wer für CDU und SPD die Kanzlerkandidaten sind?", fragte Elisabeth.

Nach neunzig Minuten klingelte die Schulglocke, der Unterricht war beendet, und sie ging in das Lehrerzimmer des Gymnasiums. Sie warf ihre braune Ledertasche auf ihren vollen Tisch, und ein Stapel Arbeitsblätter segelte zu Boden. Sie fluchte und begann hektisch, alles aufzuheben. „Lilo, du solltest wirklich mal deine Sachen aufräumen", grinste ihre Kollegin

Maria und half ihr, die Unterlagen wieder aufzusammeln. „Das kommt ausgerechnet von dir", lachte Elisabeth. „Bist du bereit? Es wird Zeit. Die anderen warten bereits. Ein ehemaliges NSDAP-Mitglied darf kein Bundeskanzler werden." Die beiden Frauen liefen zum Bus und fuhren zu der geplanten Demonstration vor dem Bundeshaus.

Elisabeth schreckte auf und wurde aus ihren Gedanken gerissen, als es an der Tür klingelte. Sie erhob sich aus ihrem roten Sessel, lief in den Flur und öffnete die Haustür. „Guten Tag. Sind Sie Frau Elisabeth Hallbacher?" Sie nickte. „Dann benötige ich hier eine Unterschrift, bitte." Der Briefträger reichte ihr einen großen Briefumschlag und stieg zurück auf sein Fahrrad. Sie hielt das Kuvert in der Hand, drehte es um und warf einen Blick auf den Absender: C. Stauffenberg. Sie ging zurück ins Wohnzimmer und setzte sich wieder in ihren roten Sessel.

Als Elisabeth am nächsten Morgen aufwachte und die Vorhänge ihrer Wohnung aufzog, regnete es in Strömen. Die Wassertropfen prasselten gegen die Fensterscheiben, und der Wind pfiff durch alle Ritzen. Die Bäume am Straßenrand bogen sich, und feine Zweige fielen auf den Asphalt. Die Sonne war nicht zu sehen, da die schwarzen Wolken den ganzen Himmel überzogen. Auch wenn es nach neun Uhr morgens war, konnte man das Gefühl haben, dass es mitten in der Nacht war. Aber solche Sommergewitter waren hier an der Küste durchaus üblich, so dass die Menschen dieses Wetter still zur Kenntnis nahmen und sich nicht darum scherten.

Elisabeth reckte sich gähnend und schlenderte im Morgenmantel in die Küche, um sich ihr Frühstück zuzubereiten. Das Licht der Deckenbeleuchtung flackerte leicht, als es stark donnerte. Sie nahm ihre Tasse schwarzen Tee und setzte sich in ihren Sessel. Sogleich fiel ihr Blick auf den Umschlag, den sie tags zuvor erhalten hatte. Der Inhalt ging ihr einfach nicht mehr aus dem Kopf. Sie streckte langsam ihre Hand nach dem Kuvert aus und hielt kurz inne, denn irgendetwas schien sie daran zu hindern. Sie atmete tief durch und griff das Papier. Sie öffnete den Verschluss und zog eine Unterlagensammlung heraus. Sie blätterte durch die Seiten und blieb bei einem Foto stehen. Es zeigte einen Mann, der ungefähr dreißig Jahre alt sein musste. Sein Kopf zeigte schräg zur rechten Seite des Bildes und war zu einem kleineren, knienden Mann gerichtet, der flehend zu ihm aufblickte. Der junge Mann trug eine Uniform, an dessen einer Kragenseite zwei SS-Runen zu sehen waren. Der Schirm der Mütze war weit in das Gesicht gezogen, was sein markantes Kinn betonte.

Elisabeth blätterte weiter und hielt bei einem weiteren Bild inne. Es zeigte drei Männer, die Schulter an Schulter standen. An ihren Uniformen hingen diverse Auszeichnungen und Orden. Ihre Kleidung war gepflegt, und die Herren lächelten in die Kamera. In der linken Ecke des Fotos hing seitlich nach unten eine Flagge in Schwarz-Rot-Gold, in deren Mitte Hammer, Zirkel und Ährenkranz zu sehen waren. Diese strahlenden Männer hatten leicht angegrautes, lichtes Haar, welches säuberlich nach hinten gekämmt war. Zwei von ihnen waren durchaus beleibt, vermutlich waren sie im Laufe der Jahre zu klassischen Schreibtischtätern geworden, nur der dritte, der rechts stand, war von drahtiger Statur und posierte aufrecht für die Kamera. Seine blank polierten, schwarzen Schuhe reflektierten den Blitz der Kamera. Das Gesicht des dritten war durch einen Schatten nicht richtig erkennbar, nur sein markantes Kinn war zu sehen.

Elisabeth blätterte wieder zurück an den Anfang, und ihr Blick blieb bei einem weiteren Bild stehen. Eine junge, modisch gekleidete Frau in Rock und Bluse hielt einen kleinen Jungen an der Hand. Ihr Kopf wies leicht über ihre rechte Schulter in Richtung eines Automobils. Elisabeth ging eine Seite zurück, und sie entdeckte ein weiteres Foto, welches die junge Frau abbildete, diesmal das Kind auf dem Arm tragend, es war vermutlich im Säuglingsalter. Im Hintergrund prangte ein Fabrikschild mit den Buchstaben „Stahlwerke...", die Bildqualität war nicht besonders gut, so dass man die anderen Worte auf dem Schild nicht mehr lesen konnte. Vor dem Tor des Gebäudes war wieder das Automobil zu sehen.

Elisabeth grübelte und verglich die Bilder. Wo lag die Verbindung? Warum hatte der Absender gerade diese Fotos mitgeschickt? Sie war tief in ihre Gedanken versunken und grübelte. Die Informationen zu den Fotos waren äußerst verwirrend, und Elisabeth konnte sich keinen Reim darauf machen. Vermutlich hatte der Unbekannte extra nichts Konkretes dazu geschrieben, weil er befürchtete, die Staatssicherheit hätte den Brief bei ihren Kontrollen sonst sofort beschlagnahmt. Auf dem Deckblatt stand lediglich: „Man schauet her, wenn der König der Vögel sich mit Leichtigkeit in den Himmel erhebt." Unter dem Foto der jungen Frau mit dem Kleinkind auf dem Arm befand sich der Satz: „Die Mutter des Königs der Vögel ihrer Kraft beraubt, labt sich an den Wunden ihrer verlorenen Freiheit." So zogen sich diese Beschreibungen durch die komplette Mappe. In ihrem Kopf raste es, und viele Gedanken flogen umher. Sie hatte einen Verdacht, was den „König der Vögel" anging. Ihr Tee war schon vollständig kalt, und die Blitze zuckten stetig vom Himmel. Sie erschrak, als es plötzlich laut knallte und die Lichter im Haus komplett ausgingen. Sie sprang auf, sah aus dem Fenster und stellte fest, dass in der ganzen Siedlung alles stockfinster war. Sie entzündete ein paar rote Duftkerzen, legte sich auf das Sofa und versuchte, sich zu ordnen. Erschöpft schlief sie ein.

Herrmann reckte sich und schaltete den Wecker aus. 7 Uhr 30 zeigte dieser an. Er begann seine morgendlichen Rituale: wusch sich und kleidete sich an, schlug sein Bett auf und richtete sein Kopfkissen wieder in die richtige Form. Versehentlich erwischte er dabei den Bilderrahmen auf seinem Nachttisch und stieß ihn zu Boden. Er fluchte leise, hob ihn auf und stellte ihn wieder an die richtige Stelle. Zum Glück war er noch heile. Das Foto zeigte ihn mit seiner Mutter am Küchentisch. Diese lachte und hatte ihren Arm um seinen Oberkörper gelegt, welcher an ihre

Schulter geschmiegt war. An ihrer Bluse befand sich der Anstecker, den er jetzt auch oft an seiner Kleidung trug. Ihr Vater hatte ihn ihr zur Firmung geschenkt. Er steckte ihn sich stets als Erinnerung an sie an. In Herrmanns Gesichtszügen zeichnete sich ein kleines Lächeln ab. Er ging in die Küche und machte sich sein Frühstück: schwarzer Kaffee und eine Schale mit gesunden Haferflocken.

Sein Telefon klingelte, und er hob ab: „Herrmann Adler, guten Morgen?" „Elisabeth Hallbacher hier, Morgen." „Ich grüße Sie, ich wollte Sie gerade angerufen haben. Ich habe unsere Verabredung heute Mittag nicht vergessen", antwortete er etwas verlegen. „Das weiß ich doch. Ich wollte nur nochmal nachhorchen, welches Restaurant Sie ausgesucht hatten. Sie wissen ja, meine Vergesslichkeit", druckste sie leicht herum. „Nun, ich hatte vorgestern im Dorfkrug einen Tisch reserviert für 13 Uhr, aber das hatte ich vergessen, Ihnen mitzuteilen", rettete er die Lage. „Prima! Dann sehen wir uns dort", und sie legte auf.

Herrmann erwartete noch einen Anruf. Er blieb in der Küche sitzen und las die Zeitung, bis es erneut klingelte. „Genosse Adler, seien Sie gegrüßt", ertönte die Stimme aus dem Hörer. „Genosse Winkler, ich freue mich über Ihren Anruf, schön, dass Sie es einrichten konnten bei der vielen Arbeit, die Sie im Augenblick haben." „Wohl wahr, es ist die Hölle los. Hier herrscht das pure Chaos. Sie wissen ja, wie schwierig im Augenblick unsere Lage ist. Ich kann Ihnen sagen, dass es bald vorbei sein wird", antwortete der Genosse etwas müde. „Das kann ich verstehen, Genosse, ich fühle mit Ihnen. Konnten Sie denn das für mich erledigen, worum ich Sie letztens bei meinem Besuch gebeten hatte?", fragte Herrmann direkt. „Ja, Genosse, das habe ich. Es wird Sie niemand belästigen", versicherte Winkler. „Das ist sehr nett von Ihnen, danke", sagte Herrmann erleichtert. „Allerdings sollten Sie wissen, dass vor kurzem ein Mann bei mir angerufen und sich nach Ihnen erkundigt hat. Ich habe ihn natürlich direkt abgewimmelt", fügte Winkler hinzu. „Wie hieß denn der Anrufer?", fragte Herrmann etwas verunsichert.

„Stauffenberg hat er sich genannt, ich kannte den aber nicht. Kein Grund zur Beunruhigung." „Dann will ich Sie nicht weiter aufhalten. Ich danke Ihnen recht herzlich für Ihre Dienste. Auf Wiederhören." Herrmann legte auf. Wahrscheinlich war das nur einer dieser lästigen Reporter aus dem Westen, die wie Geier um das Aas kreisen, dachte er. Investigativer Journalismus, pah! Nicht hinter jeder Offenbarung steckte eine große Geschichte. Er war schon so lange raus aus dem Geschäft. Das war alles zu lange her, das interessierte keinen mehr. Außerdem ließ sich jetzt auch nichts mehr finden. Herrmann beruhigte sich wieder.

Als Elisabeth ins Lokal trat, stand Herrmann, welcher bereits am Tisch gewartet hatte, auf, nahm ihr die Jacke ab und reichte die dem Kellner. „Vielen Dank, sehr aufmerksam von Ihnen", sagte Elisabeth. „Ein schönes Lokal haben Sie da ausgesucht, hier bin ich noch nie gewesen." „Das freut mich, dass es Ihnen gefällt. Ich esse öfter hier. Das ist quasi mein Stammlokal. Hier war ich auch früher schon zu Gast, als ich noch im Dienst war." „Na, dann kennen Sie sich hier ja aus", grinste sie schelmisch und winkte den Ober zu sich heran, nachdem sie kurz in die Speisekarte geblickt hatte. „Ich bin ziemlich hungrig, lassen Sie uns bestellen." „Meine Dame, Genosse Adler, was darf es bei Ihnen sein?", fragte der ältere Mann mit vornehmer Stimme. „Ich hätte gerne den Kalbsrücken und einen Rotwein, bitte", sagte Elisabeth. „Für mich bitte das Schnitzel vom Landschwein und ein kühles Bier", bestellte Herrmann.

„Der Ober kannte Sie ja wirklich beim Namen", meinte Elisabeth überrascht. „Nun ja, wir kennen uns schon länger", bestätigte Herrmann stolz. „Genosse? Was haben Sie denn beruflich gemacht?", fragte sie. „Ich habe für die Behörde gearbeitet", antwortete er. „Aber für welche Behörde denn, Herr Adler? Als Genosse muss das ja eine gute Stellung gewesen sein?", bohrte sie weiter nach. „Ich war bei der Hauptverwaltung Aufklärung und war dort im Büro tätig", sagte er zögerlich. „Das klingt ja sehr präzise, was Sie mir hier erzählen. Jetzt bin ich ja genauso schlau wie vorher", sagte sie mit einem gespielten Lachen. „Ja, viel mehr kann ich Ihnen dazu auch nicht sagen. Das waren halt typische Verwaltungsaufgaben. Was ich genau gemacht habe, ist natürlich streng geheim", versuchte er, eine genaue Aussage zu umschiffen.

„Herr Adler", sagte Elisabeth nun lauter und betont, „wie lange kennen wir uns jetzt? Vertrauen Sie mir denn gar nicht?" Herrmann wirkte etwas erschrocken und schaute sich im Raum um. „Frau Hallbacher, ich…", sagte er leise. „Wir kennen uns nun schon fast ein halbes Jahr lang. Wir treffen uns regelmäßig und unternehmen einige Dinge. Sie wissen, woher ich komme, was mein Beruf war und dass ich einen Sohn habe, der Steffan heißt und fünfundvierzig Jahre alt ist. Ich weiß von Ihnen nichts, nur, dass Sie Herrmann Adler heißen und einundachtzig Jahre alt sind. Oder ist das etwa auch nicht Ihr richtiger Name? Und dass wir uns siezen, fand ich anfangs noch ganz amüsant, aber es nervt mich inzwischen. Wir haben 1990 und nicht mehr 1950. Ich habe gedacht, dass wir befreundet sind. Ich sieze meine Freunde eigentlich nicht", rief Elisabeth etwas erregt.

Die anderen Gäste blickten bereits zu Ihnen herüber und begannen, leise zu tuscheln. Herrmann rutschte auf seinem Stuhl weiter nach unten und errötete leicht. Ein paar Schweiß-perlen rannen über sein Gesicht. Der Kellner kam zu ihnen an den Tisch. „Gibt es ein Problem, Herr Adler?" „Nein, alles in Ordnung. Es gab lediglich ein Missverständnis. Das kann schon mal vorkommen", versuchte Herrmann, die Situation herunter-zuspielen, und der Ober verschwand wieder hinter dem Tresen. „Missverständnis, Herr Adler? Ich glaube, Sie haben immer noch nicht verstanden?", rief Elisabeth darauf lauter als zuvor. „Bitte schreien Sie nicht so. Warum wollen Sie mich denn so in der Öffentlichkeit bloßstellen? Lassen Sie uns doch unsere Differenzen woanders in Ruhe klären", sagte Herrmann leise mit zittriger Stimme.

Elisabeth sprang vom Tisch auf, lief zur Garderobe, griff nach ihrem Mantel und verließ das Lokal. Gerade in diesem Moment servierte der Kellner das Essen. „Ich bin untröstlich, Herr Adler. Frauen in diesem Alter können äußerst temperamentvoll sein. Ich fühle mit Ihnen." Herrmann schaute starr an die Wand, wo ein ausgestopfter Hirschkopf mit leerem Gesichtsausdruck zu ihm zurückglotzte. Er schäumte vor Wut und knurrte: „Lassen Sie mich wenigstens versuchen, noch in Ruhe die Mahlzeit zu genießen. Gehen Sie!" „In Ordnung, ich kann Sie verstehen, Genosse Adler", versicherte der Kellner und verschwand.

Als Elisabeth die Tür des Restaurants hinter sich geschlossen hatte, lief sie ein Stück, bis sie an einer kleinen Parkanlage ankam, wo sie sich auf die erstbeste Bank setzte. Sie war noch völlig aufgebracht von der Begegnung mit Herrmann. Sie atmete dreimal tief ein und aus. Ihre Arme und Beine waren noch etwas zittrig, und ihre Hände schwitzten ein wenig. Sie lehnte ihren Kopf zurück und schloss die Augen für einen Moment. Nach einer kurzen Zeit konnte sie sich wieder beruhigen und bekam einen klaren Kopf. Wer war Herrmann Adler? Sie hatte versucht, sein kontrolliertes, stets höfliches Verhalten zu durchbrechen, ihn gar aus der Reserve zu locken. Doch vielleicht war sie zu aufdringlich gewesen? Seine Verschwiegenheit machte ihn nur noch interessanter und unheimlicher. Was hatte er zu verbergen? Sie dachte an ihre erste Begegnung mit ihm in der Kaufhalle, wie er dort gestanden hatte vor dem Regal in seiner vornehmen Kleidung. Seine graue Stoffhose, sein dunkelgrüner Kaschmir-Pullover und seine schwarzen, glänzenden Schuhe passten hervorragend zu seiner großen, kräftigen Statur. Seine markante Gesichtsform mit den grünen Augen, die ein Lächeln andeuteten. Als sie auf ihn zugegangen war, hatte sie am Revers seines Mantels einen kleinen Anstecker entdeckt. Er war ziemlich schlicht, jedoch irgendwie auch geheimnisvoll. Er zeigte einen Hammer, der über einem verschnörkelten „A" lag, umrandet von einem Dreieck. Ihr war so, als ob sie es schon einmal gesehen hatte, aber diesen Gedanken verwarf sie schnell wieder, denn das schien ihr nun doch zu verrückt.

Herrmann raste vor Wut. Er musste seinem Ärger Luft machen. Heute Morgen beim Bäcker war er tatsächlich von der Verkäuferin angesprochen worden, ob bei ihm alles in Ordnung sei, denn sie habe ja von einem Streit gehört, den er im Dorfkrug mit seiner Freundin gehabt haben soll. Er bewahrte äußerlich Ruhe und verließ schnell den Laden. An der Tür wurde er von drei Jugendlichen angerempelt, die hineinwollten. Herrmann platzte förmlich und schrie sie an: „Habt ihr denn überhaupt kein Benehmen?" Einer der drei, ein großer hagerer, mit langen Haaren und weitem T-Shirt, antwortete: „Eh alter Mann, schalten Sie mal einen Gang runter, war ja keine Absicht. Kann mal passieren." „Wie bitte?", fuhr Herrmann ihn an. „Hat dir deine Mutter etwa kein Benehmen beigebracht? Wie redest du denn mit mir?" Ein anderer der Jungen, er war klein und stämmig mit geschorenem Kopf, trat einen Schritt vor und sagte: „Es tut ihm leid, hat er gesagt, und jetzt machen Sie bitte nicht so eine Welle, klar?" „Das ist ja wohl eine Unverschämtheit! Damals beim Führer hätte man euch Manieren gelehrt", rief Herrmann. „Jetzt reicht es! Schluss damit", erhob die Verkäuferin ihre Stimme.

Er lief schnellen Schrittes hinaus. Sein Kopf war knallrot. Er wollte sich abreagieren und marschierte zu seinem Lieblingsplatz auf die Kreidefelsen. Der Wind wehte an diesem Tage deutlich stärker als an den vorherigen, so dass er seinen Sommermantel zuknöpfte. Ein Wanderer, der von oben herabstieg, zog seinen Hut, doch Herrmann starrte nur nach vorne und beachtete ihn nicht. Er schwitzte merklich, und das Atmen fiel ihm schwerer, doch er kämpfte sich weiter hoch bis ganz nach oben, wo er auf einem Stein niedersank. Er rang nach Luft und stützte sich auf seinen Gehstock. Er schaute nach unten auf das Wasser. Das Rauschen der Wellen war an diesem Tag viel lauter, und der weiße Schaum legte sich über die herausragenden Felsen. Ein paar Möwen kreischten und zogen ihre Kreise über die Klippen, in der Hoffnung, einen hilflosen Krebs zu erwischen, der von der rauen See mitgerissen worden sein könnte. Herrmann stellte seinen Kragen auf und richtete seinen Blick grimmig gen Horizont.

Als Hermann am Abend nach Hause kam, war es bereits dunkel. Er gähnte leise, zog sich seinen Pyjama an und legte sich in sein Bett. Aber er konnte nicht einschlafen und drehte sich hin und her. Sein bislang so unbeschwertes Leben auf Rügen geriet nun ins Wanken. Eine Frau, die ihn in der Öffentlichkeit bloßstellte, ungehobelte Jugendliche, die ihn anpöbelten, und ein fremder Mann, der sich Stauffenberg nannte und sich nach ihm erkundigte. Dies waren durchaus Dinge, die ihn beunruhigten. Hermann dachte nach. Er dachte an früher, an einen Vater, den er nie kennen gelernt hatte, einen Großvater, der ihn verachtete, und seine Mutter Magdalena, die ihn über alles geliebt hatte. Bei ihr hatte er sich stets geborgen und verstanden gefühlt.

Er hatte es gewiss nicht leicht gehabt. Seine Mutter war nicht mit seinem Vater verheiratet gewesen, denn ehe es zur Hochzeit hätte kommen können, war er im Dienst auf Streife von einem Kleinkriminellen erschossen worden. Seine Mutter stand also mittellos und allein mit einem unehelichen Kind da. Ihr Vater, der Industrielle Alfred Adler, hatte seine Tochter verstoßen, nachdem sie mit einem Bastardsohn auf seiner Türschwelle stand. Das passte nicht in sein konservatives, katholisches Familienbild. Nach ein paar Nächten auf der Straße und gutem Zureden des Pastors nahm er seine Tochter und ihr Kind dann doch auf, nur zum Schein allerdings. Sie durften zwar bei ihm wohnen, jedoch wurde die Tochter enterbt und musste auf Werbeplakaten posieren, wo sie vor seinen neuen Automobilen stehen musste, um die Kosten auszugleichen, die sie und ihr Sohn ihm verursachten.

Als seine Mutter bei einem Autounfall getötet wurde, war Herrmann vierzehn Jahre alt und seinem Großvater vollständig ausgeliefert, was unter anderem bedeutete, dass er im großväterlichen Unternehmen in die Lehre gehen musste. Dieser Mistkerl hatte ihm das Leben zur Hölle gemacht. Da kam ihm die Ausschreibung, sich für eine Ausbildung als Offizier bei der SS zu bewerben, sehr recht. Sie boten Arbeit und Perspektive und damit die Möglichkeit, sich zu rächen. Mithilfe einer fin-

gierten Razzia in seinen Büroräumen konnte er seinen Großvater beseitigen. Herrmann stürmte mit seiner Truppe das
Gebäude, er gab vor, eine Waffe bei ihm gesehen zu haben, und
feuerte mit seiner Walther PPK direkt auf ihn. Auf dem Weg
zum Verhör erlag Alfred Adler seiner Wunde.

Herrmann schaltete das Licht an und stand aus dem Bett auf,
um sich ein Glas Wasser aus der Küche zu holen. Als er auf
dem Rückweg in sein Schlafzimmer war, kam ihm ein Gedanke.
Er lief in das Wohnzimmer und öffnete die oberste Schublade
der Kommode. Sie war voll mit verschiedenen Schachteln und
Kästchen, die ordentlich gestapelt waren. Er schob die vorderen
zur Seite und griff nach einer ledernen Schatulle im hinteren
Teil der Schublade. Er nahm sie heraus und öffnete sie. Da war
sie, seine alte Dienstpistole. Sie war klein und sehr handlich, so
dass man sie unauffällig am Körper tragen konnte, doch man
durfte sich keine Illusionen machen, denn diese Waffe war
tödlich, das wusste Herrmann allzu gut. Neben ihr befanden
sich mehrere Patronen, die geordnet in einer Halterung steck-
ten. Er holte sie öfter heraus, um sie zu reinigen und um sie auf
ihre Betriebsbereitschaft zu prüfen. Er schob die anderen
Schachteln wieder an ihre Stelle, schloss die Schublade, nahm
die Schatulle mit seiner Walther PPK in sein Schlafzimmer und
stellte sie auf seinen Nachttisch. Sie hatte stets ihre Pflicht
erfüllt, sie war ihm immer treu und folgte seinen Befehlen. Er
lächelte zufrieden und legte sich schlafen.

Als Herrmann am nächsten Morgen beim Frühstück saß,
steckte er fest in seinen Gedanken. Er erinnerte sich an das Telefonat mit seinem Genossen Winkler und daran, dass ein Herr
Stauffenberg nach ihm gefragt hatte. Er hatte noch weitere seiner alten Quellen aktiviert, um etwas über einen „Stauffenberg"
in Erfahrung zu bringen, doch seine Recherche blieb ergebnis-
los. Außer über den Widerstandskämpfer Claus Schenk Graf
von Stauffenberg, der damals den Führer stürzen wollte, konnte
er nichts herausfinden. Er schrieb den Namen auf ein Blatt
Papier: Stauffenberg. Vielleicht war es ein Anagramm? Er schob
die Buchstaben hin und her und probierte mehrere Reihen-

folgen aus. Plötzlich fiel es ihm wie Schuppen von den Augen:
STEFFAN GRUBE.

Das war zumindest ein Name, aber gab es wirklich jemanden, der Grube mit Nachnamen hieß? Möglich war es bestimmt, doch Steffan mit zwei F? Wahrscheinlich so eine Modeerscheinung, dachte er. Wie hieß doch gleich der Sohn von Elisabeth Hallbacher? Steffan! Ob das wohl nur ein Zufall war? Schließlich müsste er ja dann Hallbacher mit Nachnamen heißen, folgerte Herrmann. Er griff nach dem Telefon und wählte die Nummer von Genosse Winkler, doch nach vielen Freizeichen ging der immer noch nicht ran.

Er legte auf, griff erneut zum Hörer und wählte Elisabeths Nummer. Sie hob ab: „Hallbacher, guten Morgen?", ertönte es auf der anderen Seite. Herrmann zögerte kurz: „Ja, äh, Herrmann Adler am Apparat, guten Morgen." „Was möchten Sie?", fragte sie schroff. „Ich würde mich gerne mit Ihnen treffen", sagte er nun etwas bestimmter. „Wozu? Sie möchten doch sicher wieder nur über das Wetter reden oder sich über irgendwelche Ordnungswidrigkeiten aufregen", sagte sie schnippisch. „Nein, ich möchte mich mit Ihnen aussprechen. Wie wir das letzte Mal auseinandergegangen sind, bedrückt mich." Stille auf der anderen Seite der Leitung. „Sind Sie noch dran?", fragte Herrmann, „hallo, Frau Hallbacher?" „Einverstanden", antwortete sie. „Das freut mich. Wann und wo sehen wir uns denn?", hakte er nach. „Morgen um elf, an Ihrem Lieblingsplatz, von dem Sie mir immer erzählt haben", diktierte sie. „In Ordnung, aber sagten Sie nicht, dass Sie den Anstieg aus gesundheitlichen Gründen nicht schaffen würden? Wissen Sie denn überhaupt, wo genau der Platz ist?", fragte er. „Ich hole Sie ab!" Sie legte auf.

Herrmann knöpfte gerade seinen Mantel zu, als es an der Tür klingelte. Er griff nach seinem Spazierstock und öffnete. „Einen guten Morgen, Frau Hallbacher", sagte er und reichte ihr die rechte Hand, die linke behielt er in der Manteltasche. „Guten Morgen, wie ich sehe, sind Sie ja startbereit", entgegnete Elisabeth kühl. „Wie geht es Ihnen denn?", fragte er. „Bescheiden", antwortete sie kurz, ohne eine Gegenfrage zu stellen. „Das tut mir leid. Ist es etwas Gesundheitliches?", bohrte er weiter nach. „Das auch", sagte sie, „aber lassen Sie mal." „Nun gut, wie Sie meinen. Ich nehme kurz noch eben meinen Hut, es windet ein wenig."

Er zog die Tür zu, verriegelte sie, und sie gingen los. Eine Weile liefen sie schweigend nebeneinander her. Herrmann war diese Situation äußerst unangenehm, und er spielte mit seinen Händen in den Manteltaschen herum. „Es ist so schön sonnig, aber dieser Wind...", sagte er, doch Elisabeth unterbrach ihn: „Ich weiß selbst, wie das Wetter ist, Herr Adler, ich bin ja nicht blind und gefühllos!" Herrmann antwortete nicht, sondern zog nur leicht seine Mundwinkel hoch.

Sie begannen mit dem Aufstieg auf die Kreidefelsen. Er stützte sich auf seinen Stock und bemühte sich, sich möglichst souverän vorwärts zu bewegen, doch ihm war die Anstrengung durchaus anzusehen. Er drehte seinen Kopf leicht nach rechts und schaute herüber zu Elisabeth. Ihr machte das Laufen wesentlich mehr zu schaffen als ihm, und sie atmete schwer. Herrmann blickte wieder zurück nach vorne auf den Weg, und sie quälten sich weiter bergauf. Auf einmal geriet Elisabeth ins Straucheln und drohte zu stürzen, denn der Boden war an einigen Stellen rutschig, da es in der Nacht stark geregnet hatte, doch Herrmann hielt ihren Arm fest. „Frau Hallbacher, bitte, lassen Sie uns doch eine kurze Pause machen", schlug er vor. „Nein, weiter, wir sind ja fast oben", entgegnete sie und keuchte.

Als sie oben ankamen, wurden sie für ihre Anstrengungen belohnt, denn vor ihnen bot sich ein schöner Ausblick. Die Wellen brachen sich an den Klippen und türmten große Schaumkronen auf. Ein letztes Ausflugsschiff kämpfte sich mutig durch die aufgewühlte See. In der Ferne taten sich ein paar Wolkenfetzen auf, ansonsten war der Himmel klar. Sie drehten sich Richtung Festland und hatten eine schöne Aussicht auf ihr Dorf und auf die nahe gelegenen Waldstücke.

„Es ist wirklich zugig hier", bemerkte Herrmann, „vermutlich sind hier deshalb weit und breit keine Leute zu sehen." „Die sind alle beim jährlichen Dorffest in Lohme, stand in der Zeitung letzte Woche", sagte sie. „Ja, richtig", antwortete Herrmann. „Herr Adler, wir haben uns heute nicht ohne Grund verabredet", begann Elisabeth. „Sie wollten sich doch erklären." „Nun ja, es tut mir leid, wie unser letztes Treffen ausgegangen ist. Mir war nicht sehr wohl bei dem Gedanken, dass wir uns im Streit getrennt haben", sagte Herrmann. „Herr Adler, hören Sie auf, sich zu entschuldigen und beginnen Sie zu erzählen." „In Ordnung, was wollen Sie wissen?", fragte Herrmann und spielte leicht angespannt mit der linken Hand in seiner Manteltasche.

„Ich war neulich in der Bäckerei am Dorfplatz und habe mit der Verkäuferin geredet, sie hat mich da auf eine gewisse Sache angesprochen, die dort vorgefallen sein soll", sagte sie. „Und was hat diese Klatschbase erzählt?", fragte Herrmann vorsichtig. „Sie hat mir geschildert, dass Sie ein paar Jugendliche aus dem Dorf unangemessen mit einem Nazi-Spruch beleidigt hatten, nachdem sie Sie versehentlich angerempelt hatten", gab Elisabeth die Situation wieder. „Diese jungen Leute haben sich so unverschämt benommen, so respektlos, solche Taugenichtse", verteidigte sich Herrmann. „Nun, Sie als gestandener Mann hätten doch Stärke beweisen können, indem Sie einfach gegangen wären?", entgegnete sie vorwurfsvoll. „Nein! Das weise ich entschieden zurück. Diese Bengel waren so verzogen, da haben ihre Eltern komplett versagt. Damals hätte es so etwas nicht gegeben, da war Erziehung noch verstärkt in staatlicher Hand, und es herrschte Ordnung und Respekt…", redete Herrmann sich in Rage. „Stopp! Das reicht jetzt! Was geben Sie denn hier für Töne von sich? Sie scheinen ja noch starke Sympathien für die damalige Zeit zu haben!", rief sie.

„Das ist ein wenig kurzsichtig, finden Sie nicht? Bevor Adolf Hitler an die Macht kam, herrschte viel Armut und Unzufriedenheit, und wir waren nur ein kleines, unbedeutendes Reich in der Mitte Europas. Unter Adolf Hitler herrschte Ordnung und Vollbeschäftigung", argumentierte er. „Das ist grundlegend falsch, was Sie hier behaupten! Es herrschten Angst und Kontrolle, Terror und Entrechtung, Rassenhass und Selektion. Wie können Sie diese Dinge so kleinreden?", rief Elisabeth äußerst erbost. „Ich bleibe dabei. Einige Dinge waren notwendig. Vielleicht waren einige der gewählten Mittel überzogen, aber einige waren notwendig", verteidigte er sich. „Millionen Menschen sind gestorben, Millionen haben geliebte Angehörige verloren. Millionen haben ihr Zuhause verloren", wetterte sie. „Ich weiß! Ich habe auch meine Mutter verloren", rief er erzürnt, „und habe ich mich davon unterkriegen lassen? Nein!"

„Sie...", setzte Elisabeth an, doch Herrmann unterbrach sie. „Jetzt bin ich dran. Sie haben einen Sohn namens Steffan, richtig?" „Ja, das stimmt! Was tut das zur Sache?", fragte sie irritiert. „Wie heißt er mit Nachnamen?", bohrte er weiter. „Was haben Sie damals gemacht?", fragte sie eindringlich. „Waren Sie bei der SS?" „Wie heißt Ihr Sohn mit Nachnamen?", sein Blick verfinsterte sich, und er ging einen großen Schritt auf sie zu. Sie wich zurück. „Grube heißt er, wieso interessiert Sie das?", ihr linker Arm begann, leicht zu zittern. „Steffan Grube? Ich habe das Anagramm bereits entschlüsselt, es bedeutet Stauffenberg!", sagte er, und seine linke Hand spielte unaufhörlich in seiner Manteltasche.

Der Wind wurde nun stärker und rauschte durch die Bäume und Sträucher. Ein paar Vögel wurden aufgeschreckt und flatterten davon. „Sie haben mich ausspioniert. Haben Sie Ihren Sohn auf mich gehetzt?", schrie er. „Sie Mistkerl! Ich weiß genau Bescheid! Sturmbannführer Adler!", schrie sie zurück. „Ich war im Krieg, na und? Das waren auch Millionen andere. Ich habe meinem Land gedient!", verteidigte er sich. „Sie haben einem Terror-Regime gedient, ohne es zu hinterfragen", rief sie und ging einen Schritt auf ihn zu. „Gehen Sie zurück!", sagte er eindringlich und ließ seinen starren Blick nicht von ihrem Gesicht. „Sie weltverbessernder Gutmensch, Sie mit Ihrem Geschwätz von Toleranz und Vielfalt. Sie sorgen dafür, dass unser Land schwach wird und Chaos entsteht. Nationale Sicherheit und starke Führung sind wichtig, sonst macht sich unser großartiges Land zur Witzfigur und verliert seine Identität, wahrscheinlich wollen Sie auch noch jeden Gastarbeiter hierbehalten und noch weitere Schmarotzer, die nicht zu deutscher Wertarbeit taugen, ins Land holen. Noch gibt es sie nicht hier in der DDR, aber bald wird sie nicht mehr existieren, und dann strömen sie sicher auch hierher, dann haben wir hier bald so Zustände wie im Ruhrgebiet", argumentierte er.

„Wie viele Menschen haben Sie auf dem Gewissen? Wie viele mussten für Ihre Ideologie ihr Leben lassen?", stocherte sie weiter nach, ohne wirklich auf seine Erläuterungen einzugehen. „Ich habe das getan, was notwendig war, und würde es wieder tun, wenn es sein muss", umschiffte er die Frage. „Wie viele Menschen waren es? Ich habe doch schon längst den Beweis, dass Sie ein Mörder sind, aber wie viele waren es?" „Welche Beweise sollen das schon sein? Außerdem ist das schon so lange her", meinte Herrmann und überspielte seine Nervosität. „Schauen Sie hin!", rief sie und holte die Fotos hervor, die sie von dem Absender Stauffenberg zugesandt bekommen hatte. „Das hier sind Sie." Herrmann erschrak: „Woher haben Sie denn diese Bilder?" „Ich habe recht, oder? Dafür werden Sie des Mordes für schuldig befunden und verbringen den Rest Ihres jämmerlichen Lebens im Gefängnis. Solche alten Nazis wie Sie werden dort sicherlich nicht mit Samthandschuhen angefasst", sagte sie.

„Wie haben Sie mich gerade genannt? Ich bin kein Nazi!", polterte er. Er hatte seine Kontrolle nun vollständig verloren, und über seine knallrote Stirn liefen mehrere Schweißperlen. „Sie sind ein Nazi, ein Rassist und Mörder. Ihre Mutter würde sich im Grab umdrehen und weinen, was aus Ihnen für ein Scheißkerl geworden ist, Sie verdammter…"

Es knallte zweimal, und Rauch kam aus Herrmanns Manteltasche. Elisabeth griff sich schmerzverzerrt an ihre Brust. Als sie ihre Hand löste, war diese voller Blut. Sie versuchte zu atmen, doch dies gelang ihr nicht. Sie stürzte zu Boden und hustete ein letztes Mal, bevor ihr Herz aufhörte zu schlagen.

„Polizei, nehmen Sie Ihre Hände ganz langsam hoch!", rief einer der zwei Männer, die herbeieilten. Sie hatten sich hinter einem der entfernteren Büsche versteckt. Herrmann drehte sich um und zog die Pistole aus seiner durchlöcherten Manteltasche. „Sie sind verhaftet für den Mord an Elisabeth Hallbacher. Lassen Sie die Waffe fallen", befahl der andere. Herrmanns Knie zitterten. Er hob die Waffe und richtete sie auf die beiden Beamten. „Fallen lassen, sofort!" Herrmann spannte den Hahn. Mehrere Schüsse fielen. Herrmann wurde von ihrer Schlagkraft zu Boden geworfen. Er griff sich schmerzverzerrt an sein rechtes Bein, eine der Kugeln hatte eine Arterie getroffen, und ein rotes Rinnsal floss über den Boden. Er kroch ein Stück vorwärts dem Abgrund entgegen und stürzte sich hinunter. Der Aufprall seines Körpers wurde vom Rauschen der Wellen und dem Pfeifen des Windes übertönt. Er lag dort unten auf den Steinen mit zertrümmerten Knochen. Die sich um ihn herum bildende Blutlache wurde von den Wellen Stück für Stück weggetragen, so dass lediglich ein unbedeutender Schatten seiner selbst zurückblieb.

Die beiden Beamten näherten sich der Stelle, wo Elisabeth lag. Der größere der beiden Beamten schloss vorsichtig ihre Augen und legte seinen Mantel über den auskühlenden Körper, eine heiße Träne fiel auf sie herunter. „Mein Beileid zu Ihrem Verlust, Herr Grube. Ihre Mutter war eine starke Frau, die sich stets jeder Gefahr stellte, es war ihr Verdienst, dass wir diesem alten Nazi auf die Spur gekommen sind. Möge sie in Frieden ruhen", sagte der andere, ein kleiner, muskulöser Mann in den Fünfzigern, und legte seine Hand auf die Schulter des Kollegen. „Ich danke Ihnen für Ihre netten Worte, Herr Winkler", sagte der matt. „Ich danke Ihnen für die gute Zusammenarbeit und Ihren Beistand. Unsere beiden Nationen sind doch nicht so verschieden. Bald werden wir wieder ein geeintes Deutschland erleben." Steffan richtete sich auf und ergriff die Hand von

Herrn Winkler. „Herr Grube, darf ich Ihnen noch eine Frage stellen?" „Natürlich, Herr Winkler." „Wieso hat Ihre Mutter nicht das verabredete Zeichen gegeben? Dann hätten wir vielleicht noch rechtzeitig eingreifen können?" „Wissen Sie, meine Mutter war eine sehr eigensinnige Frau, sie wollte wohl möglichst viele Informationen aus ihm rausbekommen. Sie war sehr starrsinnig", antwortete Steffan Grube. „Auch wenn es sie das Leben gekostet hat? Sie wirken ja relativ gefasst." „Sie müssen wissen, meine Mutter hatte Krebs, die Ärzte haben ihr nur noch ein paar Monate gegeben. Sie wollte nicht in einem Krankenhausbett dahinscheiden." Herr Winkler schwieg betreten und blickte ihm in die Augen. „Herr Winkler, ich halte Sie für einen aufrichtigen Mann. Jemanden wie Sie können wir beim Bundesnachrichtendienst gut gebrauchen", sagte Steffan Grube und lächelte. „Denken Sie über mein Angebot nach. In meiner Position kann ich mich für Sie stark machen." Die beiden Männer setzten sich auf den Boden neben Elisabeth, die so friedlich dalag, als würde sie nur schlafen.

Der Lauf der Dinge

Hanno Conring

Klopf. Klopf. Klopf.

Das vertraute Geräusch aus dem Motorraum drang kaum durch. Es vermischte sich mit dem Gedüdel aus dem Radio, dem unangenehmen Klingeln in ihren Ohren und dem allgemeinen Brummen in ihrem Schädel. Tuc Tuc musste so bald wie möglich zu André in die Werkstatt.

Klopf. Klopf. Klopf.

Sie wusste vom letzten Werkstattbesuch, dass die Kosten aber frühestens in drei Wochen zu stemmen waren. Wie sagte André so schön: Auto fängt mit Au an und hört mit O auf. Aber der Oktober hatte gerade erst angefangen, und ihr fest angelegtes Budget erlaubte keine Extravaganzen. Nicht jetzt.

Zu dumm, dass Sonntag war, sonst hätte sie sich an der Tankstelle bei Marleen noch einen Cappuccino und ein kurzes Gespräch abholen können. Marleen konnte ausschlafen, Doro nicht. Wie so häufig. Das Konzert in Aurich gestern Abend war es aber wert gewesen.

Eigentlich hatte sich Doro das ganz anders vorgestellt. Nein, nicht nur, weil sie Frühschicht hatte. Wie sagte Marleen, ihre beste Freundin und Partnerin in Crime, immer: Sonntag. Der Tag, an dem die Zeit schneller rennt als Usain Bolt. In den 9,58 Sekunden, in denen der einhundert Meter läuft, schaffe ich es heute nicht mal vom Sofa zum Kühlschrank. Ha, ha. Wie witzig, Marleen. Du kannst ja auch deinen Rausch ausschlafen. Und ich habe mich mal wieder breitschlagen lassen, die Friedhofsschicht zu übernehmen.

Und dieser Sonntag war so ein unentschiedener, trüb und verhangen, konnte sich partout nicht entscheiden, ob er ein schöner sonniger und warmer Oktobertag sein wollte, oder das, was ein anständiger Oktober sein müsste: Grau und nass – kurzum fies. Herbst halt.

Die Schicht hatte schon schlecht angefangen. Erst musste sie feststellen, dass Frau Giesken gestern gestorben war. Doro mochte Frau Giesken, die war immer so fröhlich und fürsorglich, obwohl sie doch diejenige war, die Hilfe brauchte. Außerdem konnte sie dann den Tag besser durchstehen. Mit Klienten wie Herrn Kruse, der stets so verwirrt war und die Medikamente versteckte und den Altenpflegerinnen die Schuld dafür gab. Das hatte zur Folge, dass sie den zeternden Mann beruhigen musste und die Medikamente finden. Dadurch war sie mindestens fünfzehn Minuten hinter dem Plan her, und das war einer von diesen vielen kleinen Stolpersteinen, die der ambulanten Pflege jeden Tag eine Prise Überraschung bescherten. Aber nicht unbedingt die Art von Überraschung wie ein muskulöser Chippendale, der aus einer übergroßen Torte sprang. Eher wie ein kleiner, scharfer Stein im Schuh. Oder Lego im Teppich.

Demgegenüber standen Konstanten wie der Chef. Der liebte dieses Monster von einem lächerlichen SUV mehr als seine Frau. Dem man jeden Monat hinterherrennen musste, um so mindestens einen Teil der Überstunden auch wirklich bezahlt zu bekommen. Doro war sich nicht sicher, ob die Schlechtigkeit mehr von ihm oder seiner verbitterten Frau kam, die den Schichtplan und auch die Abrechnung machte mit der Freude einer Lagerwärterin. Und da war noch der missratene Neffe vom Chef, Ex-Bufdi, stets bekifft, der die pflegebedürftigen Menschen verachtete, aber selbst nichts auf die Reihe brachte. Wie sagte ihre Oberschwester in der Ausbildung noch so treffend, wenn solche Menschen auf Station landeten: FFG - fett, faul und gefräßig.

Aber am schlimmsten am Tod von Frau Giesken war, dass sie nun keinen Ausgleich mehr für den Tiefpunkt ihrer Tour hatte: Herrn Schmitz. Die Kolleginnen sagten immer, dass der mal bei der Stasi gewesen war. Das glaubte sie aber nicht. Vielleicht so ein Grenzer oder NVA, aber Stasi? War auch egal, der war einfach nur ekelig und unfreundlicher geht auch nicht. Das Einzige, was sie an Herrn Schmitz wunderte, war, warum ein Ostdeutscher seinen Lebensabend in Ostfriesland verbrachte. Nein, nicht nur das hatte sie sich anders vorgestellt. Eigentlich waren die letzten Jahre insgesamt nicht so verlaufen, wie sie sich das vorgestellt hatte. Aber das konnte sie wegstecken. So, wie sie eigentlich alles wegstecken konnte. Schon als kleines Kind wusste sie, das Dorothea kein Name ist, dem man seinem Kind gibt, wenn man es liebt. Denn Dorothea stand in ihrer Geburtsurkunde. Die anderen Kinder in der Schule jedoch hatten ihren Spaß von Anfang an: Dörte, die immer röhrte...

Klopf. Klopf. Klopf.

Seit Tuc Tuc vor siebzehn Jahren zu ihr kam, da war er schon elf Jahre alt, haben sie zusammen alles erlebt. Tuc Tuc, offiziell ein Polo 86c oder einfach nur Polo II, war die eine Freude in ihrem Leben, die für Freiheit und Unabhängigkeit stand. Nur noch zwei Jahre und sie konnte ein Oldtimer-Kennzeichen beantragen. Es ging ihr dabei nicht so sehr um die niedrigeren Steuern und Versicherung, es war mehr wie Anerkennung und Verlässlichkeit. Anerkennung und Verlässlichkeit der Ingenieurskunst und des Handwerks sowie der jahrelangen Pflege durch sie. Und Tuc Tuc hatte es ihr mit Treue und Loyalität gedankt.

Ihre Gedanken wanderten und wanderten an diesem trüben Sonntagmorgen. Wenn es einen Vorteil hatte, Sonntagfrüh zu arbeiten, dann waren es die leeren Straßen. Die Krummhörn, obwohl hauptsächlich das Zuhause von Gegend – und zwar sehr viel Gegend – konnte morgens ziemlich viel Verkehr haben. Das VW-Werk in Emden, Enercon in Aurich, die weiterführenden Schulen und all die anderen Betriebe, deren Angestellten und Beschäftigten sich nicht auf die Deutsche Bahn verlassen wollten und konnten. „Heute fahren wir nicht, weil, ähm, zu viel Wind." „Ja, okay... Alles klar, wo steht der Bus...?"

Jedenfalls kutschierten die Menschen jeden Tag zwischen denselben Fixpunkten hin und her. Sie hatte die Meyer-Werft in Papenburg vergessen, aber die galt ohnehin nicht, das war schon hinter Leer. Und hinter Leer war nichts mehr.

Klopf. Klopf. Klopf. Krick. Krick.

Das war neu. So ein Geräusch hatte sie bisher noch nicht gehört. Auf einmal war Doro hellwach. Von ihren Tagträumereien abgesehen und dem Fehlen von Frau Gieske war heute nichts Außergewöhnlich passiert. Mittlerweile war es kurz vor neun Uhr, und die Krummhörn machte immer noch keine Anstalten aufzuwachen. Krick! Das letzte Krick war lauter als die davor. Und dann ging der Motor aus.

Tuc Tuc verlor schnell an Geschwindigkeit und rollte unspektakulär auf einen der wenigen Seitenstreifen irgendwo im Nirgendwo. Auch das hatte sich Doro anders vorgestellt. Sie dachte, dass sie und Tuc Tuc eines Tages von einem Laster erfasst würden. Oder einem schwarzen Porsche, der sie mit zweihundert Sachen von der Autobahn fegen würde. Aber so? Das mehrmalige Drehen des Schlüssels änderte nichts daran, dass sich gar nichts tat.

Sie öffnete das Handschuhfach, das überquoll von alten Tankbelegen, ungeöffneten Briefen und kaputten Sicherungen. Während sie den Inhalt auf den Beifahrersitz schaufelte, rief sie in der Zentrale an. „Hier ist das Ambulante Pflegeteam Waterkant, wir kümmern uns. Bitte hinterlassen Sie eine Nachricht, und wir rufen Sie schneller zurück, als Sie 'piep' sagen können." Was für ein blöder Spruch. Aber gut. „Ja, moin, ich bin's, Doro. Mein Auto ist kaputt. Und ich stehe hinter Visquard. Kann mal jemand zurückrufen?"

Sie wühlte durch den Wust, um die Nummer vom ADAC zu finden. Die hatte sie zum Glück bisher nicht gebraucht, aber heute war es soweit. André war im Urlaub, das wusste sie. Also die gelben Engel, die Tuc Tuc und sie retten würden. Ohne große Warteschleife wurde Doro gleich durchgestellt: „Herzlich willkommen beim ADAC. Sie sprechen mit Hans-Dieter Schlegel. Womit kann ich Ihnen helfen?" Boah, wann war das letzte Mal, dass jemand Doro seine Hilfe angeboten hat? Immer war sie es, die anderen half. Nach einigem Hin und Her sagte der engelgleiche Herr Schlegel: „Es tut mir leid, Frau Janssen, aber das wird eine Weile dauern. Ich sehe im System, dass alle Kollegen in Ihrer Nähe bei einem Einsatz sind. Ich habe aber jetzt dem nächstgelegenen Kollegen angewiesen, sich auf den Weg zu Ihnen zu machen. Ich kann Ihnen nun nicht genau sagen, wie lange das dauern wird. Er kommt von hinter Oldenburg. Auf meinem Bildschirm steht bis ca. eine Stunde. Entschuldigen Sie bitte." „Machen Sie sich keine Sorgen, Herr Schlegel, alles gut. Ich habe mich zu bedanken."

Sie versuchte ein zweites Mal, die Zentrale zu erreichen. Diesmal ging ein äußerst mürrischer Chef ans Telefon: „Ja? Was? Dann muss ich jetzt also jemand anderes besorgen, um Ihre Schicht zu beenden? Also Frau Janssen, was verlangen Sie von mir? Wie oft habe ich Ihnen gesagt, dass Sie sich endlich ein vernünftiges Auto kaufen sollen? Sie wissen doch, mein Bruder ist bei Mercedes, der hat bestimmt auch was Kleines, was Sie sich mit einer Finanzierung leisten können. Gut, ich kümmere mich, ich mach' ja ansonsten nichts."

Von wegen, sich kümmern. Weder fragte er danach, ob sie in Ordnung war, noch bot er ihr seine Hilfe an. Oder zahlte ihr das Geld, was er ihr schuldete. Nein, wieder nur Ermahnungen und der „gutgemeinte" Rat, sich in die moderne Form der Sklaverei zu begeben. Finanzierung, Leasing oder Ratenkauf – all diese Wörter, die Freiheit wegzuschmeißen. Doro hatte nie viel Geld, aber es langte immer. Sie machte weder Schulden, noch lebte sie über ihre Verhältnisse. Es musste kein großes Auto sein, keine teuren Klamotten oder zweimal im Jahr nach Mailand oder Thailand.

Apropos Thailand. Die Zwillinge hatten versprochen, sich dieses Wochenende zu melden. Sie hatte Jan und Hannes schon früh zur Selbständigkeit erzogen. Die mussten sie auch haben.

Alleine zwei Kinder zu erziehen, machte es notwendig, dass Doro stets arbeitete. Denn der Erzeuger hatte sich schneller aus dem Staub gemacht, als sie „Ich bin schwang..." sagen konnte. Bisher hatten die Arbeitgeber immer kooperiert, erst hilfsbereit, aber mit den Jahren zunehmend zähneknirschend. Was leisten Sie sich auch Kinder? Oh, brauchen wir schon wieder eine Extrawurst? Mit den Kolleginnen ging immer was, weil die ja selbst in ähnlichen Umständen waren, aber sei es Stations-leitung oder HR, denen war das Leben der Beschäftigten eher lästig. Allein dem ewigen Pflegenotstand geschuldet, wurden die „Extrawürste" geduldet. Nun waren Jan und Hannes alt genug, dass sie Doro nicht mehr brauchten und sich die Welt mit eigenen Augen anschauen wollten.

Sie führte dieses „working world travel" darauf zurück, dass sie ihren Söhnen immer vorgeschwärmt hatte: New York, Rio, Tokio... aber es selber nie konnte. Und sich insgeheim auch nicht traute. Jetzt waren Jan und Hannes in diesem Alter. Zwei junge, starke Männer, die selbstbewusst in die Welt hinaus-gingen. Doro war zutiefst gespalten. Einerseits voller Stolz, andererseits voller Sorgen um ihre zwei Babies... MAMA, wir sind doch keine Babies mehr... Nein, Mama! Wir haben alles, und wir passen schon auf. Jedenfalls war sie stark genug ge-wesen, erst zu weinen, als die beiden sich und ihre Rucksäcke aus dem kleinen Polo geschält hatten und zügig im Bahnhof verschwunden waren... Wie spät war es jetzt noch mal in Bang-kok?

Zumindest waren die beiden zusammen unterwegs, da brauchte sie sich nicht die Art Sorgen machen, die einen nachts nicht schlafen ließen. Das redete sie sich jedenfalls ein. Sie konnte sich noch allzu gut an die eigene Sturm-und-Drang-Phase erinnern. Damals, Marleen, Susanne und sie – die drei Musketiere. Eine für alle, alle für die eine. Alternativ: The Good, the Bad and the Ugly. Denn wenn sie sich auf eines einigen konnten: Clint. Clint Eastwood. Den fanden sie alle toll. Und was hatten sie sich gestritten. Dumme, kleine Mädchenschwär-mereien. Und dumme, kleine Mädchenstreitereien.

Sie wartete schon eine halbe Stunde, und allmählich bildeten sich Tropfen, die langsam auf der Innenseite der Scheiben hinunterkrochen. Draußen hatte sich ein anfänglicher Nieselregen zu einem veritablen Dauerregen gemausert. Hatte sich der Tag also endlich entschieden. Blöder Sonntag! Nach dem trockensten Sommer, an den sie sich erinnerte konnte, war die Gegend zu einem kränklichem Braun verbrannt. „Hier ist ja nichts!", war der Ausruf eines Urlaubers, den Doro vor Ewigkeiten auf dem Deich gehört hatte. Woraufhin sie entgegnete: „Ja, aber wir haben verschiedene Arten von Nichts! Es ist sozusagen farblich kodiert! Das übliche grüne Nichts der Gegend war zum braunen Nichts geworden. Dem gegenüber stand das schlickige Nichts bei Ebbe hinterm Deich beziehungsweise das grüngraue Nichts der Nordsee. Öfter mal was Neues.

Um die immer düster werdenden Gedanken zu verscheuchen, fing sie an, den Papierwust auf dem Beifahrersitz zu sortieren. Jasses, da waren Belege, die waren sieben Jahre alt. Oh, das Megalos von der Fernsehlotterie! Da war es also. Sie glaubte zwar nicht an Lotto und musste immer an den alten Loriot-Sketch denken: „Ich heiße Erwin und bin Rentner. Und in sechsundsechzig Jahren fahre ich nach Island. Und da mache ich einen Gewinn von fünfhunderttausend Mark. Und im Herbst eröffnet dann der Papst mit meiner Tochter eine Herrenboutique in Wuppertal."

Jeden Sonntagabend kurz vor acht sagte sie sich: Wenn ich mal gewinne, brauche ich das Los. Die letzten drei Nummern konnte sie auswendig, aber selbst die mickrigen zehn Euro, die es dafür gab, hatte sie nie gewonnen. Und jeden Sonntagabend um kurz nach acht sagte sie dann zu sich: Ich sollte das mal abmelden, aber nein, es war ja für einen guten Zweck. Es wurde jeden Sonntag eine andere Einrichtung vorgestellt. Sie hatte das Los damals gekauft wegen des Hospizes, in dem Susanne ihre letzten Tage verbrachte.

Und noch mehr verdüsterte sich ihre Stimmung. Aber was war das? War das Zufall oder Karma? Sie hielt einen Umschlag in der Hand mit der unverkennbaren Handschrift von Susanne: „Für mein liebstes Musketier". Sie drehte ihn um und sah, dass er noch verschlossen war. Hm, den musste Susanne da reingelegt haben, als sie das letzte Mal miteinander im Tuc Tuc saßen. Wann war das? War das wirklich schon vier Jahre her?

Sie hatte Susanne ins Krankenhaus nach Aurich gefahren. Das böse K-Wort. Das Monster. Der Krebs. Der Bösewicht, den auch Clint nicht besiegen konnte. Es war die siebte Chemotherapie. Oder war es schon die achte Packung? Erst hatte sich der Krebs langsam angepirscht und dann breitgemacht. Dann wurde aus einem Faustkampf hinter der Kneipe ganz schnell eine offene Feldschlacht, die Susanne nur verlieren konnte. Und am Ende ging es sehr schnell. Viel zu schnell. Es tat Doro immer noch weh, insbesondere weil sie sich auf der Fahrt wieder einmal gestritten hatten.

Wie alle Mädchen, hatten auch Marleen, Susanne und Doro Tarot-Karten gelegt und sich mit Astrologie beschäftigt. Wird er sich in mich verlieben? Werde ich das Jahr wiederholen müssen? Das Übliche halt. Während Marleen und Doro schnell die Lust am Esoterischen verloren, blieb Susanne dabei. Sie las Astrologie und rechnete Astrologie. Und rechnete Astrologie und las Astrologie. Und anders als andere junge Frauen, die Männer, Karrieren oder Schuhe jagten, jagte Susanne nach Horoskopen. Marleen hat sich stets darüber lustig gemacht, Doro war irgendwann nur noch genervt. Nach Jahren des Try and Error wurden Susannes Prognosen so gut, dass sie bis auf wenige Wochen immer ganz genau wusste, was passieren würde.

„Musst du mir denn auch die Freude an den kleinsten Dingen nehmen? Mit deiner 'Das-Leben-steht-geschrieben'-Einstellung frage ich mich, warum ich morgens überhaupt noch aufstehen soll? Hör' mit auf mit den blöden Saturn-Quadraten. Ich kann es nicht mehr hören, Susanne! LASS ES GUT SEIN!!!" Bei ihrem letzten Gespräch war Doro richtig sauer geworden. Und hatte sich auch nicht wirklich bei Susanne entschuldigt, als sie sie auf der onkologischen Station abgeliefert hatte. Immer dieselbe Leier. Doro wusste, dass sie sich wieder vertragen würden, und das würden sie auch dieses Mal tun. Aber damals hatte Doro so viel um die Ohren, dass sie eben keine Zeit mehr hatten.

Doro erinnerte sich an den Anruf von Marleen. Und die Dunkelheit, die dann folgte. Eine schlimme Zeit war das. Seitdem hatte sich Doro mit Arbeit zugekleistert. Nur nicht dran denken. Das Vermissen. Das schwarze Loch in ihrem Leben. Die Schuld.

Nervös öffnete Doro den Umschlag:

„Liebste Doro,

Mein Fels und mein Stern!

Alles ist so, wie es sein soll. Ich muss mich bei Dir entschuldigen. Ich weiß, ich nerve. Trotz- und alledem muss ich sagen, was ich sage. Und tun, was ich tue. Ich kann nicht anders. Das ist mein Weg. Und Dein Weg ist Dein Weg. Er wird steinig. Sehr steinig sogar. Ja, die Saturn-Quadrate, und Du hast so einige vor Dir. Mach Dir aber keine Sorgen, am Ende wird alles gut. Nur der Weg dahin wird schmerzhaft. So schmerzhaft, dass Du meinst, es geht nicht mehr. Aber das passiert nur, damit Du lernst. Und Du sollst dann lernen, Dich um Dich selbst zu kümmern. Nicht immer die anderen an die erste Stelle stellen, sondern Dich selbst. Du bist Nummer Eins! Es fängt bald an, und das wird sich immer weiter steigern bis so zum Oktober in vier Jahren. Das ist dann das Saturn-Quadrat Chiron. Ich habe Dir mal etwas dazu kopiert:

'Die Saturn-Quadrate bescheren Ihnen eine schwierige Zeit. Andere wollen Ihnen Ihre Selbständigkeit aberkennen und Ihnen die verdiente Anerkennung vorenthalten. Verstärken Sie diesen Einfluss nicht auch noch dadurch, indem Sie sich und das, was Sie tun, kleinmachen. Resignieren Sie nicht! Sie können kämpfen! Und Sie werden gewinnen! Messen Sie Phasen, in denen Sie zu verzweifeln drohen, nicht zu viel Bedeutung bei. Sie gehen vorbei. Sie werden sie überstehen. Und zwar, indem Sie lernen, auch Ihre Schwächen zu akzeptieren, ja, sie sogar als Stärke zu sehen. Die dafür notwendige Gelassenheit werden Sie sich aneignen, auch wenn Ihnen dies im Moment als Unmöglichkeit erscheint. Aber hören Sie nicht auf, daran zu glauben. Denn nur dann können Sie Saturn erhobenen Hauptes gegenübertreten. Nur so können Sie die Konfrontation mit ihm unbeschadet überstehen. Und nicht nur das. Was vergeht, bietet nahrhaften Boden für Neues. Für Größeres. Für Stärkeres. Hören Sie nicht auf, daran zu glauben.'

Ich will Dir keine Angst machen, Du musst nur wissen, dass ich Dich liebe. Und dass am Ende alles gut wird.

Deine Dich auf ewig liebende Susanne

P.S.: Clint würde mir viel besser stehen als Dir ;)"

Sie hatte den ausgedruckten und auf das Briefpapier geklebten Auszug aus einem von Susannes schlauen Astrologiebüchern mehr überflogen als wirklich gelesen, die letzten Zeilen gerade noch lesen können, bis die Tränen aus ihr herausbrachen. Und aus den Tränen wurde eine wahre Flut. Doro schüttelte sich. Endlich. Endlich kam es raus. Nicht nur Susanne. Die Einsamkeit, das ewige Schuften, die faulen Kompromisse, die Undankbarkeit, das ständige Hinterherräumen und das Machen und Tun...

Sie wusste nicht, wie lange der Mann schon neben ihrem Auto gestanden hatte, bis sie seine Gegenwart bemerkte. Mann, war das peinlich. Während sie sich bemühte, das verheulte Gesicht mit den Ärmeln trocken zu wischen, die Motorhaube zu öffnen und sich zu fassen, bevor sie auf die Straße trat, hatte der Mann schon seinen Oberkörper im Motorraum. Also wie ein Engel sah er nicht aus, dachte sie so bei sich, auch wenn er eine gelbe Signaljacke trug. Aber können Engel eine ergraute Halbglatze haben? Sie betrachtete den Mechaniker, der etwas älter, aber um einiges größer war als sie selbst, wie er mit seiner

Taschenlampe das verstummte Herz von Tuc Tuc inspizierte. Er schaute sie an mit der Miene eines Bestattungsunternehmers und sagte ihr, was sie tief im Inneren schon wusste: Tuc Tuc war nicht mehr. Tuc Tuc war ein Ex-Tuc Tuc. Und jagte mit den anderen in den ewigen Jagdgründen dem weißen, großen Mustang hinterher.

Der Mann hatte ihre Trauer fehlinterpretiert. Er war ein Meister seines Faches, er wusste, was für Menschen welche Autos aus welchen Gründen fuhren. Und Doro gehörte in seiner Welt in die Kategorie, die eben ein Tuc Tuc haben und über die Massen aller Vernunft hinaus liebten. Und sie stellte sich vor, dass der ADAC seine Mitarbeiter auf psychologische Seminare schickte, um Frauen wir ihr so schonend wie möglich beizubringen, dass Tuc Tuc nun tot war.

Nie im Leben hätte sie gedacht, dass das Ende von Tuc Tuc so schnell und reibungslos vor sich gehen würde. Er war nicht mehr. Der gelbe Engel zog den leb- und seelenlosen Körper des einst Geliebten auf die Hebebühne, nachdem Doro die letzten persönlichen Habseligkeiten zusammengeklaubt hatte, und sie waren auf dem Weg nach Norden. Wo dann ein roter Polo II, Baujahr 1990, auf dem Parkplatz der Kfz-Meisterwerkstatt Gerken seinen vorläufigen Ruheplatz fand. Reinhard Tietjen, schließlich haben auch Engel Namen, ließ sich auf einen Tee bei Doro Janssen einladen, denn er hatte Mittagspause. Reinhard und Doro hatten schnell einen Draht zueinander, und es wurde noch ein richtig netter Sonntagmittag.

Reinhard Tietjen war zwar nicht Clint Eastwood, und auch wenn er „nur" ein gelber Engel war, Engel blieb Engel. Jedenfalls hatte er ihre Telefonnummer und wusste ja auch, wo sie wohnte. Er versprach, sich zu melden. Wir werden sehen, dachte Doro bei sich, wir werden sehen...

Den Nachmittag verbrachte sie im Bett. Es war dann doch alles ein bisschen viel gewesen. Kurz vor acht setzte sie sich vor den Fernseher und frönte dem Ritual, diesmal aber mit dem lange vermissten Los in der Hand. „Kommen wir jetzt zur

Ziehung des Hauptgewinnes dieser Woche. Gewonnen hat eine Million Euro das Los mit der Nummer: 789 832 601 565. Einen herzlichen Glückwunsch an den Gewinner und Ihnen am Bildschirm noch einen schönen Sonntagabend!"

Doro schaute auf ihr Los, schaute auf den Fernseher. Schaute wieder auf ihr Los. Schaute dann auf das Display von Ihrem Handy und schaute wieder auf ihr Los.

Tjaaaaa......

So ist er, der Lauf der Dinge....

Ad acta

Fabian Schmidt-Fich

Prolog

Manhattan, 1955, Winter. Es klingelt an der Tür. Felix Primhome sitzt im Morgenrock auf seinem Sofa und blättert lustlos
in einem Bildband herum. Er ist einundsechzig Jahre alt, aber
ihm kommt es so vor, als sei sein Leben nun beendet. Vor drei
Monaten war er noch einer der umjubeltsten Dirigenten des
Landes gewesen, bis der Herzinfarkt ihn in die Knie gezwun-
gen hat. Während eines Konzerts in der Metropolitan, als
Primhome gerade Modest Mussorgskis „Nacht auf dem kahlen
Berge" dirigierte, da war er vor den Augen der Zuhörer im aus-
verkauften Haus zusammengebrochen. Mitten im Stück. Er
hatte den Taktstock geschwungen, im nächsten Moment lag er
auf der Erde. Manche Musiker hatten es erst gar nicht gemerkt
und einfach weitergespielt. Natürlich wurde der Dirigent sofort
in das Krankenhaus gebracht, und dort vollzogen die Ärzte
eine Rettung in letzter Sekunde, wie sie dem Dirigenten später
versicherten. Nach der Reha wollte Primhome seine Arbeit
wieder aufnehmen. Aber alle Verträge, die noch liefen, waren
mit der Begründung aufgehoben worden, man denke doch nur
an seine Gesundheit. Dies war eine Verschwörung seiner Ärzte
und Anwälte, angeleiert durch Primhomes jüngere Schwester,
Mrs. Mary Manuela Astor. Felix Primhome fühlt sich nutzlos
und überflüssig. So hat er sich schon lange nicht mehr empfun-
den. Zum letzten Mal in den Tagen, da er noch Felix Primheim
war und stolz darauf sein durfte, ein Deutscher zu sein.

Es klingelt wieder. Felix erhebt sich von seiner Couch und
geht an die Sprechanlage, die ihn mit dem Eingang, der zehn
Stockwerke unter ihm ist, verbindet.

„Wer ist da?", fragt er.

„Ich bin es, Pa", antwortet die Person, die an der Tür steht. Es ist Ronan Burnside, Primhomes fünfundzwanzigjähriger Sohn, das Ergebnis einer kurzen, gescheiterten Ehe mit Patricia Burnside. Primhome ließ sich scheiden, da war seine Frau hochschwanger. Aus diesem Grund gab die Mutter ihren Mädchennamen, den sie wieder angenommen hatte, als Familiennamen der gemeinsamen Kinder, es waren Zwillinge, an.

Ohne ein Wort zu sagen, drückt Primhome auf den Türöffner. Der Dirigent begibt sich an seine Hausbar. Er trinkt einen Whisky. Ronan betritt die Wohnung. „Hi, Pa", sagt er munter. Er ist ein hübscher, blonder Bursche, rank und schlank, immer mit guter Laune. Primhome wünschte, er wäre so in jungen Jahren gewesen.

„Wie geht es dir?", fragt Ronan.

„Gut, gut", antwortet sein Vater.

Mit seinem Glas geht Primhome durch das Wohnzimmer, hin zum Klavier vor den großen Fenstern, die einen Panoramablick auf den Central Park bieten, und setzt sich auf den Klavierhocker.

„Komponierst du was?", fragt Ronan.

Kopfschütteln ist die Antwort.

„Spielst du was?", fragte Ronan dann. „Ich singe dazu. Hast du Lust?"

Eigentlich hat er das nicht, aber er sagt: „Meinetwegen", um seinen Sohn nicht zu verletzen.

Ronan geht an das Regal, wo sein Vater die vielen Notenbücher aufbewahrt. Er zieht eines heraus.

„Lass' uns den 'Feuerreiter' probieren", schlägt Ronan vor. Er studiert nun im dritten Semester Gesang an der Vronsky Academy for Music and Drama, wo seine Mutter Professorin ist.

„Wenn du magst", sagt sein Vater. Seit dem Beginn des Studiums versucht Ronan, seinem Vater immer wieder zu beweisen, wie gut er doch geworden ist. Deswegen wählt er auch ein so anspruchsvolles Stück. Primhome klappt die Abdeckung der Tastatur hoch. Ronan möchte ihm die Partitur geben.

„Brauch' ich nicht", sagt er. Das Stück hat er schon so oft gespielt. Ronan legt die Gesangsnoten vor sich auf das Klavier.

„Schau' mich an!", sagt Primhome. „Du musst mit deinem Pianisten immer in Verbindung bleiben."

Ronan lächelt, heuchelt die Annahme der Verbesserung.

Primhome legt los. Er bringt seine Finger in Position. Die ersten paar Takte wiederholen sich. Es ist ein düsteres, schweres Stück, dabei sehr lebhaft. Die alten, schweren Finger drücken die Tasten.

Ronan singt.

„Sehet ihr am Fensterlein

Dort die rothe Mütze wieder?"

Unterbrechung.

„Du hast zu langsam angefangen. Ich bin ja viel schneller als du!"

Ein nächster Versuch.

„Du bist viel zu tief! So einen Heldenbariton hast du nun wirklich nicht!"

Ronan atmet tief ein und fängt wieder an, diesmal auch wieder nicht perfekt, aber sein Vater lässt ihn ein paar Takte weiter als vorher. Dann wird die Melodie auf einmal noch lebhafter und hastiger, das Entsetzen, welches das lyrische Ich durchlebt, genial musikalisch unterstreichend.

„Viel zu langsam." Primhome singt es ihm vor und verdeutlicht gestikulierend den Takt.

„'Hinterm Berg, hinterm Berg brennt es in der Mühle!' Im gleichen Tempo, immer so weiter."

Er spielt weiter.

„Hör auf, Pa", sagt Ronan. „Das regt dich zu sehr auf. Das ist nicht gut für dich."

Ronan geht davon, fort vom Klavier. Primhome spielt weiter. Dieses Mal ist es ein anderes Lied. Die erste Arie der Miranda aus Fahrenbruchs „Ritter der Blumen". Ronan kommt wieder. Er hat einen Stapel Briefsendungen im Arm.

„Ich habe deine Post hereingeholt."

„Bestimmt wieder zahlreiche Papierverschwendungen von Leuten, die glauben, meine Freunde zu sein. Sie nerven mich mit Fragen nach meinem Gesundheitszustand. Wovon ich auch genug habe, sind diese Anfragen von Journalisten, die mit mir mein Lebenswerk diskutieren wollen. So als käme nichts mehr hinzu!"

Ronan sortiert diese gleich aus.

„Hier ist eine Anfrage für eine Filmmusik", sagt Ronan, der einen Brief geöffnet hat. „Sie kommt von Onkel Edmund." Die Mutter von Ronan ist die jüngere Schwester des großen Filmmoguls. Primhome hat schon öfters mit ihm gearbeitet und durch ihn seine Exfrau kennen gelernt. Primhome war recht erfolgreich mit seinen Kompositionen für das Kino. 1937 bedachte ihn die Akademie für Filmkunst und Wissenschaft mit ihrem Oscar, der nun, mit Primhomes anderen Auszeichnungen, im Regal einstaubt.

„Was für ein Film?"

„'Das Schiff der tausend Träume'. Charles Laughton und Angela Lansbury spielen die Hauptrollen. Es geht um die Titanic."

Primhome schaut auf. Vor Augen hat er eine Tageszeitung, mit einer Zeichnung eines sinkenden Schiffs unter der Schlagzeile „Titanic bei Jungfernfahrt gesunken". Für einen Moment denkt er an die Zeit zurück, als er diese Zeitung in den Händen hielt. Viele Jahrzehnte hat er nicht mehr daran gedacht, wie es war, in diesen Tagen zu leben. Vor allem hat er nicht mehr daran gedacht, mit wem er damals gelebt hat. Primhome erinnert sich. Eine versunkene Welt tritt aus dem Jenseits heraus. Ein Erzähler, die Stimme eines alten Ichs, beginnt mit seinem Monolog.

I

Wir lebten in einer Welt, die in ihren letzten Atemzügen lag, ohne, dass wir es wussten, und jene der Unseren, die es vielleicht hätten erahnen können, verschlossen ihre Augen vor der Wahrheit, so als ob jedweder Missstand und Größenwahn dann verschwinden würden, wie die Schatten eines Alptraums im ersten Tageslicht. Kurz bevor ich in die Oberprima eintrat, verbrachte ich die Ferienwochen in Frankfurt, meiner Vaterstadt. Dort wohnte ich seit meinem elften Lebensjahr in einem üppigen Haus, in direkter Nachbarschaft zu dem, welches einst zum Besitz der Familie Goethe gehört hatte. Das Anwesen war jenes der Ahnen meiner väterlichen Linie. Nach dem Osterfest verbrachte ich meine freie Zeit damit, jede Zeitung und Illustrierte zu lesen, die etwas über den Untergang der Titanic zu berichten wusste. Das Unglück faszinierte mich, weil es doch hieß, der Dampfer sei unsinkbar gewesen. Wieder einmal hatte die Naturgewalt uns gezeigt, dass wir trotz der Macht, die wir uns durch Hilfsmittel selbst zu verleihen versuchen, niemals so groß werden, wie wir es gerne wollen. Ich war fest davon überzeugt, dass die Dinge, also Natur und Tier, die wir zu zerstören versuchen, einmal noch da sein werden, wenn von der Menschheit nichts mehr übrig ist.

Mein Vater war Archäologe, also Experte für das Untergegangene und Verschollene, und hatte einmal Indien bereist. Dort fand er eine verlassene Stadt, mitten im Urwald. Aus den Straßen spross das Unkraut, die Wände der Bauten waren fest im Griff von Lianen, und in den Straßen und Häusern, selbst im Palast des vergessenen Maharadschas, wimmelte es nur so von Getier wie Käfern, Mäusen und Affen. Vater hatte mir Bilder davon gezeigt. Das war die Zukunft, davon war ich überzeugt. In einhundert Jahren wäre Frankfurt auch so eine vergessene Stadt, glaubte ich, versunken im dunklen Dickicht der wiederauferstandenen deutschen Wälder.

Die ganze Welt hielt den Atem an, als die Zeitungsjungen es an allen Ecken ausriefen, was auf dem Atlantik mit der Titanic geschehen war. Es gab niemanden, der nicht davon gehört hatte und entsetzt war, selbst in unserem Land, denn es waren auch einige Deutsche unter den Passagieren gewesen. Ich versuchte, mit jedem darüber zu reden, der mir Gehör schenkte. Dadurch machte ich meine kleine Schwester neugierig. „Felix, erzähle mir doch von dem großen Schiff, von dem alle reden", bat Manuela mich, und ich berichtete alles, was ich wusste.

Bald wurde es mir von meiner Großmutter verboten, nur ein weiteres Wort darüber zu verlieren. Manuela hatte die lästige Angewohnheit, sich alles furchtbar zu Herzen zu nehmen. Sie tat kein Auge zu, da sie die Nächte durch um die Verunglückten weinte und dies, wo doch keiner unserer Freunde oder Angehörigen auf den Verlustlisten stand. Da Manuela kurz nach Ostern wieder einmal zu fiebern anfing, standen solche erschreckenden Themen unter Zensur, wenn man sich in ihrer Gesellschaft befand. Ich verbrachte viel Zeit mit der Kranken und saß an ihrem Bett und las ihr vor. Wenn die Geschichte zu spannend wurde und ich Manuela etwas erzählte, was sie nicht hören sollte, so wurde ich von Miss Shrew, Manuelas englischer Gouvernante, sofort des Zimmers verwiesen.

Ich war traurig drum, weil Manuela wohl zu den wenigen gehörte, die mir lauschten, weil sie es gerne taten und nicht, wie ich es vom Personal vermutete, glaubten, es tun zu müssen, da

140

ich zur Herrschaft gehörte und obendrein irgendwann die Gehälter zahlen würde, denn ich, als ältester Sohn meines Vaters, war der Erbe des Hauses Primheim. Mit der Herrin unseres Hauses, Madame Adelgard Primheim, meiner Großmutter, hätte man gut diskutieren können, wenn sie es nur zugelassen hätte. „Ich habe an Disputen mit dir keinerlei Interesse", sagte Großmutter, „weil ich mehr vergessen habe, als du jemals wissen wirst, und somit steht dir nicht das Recht zu, mir Belehrungen zu erteilen. Außerdem bleibt mir nur noch wenig Lebenszeit, die verschwende ich ungern, indem ich mir über deine Halbweisheiten Gedanken mache." Ich nahm es hin. „Wie Sie meinen, Großmutter." Mehr sagte ich dazu nicht.

Meine Mama, Frau Kammerschauspielerin Hortense Schwarzkopf, hätte viel zu erzählen gehabt, immerhin kam sie auf ihren Tourneen viel in der Welt herum. Allerdings hatte ich sie in diesen Ferien nur am Osterwochenende gesehen, und in dieser Zeit hatte man Besseres zu bereden als Politik und Weltgeschehen. Als sie wieder abreiste, denn sie musste nach München, wo sie an den Kammerspielen erwartet wurde, versprach sie mir, viele Briefe zu schreiben und mich in Elsenberg zu besuchen. Ein leeres Versprechen, denn Mama war eine lausige Briefschreiberin, und für Besuche hatte sie niemals Zeit. Mit meinem Papa, Dr. Dietrich Primheim, hatte man sich gut unterhalten können. Aber er starb vor acht Jahren, da war ich gerade zehn Jahre alt. Papa war oft mit seinen Gedanken ganz woanders, meist bei seinen Forschungen. Als er einmal über die Straße ging, da achtete er nicht auf den Verkehr und kam unter die Postkutsche. So fand er sein Ende.

Es gab nur einen Menschen, mit dem ich mich wirklich unterhalten konnte. Das war Tristan von Trokow. Mein guter, treuer Tristan…

II

Ich saß lange Zeit auf einer Bank vor unserem einschüchternden Internatsgebäude und wartete stundenlang auf Tristan. Er hatte mir in einem Brief geschrieben, wann er dachte, in das Internat zurückzukehren, und ich legte meine eigenen Reisepläne so, dass ich da war, wenn er eintreffen sollte. Endlich kam die Droschke, die ich so sehr herbeisehnte, um die Kurve die Straße hoch, die das abgelegene Internat auf dem Berg mit der Stadt im Tal verband. Der Kutscher hielt an und sprang vom Kutschbock. Aus der Droschke stieg Tristan.

Sofort spürte ich, wie mein Herz schneller schlug. Gleich würde ich das Gesicht mit den stechenden, dunklen Augen sehen, an das ich so oft hatte denken müssen. Ich hielt es nicht mehr auf der Bank aus und erhob mich hastig. Tristan ging um die Droschke herum, um dem Kutscher beim Abladen des Gepäcks zu helfen. Ich wollte seine Stimme hören. Wir hatten uns so viele Wochen nicht mehr gesehen. Ich wusste mir nicht zu erklären, wie ich diese Wochen überlebt hatte. All die Stunden, die ich bei meiner Familie verbrachte, waren verschwendet und verwirkt, denn wirklich leben konnte ich nur, wenn Tristan von Trokow vor mir stand.

„Tristan!", rief ich seinen Namen.

Er drehte sich zu mir. Bemerkte, dass ich da war.

„Felix, mein Bester!", sagte er überrascht. Tristan nannte mich immer seinen Besten, schon seit wir Freunde geworden waren. Diese Bezeichnung war nur für mich! Niemanden sonst nannte er so. Nur mich!

Tristan ließ den Kutscher links liegen und kam auf mich zu, ganz nah. Ich konnte sein Parfüm riechen. Tristan streckte mir die Hand hin, die ich gleich ergriff. Sein Händedruck war fest, so wie er bei einem Mann zu sein hatte! Tristan rieb mir kurz über den Oberarm, als Zeichen seiner Zuneigung. Ich hätte ihn am liebsten umarmt, aber das war auf dem Schulgelände nicht möglich. Solch ein Kontakt war auf dem Internatsgelände strengstens verboten!

„Was machst Du hier?", fragte Tristan.

Ich hatte auf ihn gewartet, sagte aber: „Ich saß in der Sonne und habe gelesen. Es ist doch heute so schönes Wetter. Welch ein Zufall, dass du nun kamst".

„So kenne ich meinen Felix. Immer die Nase ganz tief in der Literatur. Ganz famos!"

Der Kutscher hatte Tristans Gepäck abgeladen.

„Danke für die flotte Fahrt!", sagte Tristan und bezahlte den Kutscher. Er gab ordentlich Trinkgeld.

„Es war mir eine Ehre!", sagte der Kutscher buckelnd und zog den Hut. Dann entfernte er sich.

Ich griff nach einem von Tristans Koffern.

„Lass doch, Felix!", sagte Tristan und nahm ihn mir wieder ab. „Du musst mir nicht die Koffer tragen, mein Bester!"

„Aber ich will…"

„Nein! Ich weiß doch, dass du nicht so schwer tragen kannst. Sonst bist du wieder so verschwitzt, wenn wir am Zimmer sind."

Wir gingen durch das Portal, hinein in unser Internat, den Weg durch die vielen Korridore zu dem Gang, wo unser Zimmer war. Das Internat konnte wie ein Labyrinth sein, wenn man sich nicht im alten Gemäuer auskannte. Ich habe bestimmt ein Semester dafür gebraucht, um mir den Weg zu meinem Zimmer einzuprägen. Tristan erzählte mir von seinen Ferien.

„Vater hat drei neue Hengste gekauft! Darunter war ein ganz wilder, ein ganz famoses Tier. Den habe ich selbst eingeritten. Hättest ihn mal im Galopp oder im Sprung sehen müssen!" Und er erzählte mir alles darüber, wie er mit dem Gaul umgegangen war, so lange bis wir in den Ostflügel kamen, dort, wo die Zimmer der Schüler waren. Tristan und ich wohnten im

Zimmer mit der Nummer 175. Die Zimmer in Elsenberg, in welchen wir Schüler hausten, waren nicht sehr groß. Eigentlich waren sie zu klein dafür, dass wir zu zweit darin leben mussten. Es war nicht viel Platz, um sich zu bewegen. An die rechte und linke Zimmerwand gedrückt, standen die Betten. Zwischen ihnen war nur ein schmaler Gang, direkt auf das Fenster zu. Vor dem linken Bett stand ein Schreibtisch mit einem Stuhl, auf der anderen Seite der Kleiderschrank, den sich die Bewohner teilen mussten. Als wir unser Zimmer betraten, setzte ich mich auf mein Bett und nahm den Schneidersitz ein, damit meine Beine Tristan nicht im Weg waren. Dieser legte seine Koffer auf sein Bett, öffnete die Verschlüsse und fing an, seine Sachen auszuräumen. Dabei erzählte er mir alles, was er sonst so in den Ferien erlebt hatte. Von dem rauschenden Osterfest in dem Gutshaus seines Vaters, der Arbeit mit den Pferden, den Besuchen bei der Familie seiner Mutter in Berlin und all den Stunden, die er mit seinen zahlreichen Geschwistern verbracht hatte.

„Das alles hättest du mir schreiben können", sagte ich zu ihm, während er seine Hosen in den Schrank legte.

„Ich habe dir doch geschrieben."

„Ja, ein- oder zweimal."

„Das reicht doch völlig!"

Damit war das Thema beendet.

„Es ist furchtbar stickig!", sagte Tristan. „Mach doch mal das Fenster auf!"

Ich beugte mich vor, streckte den Arm aus, legte den Fenstergriff um und öffnete das Fenster. Ein kleines Lüftchen wehte herein.

„Frische Luft, ganz famos."

Tristan strich sich mit seiner Hand durch seine kurzen, braunen Haare und dann über seinen Nacken. Er war wohl etwas verspannt.

„Im Zug habe ich geschwitzt. Besser ist es, wenn ich mich wohl frisch mache. Felix, mein Bester. Kannst du mir etwas Wasser aus dem Waschraum holen?"

Ich tat es sofort. „Danke", sagte Tristan und entledigte sich seines Hemdes. Er stand vor mir mit nacktem Oberkörper. Das Sonnenlicht, welches durch das offene Fenster hineinfiel, glitzerte auf seiner gebräunten Haut. Während er sich wusch, sah ich einmal mehr, wie schön er doch war, wie wohlgeformt sein Körper. Die schöne Figur und die ausgeprägten Muskeln, die bei jeder seiner Bewegungen spielten, wie ein Tänzer auf der Bühne. Als ich ihn ansah, da dachte ich an mich und daran, wie ich ausschaute, wenn ich mich all meiner Kleidung entledigte. Ich schämte mich dafür. Es war ein Frevel, wenn ich nackend neben Tristan stand, der so schön war, wie ein Mensch nur sein konnte. Als ob man kindisches Gekritzel neben ein Werk da Vincis hängen würde. Ich wandte den Blick von Tristan ab und richtete ihn zu Boden.

„Hast du das von der Titanic gehört?", fing ich ein neues Thema an.

„Ja, eine schreckliche Geschichte."

Lange konnte ich mit Tristan nicht darüber reden, denn er änderte wieder das Thema und erzählte davon, dass sich sein Onkel aus Berlin ein Automobil gekauft und er es einmal Probe gefahren hatte. Nachdem sich Tristan frische Sachen angezogen hatte, räumte er weiter den Koffer aus.

Und dann packte er sie aus. In ihrem schwarzen Koffer ruhte, wie in einem Sarg, seine Geige. Die Musik war es, die Tristan und mich am meisten verband. Er spielte die Geige, ich das Klavier. Wir beide hatten so ein großes Talent, dass der Rektor des Internats eine Lehrerin für uns arrangierte, nur für uns, auf Wunsch meiner Mutter und dem der Baronin Isabelle von Trokow, die beide einen Anteil am Gehalt der Lehrerin zahlten.

Unsere Lehrerin hieß Fräulein Elisabeth von Jaedike, und sie war angestellt im Mädchenpensionat in der Völklinger Straße, unten in der Stadt. Einmal die Woche kam sie zu unserem Internat herauf und unterrichtete Tristan und mich. Es geschah in einer Musikstunde, dass mir zum ersten Mal so anders wurde, wenn ich Tristan erblickte oder nur an ihn dachte. Wenn Tristan seine Geige spielte, hatte er seine Augen immer geschlossen und seine Lippen waren leicht gespitzt, so als wollte er jemanden küssen. Seine Hände hielten den Bogen fest und ließen ihn über die Saiten gleiten, und es entstanden die wunderbarsten Klänge. Manchmal beobachte ich Tristan beim Spielen und vergaß, dass ich ja selbst ein Instrument zu bedienen hatte, weswegen Fräulein von Jaedike oft mit mir schimpfte und mich „Träumerle" nannte. Ich liebe diese Stunden im Musikzimmer, wie ich jeden Moment mit Tristan liebte.

III

Jeden Abend, bevor uns die Schlafsaalaufseher auf unsere Zimmer trieben, saßen wir zusammen in einem Salon. Jede der drei Klassenstufen, die in Elsenberg unterrichtet wurden, hatte ihren eigenen. Wenn man ein Untersekundler war und mit der ganzen Kameradenmeute eingepfercht im kleinen Salon auf klapprigen Stühlen und durchgesessenen Sofas hockte, dann konnte man kaum erwarten, dass die Jahre dahingingen und man endlich dorthin kam, wo die Oberprima sich aufhielt, im großen Salon, wo einst die Adligen, die das Palais bewohnt hatten, bevor ihr Geschlecht aus der Welt verschwand und die Internatsstifter die Herren des Hauses wurden, ihre imposanten Soireen hielten. Neben mir gab es in unserem Jahrgang noch neununddreißig andere Schüler. Wir saßen im großen Salon verteilt, stets zusammen mit jenen, die einem gut gesonnen waren. Tristan saß, wie üblich, zusammen mit Heinrich von Edelgrund, Siegbert von Sesem und Wilhelm Wendt an einem Kaffeetisch beim prasselnden Kaminfeuer. Die Vier spielten Skat und rauchten Zigarren, die sie ihren Vätern abgeluchst und in das Internat geschmuggelt hatten. Dabei unterhielten sie sich, wie immer, über Politik. Besonders beherzt dabei war immer der Heinrich. Er diskutierte wild gestikulierend, und sein dicker Kopf wurde hochrot. Siegbert sprang immer sehr darauf an, während Tristan sich eher distanziert neutral verhielt, wenn er auch seinen Standpunkt vertrat, sollte dies von Nöten sein. Wilhelm Wendt spuckte die größten Töne, um zu verschleiern, dass er keine Ahnung hatte.

Ich saß an einem der großen Tische, die Lehrbücher vor mir ausgebreitet. Vor mir lagen zwei Schulhefte. Ich übertrug die Lateinhausaufgabe von dem einen in das andere. Unser Lateinlehrer, Herr Labora, hatte uns wieder einen besonders schwierigen Text aufgegeben. Ich hatte zwei Stunden gebraucht, um ihn zu übersetzen. Neben mir saß der schwarzhaarige Morten Wagenknecht, der über den Gleichungen, die Dr. von Winkelmesser aufgegeben hatte, brütete.

„So'n Schiet aber auuch", murmelte Morten immer wieder vor sich her, abwechselnd mit: „Dat givv't doch nee". Eigentlich war es in Elsenberg verboten, Dialekt zu sprechen, aber nicht immer gelang es jedem, den sprachlichen Herkunftsnachweis zu unterdrücken. So schimpfte Heinrich von Edelgrund gerne auf Herrn Müzne, den ihm verhassten Lehrer für Biologie, mit den Worten: „Soll doch zum Deifi gehen, der Sauhund drekkatz!" Und Siegbert, der Ostpreuße, klagte nach dem Abendessen, wo es Milchsuppe gab, mit den Worten: „Erbarmung, was häb ich nu en jankern für Mutterchens Kenigsberger Klopse."

Ich setzte den Punkt hinter meinen letzten Satz und begutachtete meine Abschrift. Ich versuchte immer, sehr verstellt zu schreiben, so dass es dem alten und fast blinden Labora nicht auffiel, dass ich für jemanden die Schularbeiten gemacht hatte. Ich klappte eines der Hefte zu und schob mein Matheheft etwas näher an Morten in der Hoffnung heran, dass dieser Zaunpfahlwink für ihn verständlich sein würde. Dann erhob ich mich von meinem Platz und ging rüber zu den Skatspielern.

„Was will denn auch der Kerl von uns, dass wir unsere Flotten abrüsten!", sagte Heinrich.

„Die Engländer machen sich in die Hosen wegen unseren Kriegsschiffen."

Ich trat an Tristan heran und überreichte ihm sein Heft. „Ich bin fertig", sagte ich und schaute ihm nicht in sein Gesicht, da es mir öfters passierte, dass ich vergaß, was ich sagen wollte, wenn ich ihm in die Augen blickte.

„Ach, mein Bester", sagte Tristan. „Wenn es dich nicht gäbe, dann hätte mir Latein schon längst das Genick gebrochen." Ich nickte. Tristan hielt mir seine Zigarre hin. Ich nahm sie dankend an und zog daran. Sogleich musste ich husten. Das fand Tristan lustig. „Dir muss ich noch das Rauchen beibringen. Wir haben noch ein Schuljahr. Das schaffe ich! Und auch, dass du trink-fester wirst!"

„Was sagst du denn dazu, Felix?", sagte Siegbert.

„Zu was?", fragte ich.

„Na, zu der Bitte der Briten, dass wir aufhören, unsere Flot-ten aufzurüsten."

Ich schluckte, denn ich verstand nichts von Politik. Die Väter von Siegbert und Heinrich waren wichtige Herren der Politik.

„Ähm…", machte ich nur.

„Der Felix hat doch keine Ahnung", sagte Wilhelm Wendt. „Das kommt davon, wenn man nur von der alten Großmutter, der kleinen Schwester und deren ollen English-Miss umgeben ist. Deiner Familie fehlt es an Männern."

„Ich bitte dich!", fuhr Tristan dazwischen. Wilhelm Wendt versuchte oft, mich zu pisacken, aber er scheiterte immer, da Tristan mich beschützte. „Wo doch Felixens Vater so tragisch um sein Leben kam. Das war nicht sehr kameradschaftlich von dir, Wilhelm!"

Wilhelm schaute böse auf mich. Er konnte es nicht haben, kritisiert zu werden. Er glaubte fest daran, dass er der klügste und der schönste aller Erdenbürger war.

Ich ließ die Vier wieder allein, bevor mir noch einer eine Frage stellte, zu der ich keine Antwort wusste. Morten hatte die Mathematikaufgaben abgeschrieben. Ich packte meine Schulsachen ein und unterhielt mich noch eine Weile mit ihm über das neueste Werk von Thomas Mann, da spürte ich eine Hand auf meiner Schulter. Es war Tristan. „Ich möchte zu Bett", sagte er. „Kommst du mit auf unser Zimmer?"

Kopfnickend bejahte ich, erhob mich vom Stuhl, schulterte meine Tasche und folgte Tristan aus dem Salon. Wir wünschten jedem eine gute Nacht. Wilhelm Wendt bedachte mich weiterhin mit bösen Blicken.

„Was ist das mit dir und dem Wendt eigentlich?", fragte Tristan, als wir durch die vom Abendrot durchfluteten Korridore zu unserem Zimmer gingen.

„Ich weiß nicht", sagte ich achselzuckend. „Seit unserem ersten Jahr ist das schon so. Wir haben einander nie richtig kennen gelernt, aber er scheint mich nicht zu mögen. Vor ein paar Tagen sind wir auf dem Hof aneinander vorbeigelaufen. Ich habe ihn gegrüßt, eben weil es sich so gehört. Er grüßte zurück, aber in einer Tonart, die offenbarte, wie sehr er mich nicht leiden kann. So fauchend und motzend, wenn du verstehst."

„Ach, mach' dir daraus nichts, Felix. Der Heinrich, der Siegbert, der Morten und ich, wir sind deine Freunde, und wir wissen, was wir an dir haben!" Tristan legte einen Arm um mich und kam mir ganz nah. Ich zuckte zusammen, wollte am liebsten fort aus seiner Näher, aber schaffte es nicht. Wir liefen eine Weile so, dann löste er sich hastig von mir, denn jemand aus dem Kollegium kam uns entgegen, ein junger Referendar.

„Primheim und Trokow", sagte er. „Ich habe euch gesucht. Hier, eine Nachricht." Er überreichte uns einen Briefumschlag. Darin war eine Notiz vom Fräulein von Jaedike. Sie teilte uns mit, wann unsere nächste Musikstunde stattfinden sollte.

IV

Unsere Musikstunden waren immer am Samstag, direkt nach der Mittagsruhe. Eigentlich war da die Besuchszeit, aber Tristan und ich bekamen selten Besuch. Tristans Familie wohnte zu weit weg. Dagegen war Frankfurt von Elsenberg nur eine Stunde entfernt, wenn man mit der Bahn reiste. Hin und wieder besuchten mich Manuela und ihre Miss Shrew. Großmutter hatte mich noch nie besucht und Mama sehr selten, nur dann, wenn Engagements und Drehpläne es zuließen.

Tristan und ich gingen die Korridore zum Musikzimmer entlang. Er hatte Post bekommen und diese las er mir vor. Es war ein langer Brief von seiner Mutter, und sie hatte einige Fotografien beigelegt. Ich schaute mir sie gerne an. Tristan hatte viele Bilder. Manchmal ging ich heimlich, wenn Tristan nicht im Zimmer war, an seine Schublade und kramte die Bilder heraus. Tristan hatte zwei, die er besonders mochte. Das wusste ich daher, da diese Bilder sehr abgegriffen waren. Eines davon war ein Familienbild. Der Baron von Trokow, ein beleibter Herr mit Glatze und Bart, posierte stolz und erhaben auf einem großen, thronartigen Stuhl vor seinem Anwesen. Um ihn herum waren seine Frau und die Kinder. Da waren Tristans ältere Halbgeschwister Augusta, Minna und Paul, die alle so unattraktiv waren wie ihr Vater. Die zweite Ehefrau, Gräfin Isabelle von Ende, war von großer Schönheit, und ihre Kinder, Gott sei es gepriesen und gedankt, hatten alle ihr Antlitz geerbt. Tristan und seine Zwillingsschwester Petra waren ihre ersten Kinder, die sie auf die Welt brachte. Auf sie folgten Thomas, Johann, Hertha, Anton, Ludmilla und Ansgar, der auf dem Bild als Kleinkind auf der Mutter Schoß hockte. Das zweite Bild war ein Portrait der Baroness Petra von Trokow in Reittracht. Tristan zeigte es mir oft. „Du musst mich mal besuchen und meine Eltern und Geschwister kennen lernen. Besonders Petra ist sehr gespannt auf dich", sagte er einmal. „Petra ist so weltgewandt, was du doch so schätzt, mein Bester."

„Sie ist doch bestimmt schon versprochen", antwortete ich.

Tristan schüttelte den Kopf und lachte.

„Kein Freier, den Vater in das Haus holt, wird ihr gerecht. Das sind alles so Landadlige. Viel zu provinziell. Petra braucht jemanden aus der Stadt. Du weißt schon, jemanden aus den alten Familien mit großem Anwesen und Erbe." Er zwinkerte mir zu, und ich räusperte mich verlegen.

Das Musikzimmer in Elsenberg war wunderschön. Es lag in einem Raum mit einem Blick auf die Gärten des Internats, den man durch große Fenster erhaschte. Im Raum standen einige rote Sofas und Sessel, und mitten im Raum stand das große Piano. Unsere Lehrerin, Fräulein von Jaedike, saß an einem Tisch und ordnete ihre Noten. Wir grüßten sie. „Da seid ihr ja." Sie stand auf und drückte unsere Hände herzlich. Fräulein von Jaedike hatte mattes, langes, blondes Haar, war klein und sehr mager, so dass sich auf ihrer Haut die Knochen abzeichneten. Ich hatte immer Angst, ihr die Hand zu drücken, da ich befürchtete, sie würde zerbrechen.

„Schön, dass ihr da seid." Ihre Stimme erinnerte immer an ein Hauchen und oft kicherte sie mädchenhaft. „Ich habe heute etwas ganz Besonders mit euch vor. Wir haben einen Gast." Sie deutete auf jemanden, der bis jetzt unbeteiligt in einer Ecke gestanden hatte, wie Dekoration. Ich wusste nicht, wer sie war. Es schien in ihrem Leben gang und gäbe zu sein, dass man sie übersah, denn dieses Mädchen schien nicht besonders zu sein. Als sie merkte, dass man über sie sprach, da schaute sie schüchtern zu Boden und spielte mit einer Locke ihres rötlichen Haares.

„Das ist Rebecca von Rebay", wurde das Mädchen vorgestellt. „Sie ist gerade in das Pensionat gezogen, und sie singt in unserem Chor. Dabei habe ich bemerkt, welch fabelhafte Stimme sie besitzt."

Rebecca von Rebay errötete.

„Ich wollte einmal hören, wie hübsch sich die Stimme mit Tristans Violine und dem Piano macht." Die Lehrerin winkte das Mädchen herbei. „Sei nicht so schüchtern, Kind. Komm bei. Das sind Tristan von Trokow und Felix Primheim, die beiden jungen Herren, von denen ich dir erzählt habe.

Rebecca mied unseren Blick. Sie streckte ihre Hand aus, zuerst zu mir. Ich drückte sie leicht. Tristan war galanter. Er nahm ihre Hand, küsste sie und sagte „Verehrtes Fräulein." Sie schaute auf, blickte Tristan in seine schönen Augen, und ihre Mundwinkel zuckten so, als würde sie verlegen lächeln. Lange hielt sie seine Hand. Viel zu lang!

Fräulein von Jaedike begann mit dem Unterricht.

„Erinnert ihr euch, dass wir vor den Ferien die erste Arie der Miranda aus Karl-Heinrich Fahrenbruchs Singspiel 'Der Ritter der Blumen' geübt haben? Ihr beide habt es so wunderbar ge- spielt. Nun bin ich gespannt, wie sich Rebecca darin einfügt."

Fräulein von Jaedike verteilte die Partituren an uns.

„Der Ritter der Blumen" war vor zwanzig Jahren sehr beliebt gewesen, so dass er in fast jedem Opernhaus aufgeführt wurde. Ich liebte dieses Stück besonders. Es ging dabei um Miranda, eine Fürstentochter, die zu dem Hof ihres Oheims reist. Dabei wird sie von Soldaten des Erzfeindes ihres Vaters überfallen. Wunderlich erscheint dann der Ritter der Blumen und rettet Miranda, nur um dann so plötzlich, wie er erschienen war, zu verschwinden. Mirandas Arie war das Finale des ersten Aktes.

Dieses Lied begann damit, dass ein kleines Pianovorspiel er- klang. Ich versuchte, es genauso zu machen, wie es die Lehrerin haben wollte. Ruhig und langsam. Dann setzte Tristan seinen

Bogen an. Er wiegte sich leicht, dabei erklang die Melodie. Nun war Rebecca an der Reihe. Es passierte. Sie war plötzlich wie ausgewechselt. Ihre Schüchternheit glitt von ihr ab wie ein Seidenkleid, dessen man sich entledigt. Sie stellte sich gerade hin, reckte den Kopf. Stolz und anmutig war sie. Erato war vor unseren Augen erschienen. Rebecca fing mit der ersten Strophe an.

„Was ist nur geschehen?

Mir ist es wie im Traum

Der Retter, den ich eben noch gesehen,

Verschwand zwischen Feld und Baum

Kam zu mir in großer Not

Bewahrte mich vor Folter und Tod."

Ihr Sopran war leicht und klar. Er floss dahin wie ein Fluss, der gerade seiner Quelle entsprang. Sie kam zur zweiten Strophe. Die langsame und schüchterne Melodie baute sich immer mehr auf.

„Mein reines Jungferherzen

Ist erfüllt von großen Schmerzen

Wenn ich nicht bei ihm bin

Ist mein Leben ohne Sinn

Keine Freude darin sich birgt

Ich glaube, es ist verwirkt!"

Der Klang von Tristans Violine und Rebeccas Stimme harmonierten perfekt miteinander. Es erschien, als würden beide zu einem himmlischen Einklang verschmelzen. Ich löste meinen Blick vom Notenblatt, denn ich wollte Tristan sehen, wie er dieses wunderbare Liebeslied spielte. Seine geschlossenen Augen und der zum Kuss geformte Mund, so wie immer. Aber es war nicht wie immer. Tristans Augen waren weit aufgerissen. Sie schauten Rebecca von Rebay an, wie sie den Hauptteil des Liedes meisterte und die vielen hohen Töne, die in einer Koloratur angelegt waren, mühelos herausbrachte.

„Mein Leben ist verwirkt

Ja doch, ja doch

Es ist verwirkt

Ja doch, ja doch

Es ist verwirkt

Ja doch, ja doch

Ohne ihn! Ohne ihn!"

Und während sie sang, schaute Rebecca Tristan an.

Die drei Schüler wurden unterbrochen. Der Zauber war vorbei. Fräulein von Jaedike hatte in die Hände geklatscht. Sie nahm ihren Zwicker von der Nase, hielt ihn von sich ab und schüttelte einmal kurz ihr Haar. Das tat sie immer, bevor sie kritisierte.

„Tristan und die Rebecca waren wirklich zauberhaft. Aber du, Felix, hast plötzlich gestockt. Bei jedem 'Ja doch' hält Tristan den Ton an, und du übernimmst die Hauptmelodie. Bei der dritten Wiederholung hast du gestockt. Bist du wieder am Träumen, mein Träumerle.?"

„Vergebung!", bat ich. Keiner schaute die Lehrerin an. Ich starrte Tristan an. Dieser schaute auch. Aber auf Rebecca von Rebay.

„Was hältst du von dieser Rebecca von Rebay?" Es war spät. Tristan und ich lagen in unserem Zimmer in den Betten. Er hatte die Arme hinter seinem Kopf verschränkt und schaute zur Decke. Im Zimmer war es dunkel, bis auf das Licht vom Mond, welches hineinschien. Ich lag auf dem Bauch, das Gesicht zur anderen Seite gedreht. Nicht zu jener, wo Tristan lag.

„Sie hat wirklich gut gesungen", meinte Tristan.

„Meine Mama ist viel besser! Sie beherrscht das Lied wie keine andere!"

„Deine Mama?", fragte Tristan nach.

Ich erzählte. „1893 hatte der 'Ritter der Blumen' Welturaufführung bei uns in Frankfurt. Meine Mama spielte die Miranda als Allererste! Der Komponist hatte sie entdeckt, vorher hatte sie noch nie in großen Häusern gespielt. Mein Papa war mit meinen Großeltern und seinem Bruder in der Premiere. Als meine Mama die Arie sang, da verliebte sich mein Vater in sie. Er sah alle fünfundvierzig Aufführungen, die in Frankfurt gespielt wurden. Irgendwann ging er zu Mama in die Garderobe und brachte ihr Blumen mit, nach jeder Vorstellung. Nach ein paar Tagen sah es dort aus wie in Amsterdam bei Frühling. Sie unterhielten sich jeden Abend, stundenlang. Als dann die Zeit kam, dass die Produktion weiterzog, wurde mein Papa immer verstimmter, da er es nicht ertragen konnte, dass meine Mama fortging. Nach der Dernière kam mein Papa wieder in die Umkleide, fiel vor meiner Mama auf die Knie und bat darum, sie zu heiraten, so schnell wie nur möglich. Die Tournee mit dem Stück sollte ihre Hochzeitsreise sein. Meiner Mama stand gar nicht der Sinn nach einer Ehe, aber sie meint immer, dass sie so gerührt war, dass sie einfach nicht 'Nein' sagen konnte. Also geschah es. Meine Großmutter hat es bis heute nicht recht verwunden, weil alles so überstürzt geschah und sie auch meine Mama nicht als standesgemäß ansieht. Aber das ließ sie nicht aufhalten. Meine Mama machte die Tournee, und als sie vorüber war, da war sie sehr berühmt und noch dazu mit mir schwanger."

Ich hatte zu Ende erzählt.

„Eine schöne Geschichte", sagte Tristan.

„Ich habe sie dir schon einmal erzählt."

„Ach ja?"

Ich wollte schlafen.

„Nach der Stunde, während Fräulein von Jaedike dir in das Gewissen redete, habe ich mich etwas mit Rebecca unterhalten. Sie ist sechzehn Jahre alt und kommt aus Würzburg. Ihr Vater ist Jurist, und sie ist sein einziges Kind. Die Mutter ist vor einem Jahr gestorben, und deswegen hat ihr Vater sie in das Pensionat gegeben, damit dort jemand sie zur Frau erzieht, weil ihre Mutter es ja nicht mehr kann."

Das alles interessierte mich nicht.

„Ich will nun schlafen, gute Nacht!"

VI

Ich schrieb einen Brief:

An Frau KS Hortense Schwarzkopf

Im Filmatelier Babelsberg,

Stahnsdorfer Straße

Nowawes, Brandenburg

Absender: Felix Primheim, im Internat Elsenberg, Palaisstraße, Elsenberg, Hessen-Nassau

„Liebste Mama,

vielen Dank für Deinen Brief. Das klingt ja alles sehr spannend, was Du da von Deiner Arbeit beim Film erzählst. Ist das Atelier wirklich ganz aus Glas? Kannst Du eine Photographie für mich anfertigen lassen und sie mir schicken? Ich bin sehr neugierig, wie so ein Glasatelier aussehen mag. Leider müssen wir sehr viel lernen, sonst wäre ich auf einen Besuch vorbeigekommen. Tristan, Du weißt doch, mein Zimmernachbar, wohnt nicht weit weg von Nowawes. Das wäre ein schöner Besuch gewesen. Aber es geht leider nicht. Die Reifeprüfung ist wohl wichtiger…

Ich hoffe, die Arbeit beim Film macht Dir Spaß, und wenn ich den Titel „Das Weib des Pilatus" höre, so klingt es nach einem sehr spannenden Film, den ich unbedingt sehen muss, wenn er in die Lichtspielhäuser kommt. Wie ist es für Dich, so eine Figur wie die Claudia Procula zu spielen? Und wie ist die Zusammenarbeit mit Deinen Kollegen? Du hast ja geschrieben, dass Paul Wegener den Pilatus gibt, und die Adele Sandrock spielt die alte Kaiserin. Ich bin wirklich gespannt. Erzähle mir doch bitte mehr.

Über Pfingsten war ich zu Hause, wo eine etwas gedrückte Stimmung herrschte. Manuela hat ihren ersten Liebeskummer, weswegen die Miss Shrew langsam die Nerven verliert, da Manuela sich furchtbar anstellt. Rate mal, in wen sie sich verguckt hat? In den Prinzen Fredegar von Hessen-Wetterau, dem Enkel von Großonkel Ignaz! Wir waren über Pfingsten ja zu Besuch bei Großonkel Ignaz, und Manuela hat dem Fredegar schöne Augen gemacht. Sie ist ihm überall nachgelaufen und hat ihn angeschmachtet. Fredegar ist fast mein Alter. Er suchte auch recht häufig den Kontakt zu mir und ignorierte Manuela, was ihr das Herz brach. Armes Mädchen! Ihre traurigen Augen haben mich an diese Rebecca von Rebay erinnert. Erinnerst Du Dich, dass ich Dir ein paar Zeilen über sie geschrieben habe? Dieses eingebildete Ding, was immer so unschuldig und manierlich tut. Fräulein von Jaedike hat sie noch ein paar Mal in unsere Musikstunde mitgebracht. Du und die Baronin von Trokow sollten sich beschweren, finde ich. Ihr beide zahlt gutes Geld dafür, dass die Jaedike uns in den Stunden schult – und nicht das Gejaule der Rebay! Fräulein von Jaedike wird wirklich sehr nachlässig, wenn die Rebay anwesend ist. Sie bemerkt gar nicht, dass Tristan sich verschlechtert hat. Apropos Tristan. Dieser verhält sich sehr sonderbar. Sonntags nach der Kirche geht er immer zu Fuß nach Hause, statt mit uns, den Kameraden, im Wagen zu fahren. Besonders eilig hat er es, wenn der Chor des Mädchenpensionats im Gottesdienst gesungen hat. Wenn er zu Fuß geht, dann kommt er meist zu spät zum Mittagessen. Ebenso geschieht es oft, dass Tristan nach dem Abendessen verschwindet und kurz bevor die Türen verriegelt werden wiederkommt, meist ganz außer Atem. Vorgestern kam er gar zu spät. Um mich aus dem Bett zu holen, hat er Steinchen gegen unser Fenster geschmissen. Dann bin ich durch das Haus geschlichen und habe zwei Untersekundler, deren Zimmer im Erdgeschoss liegt, aus dem Schlaf gerissen, damit sie das Fenster öffneten und Tristan einsteigen konnte. Tristans Noten werden auch immer schlechter. Ich weiß nicht, wohin das führen soll!

Liebste Mama, ich muss nun aufhören. Gleich geht der Gong für das Abendessen. Ich hoffe auf baldige Antwort.

Dein Dich liebender Sohn

Felix.

Nachtrag: Eben Telegramm erhalten. Manuela ist immer noch sehr aufgewühlt, und Großmutter ist sehr unpässlich. Offenbar hat sich Großmutter an Pfingsten verkühlt."

VII

Ich träumte, dass ich wieder elf und in der Garderobe meiner Mama war. Sie schminkte sich für ihren nächsten Auftritt und sang dabei ein Lied. Es duftete nach Lavendel. Ich war immer gerne in ihrer Garderobe und liebte es, Mama dabei zu beobachten, wie sie sich in die verschiedensten Figuren verwandelte. Aber nun trieb mich etwas hinaus. Ich sprang von meinem Schemel und ging. Als ich die Garderobe verließ, stand ich nicht im spärlich beleuchteten Flur im Theater, sondern an einer stark befahrenen Straße im Abendrot. Kutschen und Karren sausten an mir vorbei, so dass es schwierig war, die Menschen auf der anderen Straßenseite zu erkennen. Aber ich sah ihn. Einen feinen Herrn in Mantel, mit Hut und Spazierstock. Es war mein Papa. Ich rief ihn. Aber er konnte mich nicht hören. Er wollte über die Straße, aber der Verkehr ließ es nicht zu. Nun wäre eine Lücke gewesen. „Nun, Papa. Lauf!", rief ich. Aber er zog ein Notizbuch und einen Bleistift aus seiner Manteltasche. Papa blätterte darin herum und fing an, sich Sachen zu notieren. „Papa!"

Während er in seinem Notizbuch las und kritzelte, setzte er geistesabwesend einen Fuß vor den anderen. „Halt!", schrie ich. Aber er hörte mich nicht. Die Kutsche sauste heran. Das Pferd wieherte, und es klang wie ein Schrei. Nun blickte Papa doch auf, aber da mähte ihn der Wagen, der beim Bremsen ins Schleudern geraten war, um. Papa hob es von den Beinen, und er wurde durch die Luft geschleudert. Sein zerbrochener Körper fiel wieder zu Boden, direkt vor meine Füße.

Ich schrie. Schrie laut.

„Felix! Felix!"

Ich öffnete die Augen. Tristan stand über mich gebeugt. „Sei still. Es ist doch alles gut. Du hast geträumt."

Ich weinte. Tristan strich mir die Tränen von der Wange.

„Du hast geträumt, mehr nicht."

Es passierte öfters, dass ich Alpträume durchlitt und dann schreiend aufwachte. Und jedes Mal war Tristan für mich da, der mich tröstete, so als wäre ich eines seiner jüngeren Geschwister. So war es auch jetzt. Ich rückte näher an die Wand ran, so dass Tristan Platz hatte und sich zu mir in das Bett legen konnte. Er tat dies immer, um sich mit mir zu unterhalten, damit andere Gedanken meinen Kopf durchströmten als die Bilder der Nachtmahr.

Zuerst redete Tristan mit mir über die Matheklausur, die wir am Tage geschrieben hatten und seine Angst, diese nicht bestanden zu haben. Dann stellte er mir eine Frage.

„Hast du schon einmal geküsst?"

Ich sagte nichts. Dies erschien mir besser als zu lügen.

„Wie sah deine Erste aus?"

Ich verweigerte die Aussage.

„Langsam glaube ich, dass du noch unberührt bist."

Ich reckte mich, so dass ich leicht über ihn gebeugt war. Nun konnte ich ihm in die Augen blicken. Meine blauen schauten in seine braunen. Tristan grinste mich an, fast schon etwas hämisch.

„Da hast du was verpasst, Felix", sagte er. „Es ist ein ganz aufregender Moment, wenn du jemanden hast, für den dein Herz schlägt und du nun zum ersten Mal den Mut aufbringst, diesen Menschen zu berühren. Und dann, wenn du einmal die Nähe spürst, willst du mehr. Immer mehr!"

Ich weiß nicht, warum ich es tat, aber ich hob meine Hand und ließ sie ganz langsam heruntersinken. Sie legte sich, mit gespreizten Fingern, vorsichtig auf seine flache Brust, so als wäre sie eine Reliquie. Sein Atem wurde schneller, meine Hand hob sich mit seinem Atem auf und ab. Ich spürte die Brustmuskeln durch das dünne Nachthemd, glaubte gar, den Herzschlag zu erfühlen. Dann hielt mich nichts mehr. Ich beugte meinen Kopf hinunter, schloss die Augen und drückte meine Lippen auf die von Tristan. Für einen Moment spürte ich die Wärme seiner Lippen, die aber gleich verschwand, denn Tristan stieß mich von sich, so dass ich mit meinem Kopf gegen die Wand schlug. Es schmerzte sehr. Tristan schwieg. Für einen Augenblick schaute er mich an, verwundert und entsetzt. Dann erhob er sich von meinem Bett, ging zu seinem eigenen rüber, legte sich dort hinein und drehte mir den Rücken zu. Auch ich zog die Decke über meinen Kopf und wünschte, niemals geboren worden zu sein.

VIII

Um sechs Uhr wurden wir geweckt. Ich hatte nicht mehr schlafen können. Mein Kopf schmerzte noch. Tristan stand auf, ging an den Kleiderschrank, zog seine Sportkleider heraus, die er anzog, so schnell er konnte, und verließ das Zimmer. Ich zog mich auch an und lief ihm hinterher zum Aufstellplatz, wo wir darauf warteten, dass der Sportlehrer uns abholte, um die morgendliche Runde mit uns zu laufen. Tristan stand dort, hatte mit Morten, Heinrich und Siegbert die Köpfe zusammengesteckt. „Guten Morgen", sagte ich, als ich bei ihnen stand. Alle antworteten, außer Tristan. Der Sportlehrer kam, und wir liefen. Danach gingen wir unter die Duschen. Tristan mied es, an diesem Morgen neben mir zu stehen. Als wir nach dem Duschen zum Speisesaal gingen, da fing ich ihn ab. „Tristan, nun sprich doch mit mir. Bitte!"

„Felix", sagte er, ohne mich anzusehen. „Du musst sehr erschöpft sein!"

Ich verstand nicht. „Was meinst du?"

„Du hast geschlafwandelt", sagte Tristan, sehr deutlich, mit einer unverkennbaren Botschaft an mich. Damit war das Thema erledigt. Nie wieder wurde es angesprochen. Tristan mied von nun an, mit mir zu sprechen, es sei denn, wir mussten miteinander Worte wechseln.

IX

Es ging auf das neue Jahr zu. 1913 würde bald beginnen, aber ohne meine Großmutter. Adelgard Primheim, eine geborene Prinzessin von Hessen-Wetterau, starb im Alter von achtzig Jahren. Das große Primheim-Vermögen wurde aufgeteilt. Der Anteil, der eigentlich an meinen Papa gehen sollte, ging nun an Mama, die es verwalten und die Anteile, die für Manuela und mich bestimmt waren, auszahlen sollte, wenn Manuela und ich volljährig wurden. Um den alten Familiensitz in Frankfurt hatte ein Rechtsstreit begonnen. Papas jüngerer Bruder, Onkel Timotheus, hatte meinen Anspruch darauf angefochten. Mamas Bruder, Rechtsanwalt Julius Schwarzkopf, führte nun den Prozess für uns. Er machte mir keine große Hoffnung, da mein Vater kein Testament gemacht hatte, welches mir ein Anrecht auf das Haus sicherte. Manuela und Miss Shrew hatten das Haus verlassen und lebten nun bei Mama, die noch in dem Studio Babelsberg zu tun hatte.

Ich ging über den Innenhof des Internats und las in Onkel Julius' letztem Brief. Da spürte ich einen Schlag gegen mein Knie. Ich verlor den Stand und fiel auf den harten, gefrorenen Boden. „Schaut mal. Primus Primheim kann noch nicht mal richtig laufen! Dein Vater hätte es dir besser beibringen sollen!" Es war Wilhelm Wendt. Seine minderbemittelten Freunde lachten hämisch. Früher hatten sie es nicht gewagt, mir etwas anzutun. Seitdem Tristan nicht mehr um mich herum war, trauten sie es sich. Sie waren Tiger im Dickicht, lauerten so lange, bis die Zeit reif war, um die Beute anzugreifen, in dem Moment, da sie am schwächsten war. Während ich mich aufrappelte, hatte Wilhelm Wendt meinen Brief aufgehoben und las laut daraus vor, verspottete die tröstenden Worte meines Onkels. „Und hören Sie nächste Woche wieder zu", sagte Wilhelm Wendt und gab den Conférencier, „wenn es weitergeht mit unserem Drama: 'Primheims – Verfall einer unbedeutenden Familie'. Mit Kammerschlampe Horstsense Dummkopf in der Hauptrolle!" Das Lachen wurde immer lauter. Wilhelm Wendt zerknüllte den Brief und schmiss mir das Knäuel an den Kopf. Ich hob ihn auf und steckte ihn in die Tasche meines Mantels. Dann lief ich weg. Fort von dem Gelächter.

Ich ging einen kleinen Wanderweg, der fort vom Internat in ein kleines Waldstück führte. Dort war eine kleine Waldhütte, die verlassen lag und einst von Tristan und mir entdeckt worden war. Oft hatten wir uns dort versteckt. Ich wollte mich verkriechen. Fort von allen, denn dort konnte ich mir eingestehen, dass ich traurig war, denn ich hatte viel verloren: meine Großmutter, mein Zuhause und meinen besten Freund. Während ich auf die Hütte zuging, mir alles durch den Kopf gehen ließ, da bemerkte ich, dass in der Hütte Licht brannte, was mich verwunderte. Hatte noch jemand unseren geheimen Ort gefunden? Die Tür der Hütte wurde aufgestoßen, und jemand trat heraus. Ich versteckte mich im Dunkeln zwischen den Bäumen und beobachtete. Diese Person, die aus der Hütte kam, war eine Frau. Zuerst erkannte ich sie nicht, denn die Person trug eine Kapuze. „Ich muss los. Bevor sie anfangen, mich zu suchen!" Eine weitere Person kam aus dem Haus. Sie sprang die Frau förmlich an. Umgriff sie von hinten, drückte ihren Körper an sich. Dabei fiel die Kapuze ab. Ich wusste nun, wer es war: Rebecca von Rebay! Mein Atem stockte. Rebecca lachte. Es klang so hell wie ihr Sopran.

„Wirklich. Ich muss los."

„Ich lass' dich aber nicht gehen!"

„Warum?"

„Weil ich dich liebe!"

„Was liebst du denn am meisten an mir?"

„Deine Hände!"

„Dann habe ich ein Geschenk für dich."

Rebecca streifte sich einen Handschuh ab. Sie küsste den anderen auf die Lippen, lang und innig, und gab ihm den

Handschuh. Ich hatte ihn schon längst erkannt. Es war Tristan.

Die beiden gingen davon, Hand in Hand, tiefer in den Wald. Ich lief wieder zurück. In die Hütte konnte ich nicht mehr. Sie war besudelt! Geschändet! Meine Ohren dröhnten. Die Knie wurden weich. Vor meinen Augen flimmerte es. Wie ich den Weg zurück schaffte, wusste ich nicht. In mir lebte nur noch das Gefühl von Schmerz und Verschmähung. Ich kam zurück in mein Zimmer, ließ mich auf das Bett fallen. Irgendwo im Haus sang jemand Weihnachtslieder. „Macht hoch die Tür, die Tor macht weit, es kommt der Herr der Herrlichkeit." Ich lag auf meinem Bett und weinte. Ich beklagte die Hölle, in der ich verdammt war zu leben.

X

„Es ist aussichtslos, Tensie", sagte Onkel Julius. „Im gemeinschaftlichen Testament deiner Schwiegereltern steht, dass das Haus an den ältesten lebenden Sohn übergehen soll. Nicht an den ältesten Enkel!"

Mama winkte ab und ließ Onkel Julius, der uns bei sich Asyl gewährte, stehen. Sie ging zu mir, der unbeteiligt in der Ecke saß, zog mich vom Sessel hoch und führte mich aus dem Zimmer. „Er gibt auf!", schimpfte Mama. „Geht noch nicht einmal in die Berufung." Sie schaute mich an. „Jetzt hör' auf, so ein Gesicht zu ziehen. Wir landen schon nicht auf der Straße." Darum machte ich mir die wenigsten Gedanken. „Du hast Abitur. Freu' dich doch endlich darüber", sagte Mama. „Als dein Onkel seines hatte, da feierte er mindestens drei Nächte durch. Du hast dir dein Zeugnis abgeholt und bist gleich aus dem Internat verschwunden. Du hättest doch etwas mit deinem Freund Tristan feiern können. Manche fahren dann erstmal durch die Weltgeschichte. Aber ihr zwei…"

Ich fiel ihr ins Wort.

„Tristan hat kein Abitur", sagte ich.

Mama runzelte die Stirn.

„Wie kam es dazu?"

„Im Januar ist er von dem Internat geflogen."

„Ich verstehe nicht."

„Ich schrieb dir doch einmal, dass er abends immer verschwand und gar nicht mehr für die Schule lernte. Der Direktor hat herausgefunden, dass sich Tristan mit einem Mädchen aus dem Pensionat traf und sich mit ihr vergnügte. Zudem waren seine Noten so miserabel geworden, dass sie ihm die Zulassung zur Reifeprüfung ohnehin verweigert hätten, da er ja willentlich den Lernstoff vernachlässigt hat."

„Der Junge muss ja sehr indiskret gewesen sein, wenn es der Rektor herausgefunden hat. Zu meiner Schulzeit war ich kein Unschuldsengel, aber ich ließ mich nicht erwischen!"

„Er war nicht indiskret. Ich wusste von der Liaison", gab ich zu, „und habe es gepetzt."

Mama entglitten die Gesichtszüge.

„Du hast was?"

„Ich war so wütend. Das Mädchen war diese Rebecca von Rebay. Der Oberin von Mädchenpensionat habe ich einen anonymen Brief geschrieben mit dem Hinweis, dass sich Rebecca durch das Internat hurt. Ich wollte nur sie loswerden, sonst niemanden. Rebecca wurde dem Pensionat verwiesen. Die haben Rebecca untersucht und gemerkt, dass sie keine Jungfrau mehr ist."

„Dir ist aber klar, dass das nichts heißen mag?", fügte Mama ein. „Viele adelige Mädchen verlieren ihre Jungfräulichkeit an einen Ausritt!"

Darauf ging ich nicht ein, sondern erzählte weiter.

„Rebecca gab zu, dass sie eine Romanze mit einem Jungen aus dem Internat hatte und er ihre wahre Liebe wäre. Die Oberin informierte den Rektor, und der hat veranlasst, dass die Zimmer nach einem Hinweis durchsucht wurden, um den Liebhaber zu finden. Und sie fanden bei Tristan einen von Rebeccas Handschuhen und da…“

Ich fing an zu weinen.

„Sie haben Fräulein von Jaedike entlassen, da die Oberin ihr die Schuld gab. Sie hat ja die beiden bekannt gemacht.“

Mama schüttelte mich.

„Warum, Felix? Was gibt dir das Recht, so abscheulich zu Menschen zu sein? Du hast drei Leben zerstört. Wenn es Feinde von dir gewesen wären, aber jeder der drei hat es gut mit dir gemeint.“

„Weil…“, versuchte ich, mich zu rechtfertigen. „Ich war so wütend. Tristan verbrachte keine Zeit mehr mit mir, beachtete mich nicht mehr. Ich war nur noch gut genug, um ihm nachts die Eingänge freizuhalten und seine Schulaufgaben zu erledigen. Er hat mich verraten und im Stich gelassen.“

Mama fasste an mein Kinn, richtete meinen Kopf auf, so dass ich in ihre Augen, die den meinigen so sehr glichen, blicken musste.

„Du liebst ihn?“

Ich brachte keine Antwort heraus. Meine Tränen liefen, und in ihrem Glitzern war die Wahrheit zu lesen.

„Ich habe es mir gedacht.“

Dann drückte Mama mich an ihre Brust und kraulte mir durch meine blonden Haare wie einst, als ich klein war. Ich weinte und schluchzte laut. Zum ersten Mal gestand ich es mir selbst ein: Ich liebte Tristan von Trokow!

Mein Leben war nun im Begriff zu beginnen, aber mir kam es so vor, als stände ich am Rande eines dunklen Abgrunds. Eine unsichtbare Kraft drohte, mich in den schwarzen Schlund zu ziehen. Ich wusste nie, wohin ich gehen sollte. Andere hatten es mir immer diktiert, was ich tun sollte. Papa, Großmutter, Lehrer, Tristan. Nun waren sie alle weg, für immer. Ich glaubte, am Ende meiner Reise zu sein.

„Wofür lebe ich denn noch?"

„Für den Einzigen", sagte Mana „für den es sich zu leben lohnt. Für dich selbst."

XI

Hier endet meine Erzählung. Und nun spreche ich direkt zu dir, Felix Primhome. Hoffentlich kannst du dich nun besser an mich erinnern, wo du nun alles vor deinem geistigen Auge wieder erlebt hast, was du erlebtest, als du noch Ich warst. Weißt du noch, wie es mit dir weiterging?

Mama, die du 1948 begraben hast, hörte, dass in Hollywood 1912 die ersten Filmstudios eröffneten, da entschied sie sich, nach dem Verlust des Hauses in die Vereinigten Staaten auszuwandern. Sie nahm dich und Manuela mit. Rechtzeitig. Ein Jahr später hättest du an die Front gemusst. In Hollywood fand sie schnell Arbeit, durch die Hilfe ihres Freundes Carl Laemmle, dem Chef von Universal Studios. Ihre Karriere ging gut bis zum Aufkommen des Tonfilms. In den Talkies hatte man keine Verwendung für eine vierundfünfzigjährige Schauspielerin mit starkem deutschem Akzent. Du bliebst nicht lange in Hollywood, sondern fingst an, Musik in New York zu studieren. Nach dem Studium warst du jahrelang in einem Orchester Mitglied, wurdest von dessen Leiter gefördert, und dieser vermittelte dich an deinen ersten Posten als Dirigent in Chicago. Dort lerntest du Patricia Burnside kennen, die im Orchester als Violinistin tätig war. Sie verliebte sich Hals über Kopf in dich, und du ergriffst die Chance, denn Patricia gehörte zu einer einflussreichen Familie, die Tür und Tor für dich öffnete. Du kamst in die besten Kreise, und finanziell warst du gut abgesichert dank der Mitgift. Die Ehe, welche mehr eine Kameradschaft war, ging drei Jahre gut. Bis ihr einen neuen Nachbarn bekamt. Einen zwanzig Jahre alten Dichter namens André Roanag, der zwanzig Jahre jünger war als du. Hals über Kopf hast du dich in den Burschen verliebt. Es war das erste Mal in deinem Leben, dass deine Liebe erwidert wurde. Patricia Primhome wusste von der Liebe, und ihr ließt euch scheiden, damit der Mann, den sie liebte, glücklich werden konnte. Ein Trostpflaster waren eure Zwillinge, und mit dir blieb sie ein Leben lang befreundet.

Die Beziehung zwischen André und dir war künstlerisch sehr fruchtbar. Zusammen schriebt ihr Musicals für den Broadway. André verfasste Lyrics und Buchtexte, während du die Musik komponiertest. Ihr brachtet zusammen fünf Musicals auf die Bühne. Mit „A Dame's day out" hattet ihr einen unglaublichen Erfolg, und das Werk sollte zu einem Klassiker werden. Dann kam der Krieg gegen Hitler und du, Felix, der ausgemustert wurde, komponierte Musik für Revuen, die zur Unterhaltung der Truppen an der Front dienten. André war eine Zeitlang in London gewesen, da er dort eine Produktion von „A Dame's day out" betreute. Als er nach New York heimkehren wollte, wurde das zivile Flugzeug von Fliegern der Luftwaffe über dem Atlantik abgeschossen, was André und den anderen Passagieren das Leben kostete. Elf Jahre wart ihr als Liebhaber und Geschäftspartner zusammen gewesen. Du warst wieder allein. Hattest nur noch deine Söhne und Manuela, die einen Astor-Sohn geheiratet hatte.

Es ist eine lange Lebensreise, die am 25. März 1894 ihren An-fang in Frankfurt nahm und am 30. Mai 1959 in Manhattan enden würde. Aber ich, der verschwundene Felix Primheim, aus dem du geworden bist, will wissen, was aus meinem Tris-tan geworden ist. Suche nach ihm, und ich werde meine Ruhe finden! Zu lange habe ich im Schatten gegrübelt. Es ist Zeit für ein Adieu. Legen wir es endlich ad acta!

Epilog

Frühling 1956. Im Majestic Theatre feiert bald eine Wiederaufführung von „The Dame's day out" Premiere. Ronan Burnside singt eine der Hauptrollen, und sein Vater, der Komponist, leistet ihm Hilfe, wo er nur kann. Sie üben Tag und Nacht in der Wohnung des Vaters. In einer Pause ist Ronan an den Briefkasten gegangen.

„Pa", sagt Ronan, „hier ist ein Brief aus Hamburg von einer Petra Rath." Primhome lässt sich den Brief geben und öffnet ihn. Die Handschrift ist gerade und ordentlich.

„Sehr geehrte Herr Primheim,

Sie können sich gar nicht meine Verwunderung und gleichzeitige Überraschung vorstellen, die ich durchlebte, als der Herr Privatdetektiv Bockler zu mir Kontakt aufnahm, weil Sie nach Informationen über meinen Zwillingsbruder suchen. Ich habe mich all die Jahre gefragt, was aus Ihnen wohl geworden ist, da mein Bruder viel von Ihnen geredet hat. Kein Schulkamerad war ihm jemals so nahe wie Sie. Warum ist der Kontakt abgebrochen? Ihre Lebensgeschichte ist sicherlich sehr spannend. Vielleicht mögen Sie mir davon erzählen, per Brief oder vielleicht bei einem Besuch in der Heimat. Ich lade Sie recht herzlich zu mir nach Hamburg ein. Aber dazu später mehr. Herr Bockler wollte Ihnen übermitteln, was ich zu berichten weiß, aber es war mir ein Wunsch, es Ihnen selbst mitzuteilen. Leider habe ich keine guten Nachrichten. Mein Bruder Tristan fiel 1916 an der Westfront. Nachdem er ohne Abitur die Schule verließ, ließ er sich zum Buchhalter ausbilden, im Berliner Kontor unseres Onkels. Tristan heiratete im Sommer 1913 eine Dame aus Würzburg namens Rebecca von Rebay. Sie hatten einen Sohn, Phillip, der 1915 geboren wurde. Meine Schwägerin verstarb 1926 an einer Lungenentzündung, weswegen ich den Jungen aufnahm und für ihn sorgte. Ich schickte ihn nach Elsenberg, wo er mit Bestnoten abschloss. Danach studierte er Medizin an der Ludwig-Maximilians-Universität München. Er kam im dritten Reich in Kreise von Freiheitskämpfern, die sich gegen Hitler wehrten. 1943 wurde mein Neffe wegen Wehrkraftzersetzung und Feindbegünstigung hingerichtet."

Der Brief geht viele Seiten lang. Unterschrieben ist er am Ende mit Baroness Petra von Trokow, verheiratete Rath. Felix Primhome legt den Brief beiseite.

„Von wem ist der Brief?"

„Von jemandem, der mir dabei helfen sollte, zu jemandem 'Adieu' zu sagen."

Felix sieht zum letzten Mal Tristan vor sich. Tristan und seine Geige.

„Es ist wichtig, 'Lebewohl' zu sagen. Viel zu oft wurde mir diese Möglichkeit genommen, weißt du."

Eine einzelne Träne wird vergossen. Ronan hat seinen Vater noch nie weinen sehen.

„Machen wir weiter!"

Alles war nun ad acta.

High Heels oder Gummistiefel

Svenja Reins

Als Marit morgens vor ihrem großen Spiegel im Ankleide-
zimmer stand und sich in dem schwarzen Kostüm betrachtete,
fühlte sie sich zwar noch nicht ganz wohl, knöpfte aber wider-
willig den Blazer zu. Sie ging barfuß die Treppe hinunter, griff
im Flur nach ihrer schwarzen Handtasche und ging in die
Küche. Auf der weißen Hochglanzarbeitsfläche stand schon der
Becher für ihren Kaffee bereit. Jeden Abend räumte Marit ihren
benutzten Teller weg, putzte die Küche und stellte für den
nächsten Morgen einen sauberen Becher neben den verchrom-
ten Kaffeevollautomaten. Als sie mit dem Kaffeebecher an ihren
roten Lippen in den Taschenkalender schaute, blieb ihr Blick an
den Worten: „10 Uhr Beisetzung Karla" haften. Zwischen all
den anderen Dingen, die sie heute zu erledigen hatte, hatte diese Notiz gerade noch zwischen zwei Zeilen gepasst. Es nützte ja
nichts. Auch wenn ich sie seit Jahren nicht mehr gesehen habe,
in meiner Kindheit bin ich immer gerne bei meiner Tante gewesen, dachte Marit und stellte den halbvollen Becher neben die
Spüle. Ein Blick aus dem breiten Küchenfenster verriet ihr, dass
das Taxi, das sie gestern Abend für heute früh bestellt hatte, bereits auf sie wartete. Marit hielt es für vernünftig, ihren Firmen-
wagen in ihrer Garage stehen zu lassen und stattdessen mit
dem Taxi raus aufs Land zu fahren.

„Wir können los", sagte sie dem Taxifahrer, der sie durch den
Rückspiegel betrachtete und nur auf diese Worte gewartet zu
haben schien. Vorbei an den weiß verputzten Kubushäusern,
die offensichtlich alle vom selben Architekten entworfen worden waren, mit den akkurat gestalteten Kiesvorgärten fuhren
sie raus aus ihrer Nachbarschaft auf die Autobahnauffahrt.
Nach siebzig Kilometern verließen sie die Autobahn. Hier
draußen auf dem Land sahen die Häuser schon ganz anders
aus, und Marit war beim Anblick der Vorgärten froh, dass ihr
Gärtner das Kiesbeet vor ihrem Haus mit Unkrautfließ aus-

gelegt hatte. Ihre wenige Freizeit mochte sie schließlich nicht in Gummistiefeln kniend in ihren Beeten verbringen.

Auf dem Parkplatz der Kirche angekommen, überprüfte Marit noch einmal ihr Spiegelbild, bevor sie ausstieg. Ein schmaler Weg durch Pfützen führte sie an den Gräbern vorbei in die Kirche. Möglichst leise versuchte sie die schon geschlossene Holztür zu öffnen und hinter sich wieder zu schließen. Leider blieb sie trotzdem nicht ganz unbemerkt, denn einige der Damen und Herren, die schon vorne in den schmalen Holzbänken saßen, drehten sich zu ihr um. Den Blick auf ihre Schuhe gerichtet, setzte sie sich in eine freie Reihe mit einigem Abstand zu den anderen. Ihre vier Cousinen erkannte sie, auch ohne ihre Gesichter zu sehen, sofort an den rot gekräuselten Haaren. Der Mann rechts daneben musste also mein Onkel sein, vermutete Marit, der Gute ist ganz schön kahl geworden in all den Jahren. Während der Pastor seine Worte an Familie und Freunde von Karla richtete, betrachtete Marit das große Bild ihrer Tante Karla neben dem Sarg. Ihr Blick blieb an den strahlend grünen Augen ihrer Tante hängen, die von vielen kleinen Lachfalten umrandet waren. So fröhlich schaut sie uns an, dachte Marit, genau so kannte man sie. Ihre Tante war immer viel zu Hause gewesen und hatte nur wenig gearbeitet. Sie sagte immer, sie würde lieber die Zeit mit ihrer Familie verbringen wollen, anstatt den ganzen Tag zu arbeiten. Dafür nehme sie in Kauf, weniger Geld zur Verfügung zu haben. Ein paar Einnahmen hatte sie durch die Vermietung eines alten Hauses, das Karla einst von ihren Eltern geerbt hatte, an Feriengäste.

Ihre vier Töchter waren immer so lebensfroh gewesen, und Marit hatte es geliebt, in den Sommerferien für einige Wochen bei ihnen zu sein, wenn ihre Eltern wieder einmal beruflich unterwegs waren. Ihre Cousinen hatten sogar extra für Marit ein Fahrrad organisiert, damit sie zu fünft Ausflüge machen konnten. Häufig waren sie den ganzen Tag draußen am See. Richtig traurig waren die fünf Mädchen gewesen, als der Tag der Abreise nahte und sie mit allen Mitteln versuchten, dass

Marit noch ein paar Tage länger bei ihnen bleiben konnte.

Marits Blick wandte sich wieder dem Pastor zu, als dessen Rede sich dem Ende nahte und die ersten Trauernden Anstalten machten aufzustehen, um dem Sarg nach draußen zum Grab zu folgen. Schließlich war der Sarg in der Erde versunken wie ein schweres Paket voller Erinnerungen. Die Menschentraube bewegte sich langsam zurück in Richtung des Parkplatzes. Marit überprüfte heimlich mit einem raschen Blick auf ihre Armbanduhr, ob sie noch pünktlich zum Termin mit ihrem Mandanten kommen würde. „Marit! Wie schön, dass du auch da bist." Marit fühlte sich erwischt und blickte peinlich berührt links hinter sich, von wo sie die sanfte Stimme hörte, direkt in das Gesicht ihrer Cousine Dorothea. „Thea! Natürlich bin ich hier. Wie geht es dir?" „Ach, es geht schon, du weißt ja, es war abzusehen, dass Mama uns bald verlässt. Kommst du noch mit zum Trauerkaffee?" „Leider nein, du weißt ja...", nuschelte Marit und blickte auf das Halstuch ihrer Cousine. Zum Glück wurde sie im nächsten Moment von einem Mann, der sich mit Tränen in den Augen an Dorothea wandte und sein Beileid aussprach, erlöst. Sie legte noch kurz ihre Hand auf Dorotheas Schulter, verschwand dann zwischen den anderen schwarz gekleideten Menschen und hastete zurück zum Taxi. Ihr Herz klopfte, und sie hatte Tränen in den Augen, als sie sich schwer auf die Rückbank fallenließ. Sie konnte es kaum abwarten, endlich in der Kanzlei zu sein, aber die Fahrt zurück nach Berlin erschien ihr endlos lang. „Hier bitte halten." Vor dem hohen Gebäude angekommen, reichte Marit dem Fahrer einige Geldscheine nach vorne und stieg wortlos aus dem beige-weißen Fahrzeug.

Das Klingeln der Telefone aus den verschiedenen Richtungen der Anwaltskanzlei fing sie direkt wieder ein. Hier fühlte Marit sich wohl. Den Blick geradeaus gerichtet, ging sie entschlossenen Schrittes den Gang entlang, vorbei an den gläsernen Büroräumen ihrer Kolleginnen und Kollegen. Auch aus einigen Metern Entfernung konnte sie Frau Derling, der guten Seele am Tresen vor ihrem Büro, schon ansehen, dass einiges an Arbeit auf sie wartete. „Da sind Sie ja. Die Firma Claussen hat sich endlich wegen der Vorhänge gemeldet und einige Musterstoffe vorbeigebracht. Ach, und Ihr Lieblingsmandant war auch schon hier", sagte sie mit einem nüchternen, aber dennoch allessagenden Blick, als sie Marit einige Unterlagen überreichte. Marit rollte grinsend mit den Augen, seufzte und öffnete die Tür zu ihrem Büro. „Tee steht schon auf Ihrem Schreibtisch, müsste noch heiß sein", rief die dunkelhaarige Sekretärin Marit hinterher. „Frau Derling, Sie sind die Beste!"

Es verging kaum ein Tag, an dem Marit sich nicht darüber freute, die Bewerbungsgespräche für die Sekretärinnenstelle selbst geführt zu haben und dabei auf Frau Derling gestoßen zu sein. Sie behielt nicht nur Marits Terminkalender im Blick und hielt ihr lästige Anfragen vom Hals, sondern war auch noch eine humorvolle und selbstbewusste Frau, weshalb Marit umso lieber mit ihr arbeitete. Da ihre Kollegen gesehen hatten, dass sie erst heute Mittag in die Kanzlei kam, entschied sie sich dafür, heute nicht allzu früh nach Hause zu fahren, sondern stattdessen noch die liegengebliebene Arbeit nachzuholen. Für Marit machte es kaum einen Unterschied, wann sie nach Hause kam. Sie schmunzelte oft darüber, wenn andere es so eilig hatten, nach Hause zu kommen.

Um 22 Uhr war bereits das gesamte Kollegium verschwunden, und allein durch die Scheibe von Marits Büro fiel noch Licht in den großen Flur. Sie bestellte sich ein Taxi für den Heimweg und sortierte die Unterlagen auf ihrem Schreibtisch, um morgen in ein aufgeräumtes Büro zu kommen. Im Fahrstuhl betrachtete sie sich müde im Spiegel. Ihre braunen Augen waren mittlerweile von Augenringen untermalt, und ihre Frisur hatte ihre Form verloren. Für ihr Alter gefiel Marit sich selbst jedoch noch recht gut. Mit ihren fast vierzig Jahren hatte sie lediglich über ihrer Oberlippe und zwischen den Augenbrauen leichte Falten. Sie begutachtete sich von der Seite und streifte ihren schwarzen Rock glatt. Der Fahrstuhl hielt im Erdgeschoss, sie blickte auf, atmete durch und verließ den großen Bürokomplex. Aus dem Taxi heraus beobachtete sie die vorbeiziehenden Lichter in den Fenstern der Häuser. Zu Hause war es gewohnt still, weshalb Marit jeden Tag nach Feierabend zuallererst Musik einschaltete. Doch heute Abend konnte nicht einmal die Musik etwas Leben in ihr Haus bringen, denn die Gedanken an ihre Tante kamen wieder hoch.

Die folgenden Wochen waren stressiger als sonst und dazu kam, dass Frau Derling gestand, schwanger zu sein, und sie, da es ihr zwischenzeitlich nicht so recht gut ging, krankgeschrieben zu Hause blieb. Heute war wieder so ein Tag: Die Post stapelte sich, das Telefon auf dem Schreibtisch wollte nicht stillstehen, und Marit verbrachte viel Zeit damit, auf Frau Derlings unbesetztem Schreibtisch nach diversen Unterlagen zu suchen. Eigentlich freute Marit sich für ihre Sekretärin, aber als sie selbst Mitte dreißig gewesen war, hatte sie wichtigere Dinge zu tun gehabt, als an Familienplanung oder Ähnliches zu denken. Für sie hatte von vornherein festgestanden, dass sie nach dem Jurastudium erst einmal im Beruf durchstarten wollte, da war für so etwas wenig Zeit gewesen. „Ja, hallo, Frau Derling, tut mir leid, dass ich Sie anrufe, aber ohne Sie scheine ich hier ja fast schon aufgeschmissen zu sein, ich versinke in Arbeit", versuchte Marit, in den stillen Hörer zu witzeln. „Sagen Sie, wie waren wir noch gleich in der Sache mit Herrn und Frau Ritter verblieben? Rufen Sie mich bitte kurz zurück. Oder schreiben Sie mir eine Mail, danke und liebe Grüße." Ihr Sessel quietschte etwas, als sie sich zurücklehnte und den Hörer auf den Schreibtisch legte. Gedankenverloren blickte sie aus dem großen Fenster ihres Büros. Von hier aus hatte sie eine tolle Sicht über die Spree. Als man ihr dieses Büro damals angeboten hatte, hatte diese Aussicht sie sofort überzeugt. Heute wünschte sie sich manchmal, sie müsste während der Arbeit nicht auf die kleinen Dampfer gucken, auf denen Touristen ihre Freizeit verbrachten.

Am Nachmittag hatte sich auch Frau Derling mit einer Email gemeldet, in der unter anderem stand, dass Marit daran denken sollte, die Frist beim Amtsgericht einzuhalten, wegen der „Erbsache". Marit geriet beim Lesen ins Stocken. Was für eine Erbsache? Ihr Blick fiel auf ihre Postablage. Leer. Außer Karla war niemand verstorben. Marit hielt inne, zog die Augenbrauen zusammen. Ein merkwürdiges Gefühl überkam sie. Auf dem Schreibtisch ihrer Sekretärin durchforstete sie alle Schubladen. In einem Ablagefach fand sie schließlich einen Brief des Amtsgerichtes Sachsen-Anhalt.

Gerade noch hektisch zwischen ihrem eigenen und dem Schreibtisch ihrer Sekretärin hin- und herlaufend, fand Marit sich jetzt, nicht einmal zwei Minuten später, wie angewurzelt mitten in ihrem Büro stehend und um ein altes Haus reicher wieder. Wie war Karla denn auf die Idee gekommen? Was sollte ausgerechnet sie mit dem Ferienhaus? Außerdem stand es an irgendeinem Waldrand der Dübener-Heide! Und was war überhaupt mit Dorothea und ihren Schwestern, konnten die das Haus nicht eher gebrauchen?

Ein Telefonat mit Dorothea gab Marit zwar Aufschluss, aber wirklich verstehen konnte sie noch immer nicht, warum Karla in ihrem Testament erklärt hatte, dass Marit das Haus erben sollte, das die Familie bis vor einigen Jahren an Feriengäste vermietet hatte. Sie erklärte einer Kollegin, dass sie für den Rest der Woche Urlaub nahm, sagte einige Termine ab und fuhr mit dem Auto in Richtung Dübener-Heide.

Der Wagen wurde langsamer und bog zwischen zwei Birken in einen Sandweg. Marit kam sich beobachtet vor, obwohl niemand zu sehen war und sie von deutlich weniger Menschen umgeben war als in Berlin. Den Briefkasten am Anfang der langen Einfahrt erkannte sie sofort wieder. In den Sommerferien war sie das ein oder andere Mal mit ihren Cousinen hier gewesen, als sie alt genug waren und zu fünft einige Nächte alleine in dem Haus verbringen durften, wenn gerade keine Feriengäste dort waren. Marit konnte sich noch genau an die gemütliche Küche erinnern, denn dort hatte sie zum ersten Mal einen Kaminofen zum Kochen benutzt. Auch sonst war das Haus zwar altmodisch und rustikal, aber dennoch gemütlich eingerichtet gewesen. Die Wände waren in allen Räumen mit floralen Mustertapeten beklebt, die Marit und ihre Cousinen an einigen nicht einsehbaren Stellen mit Filzstiften um kleine Muster erweitert hatten. Auch die Fenster waren schon damals undicht gewesen, so dass die Mädchen auch bei geschlossenem Fenster am Morgen vom Vogelgezwitscher geweckt wurden.

Marit parkte ihr Auto auf dem großen Hof vor dem Haus. Ihre Schuhe sanken im Kies ein, als sie ausstieg. An dem Haus hatte sich in den vergangenen Jahren wenig verändert. Der Wein an den Wänden war bis unter das Dach gewachsen, und Marit erkannte ziemlich schnell, dass das Haus leer stehen musste. Die Beete zwischen Scheune und Haus waren nicht mehr als solche zu erkennen, sondern wurden von wilden Pflanzen erobert. Mit den Händen in ihren Manteltaschen, ging sie langsam am Haus vorbei in Richtung des Gartens. Sie fühlte sich fast ein wenig kriminell, als würde sie etwas Verbotenes tun. Daran, dass dieses Haus ihres sein sollte, mochte sie noch nicht wieder denken. Marit hörte jemanden auf dem Hof durch den Kies laufen.

„Ach, hallo! Sie müssen Marit sein!", rief ihr eine ältere Frau entgegen, die ihr zuwinkte und gleichzeitig sehr auf ihre Schritte achtete, während sie zügig auf Marit zuging. Sie musste um die fünfundsiebzig Jahre alt sein, schätzte Marit und wandte sich in ihre Richtung. „Ja, richtig, das bin ich." „Ich habe schon damit gerechnet, dass Sie kommen würden. Karla hat mir natürlich erzählt, dass Sie den Hof haben sollten, wenn es ihr gesundheitlich nicht mehr so gut gehen sollte. Und naja… jetzt war es ja leider so weit, ein Jammer." Marit wusste nicht recht, was sie der grauhaarigen Frau sagen sollte. „Ach, Entschuldigung, ich bin Doris, direkt von nebenan", sagte sie mit einem zufriedenen Lächeln. „Freut mich, ich bin Marit, aber das wissen Sie ja schon", sagte Marit und reichte der Dame die Hand. „Ich habe mich hier eine Zeit lang ein wenig um das Haus gekümmert, seit es nicht mehr vermietet oder bewohnt wurde, das war mit Karla so abgemacht, damit sie nicht ständig herfahren musste. Sie wissen schon, nur das Gröbste. Mittlerweile bin ich jedoch verwitwet und bei mir zu Hause genug beschäftigt." Während Marit mit Doris durch den Garten wanderte, erfuhr Marit noch einiges über die vergangenen Jahre der Familie ihrer Tante. Nachdem Doris ihr einen Haustürschlüssel gegeben und wieder gegangen war, ging Marit durch das Haus. Dort war es kalt und etwas muffig, aber Marit erkannte sofort den holzigen Geruch wieder. Es hatte sich im Inneren des Hauses nur wenig verändert. Eigentlich stand alles so, als wäre das Haus aufgeräumt verlassen, aber nie wieder betreten worden.

Am Abend bekam Marit von Doris ein paar geschmierte Brote und etwas zu trinken gebracht. „Doris, bleiben Sie gern noch. Ich habe gerade Kartons mit Geschirr gefunden. Das ist so viel, damit könnten wir die halbe Nachbarschaft ausstatten", grinste Marit. „Vielleicht gefällt Ihnen ja etwas." „Na, wenn das nicht passt! Ich habe hier in meinem Einkaufsbeutel eine Flasche Wein für uns. Sind in dem Karton auch Weingläser?" Doris kramte in dem Karton, hielt zwei Gläser in die Höhe und nickte zufrieden. „Sie bleiben also heute Nacht schon hier?", fragte Doris mit erwartungsvollem Blick. Marit musste lachen. Vor wenigen Stunden noch hatte sie in ihrem Büro gesessen, nicht mehr gewusst, wo vorne und wo hinten war, und jetzt saß sie mit einer alten Frau auf der Terrasse eines Hauses, das sie eine halbe Ewigkeit nicht mehr betreten hatte und das jetzt ihr gehören sollte. Ganz geheuer war es ihr zwar noch nicht, aber irgendwie freute sie sich auch, wieder an diesem Ort zu sein. „Wissen Sie schon, was Sie vorhaben? Ich meine, was machen Sie mit dem Haus?" Doris Stimme wurde ruhiger, und Marit fühlte etwas Beklemmendes in der Frage. „Ehrlich gesagt, weiß ich überhaupt nicht, was ich mit dem Haus machen soll. Ich wohne und arbeite über einhundert Kilometer weit entfernt. Es ist bestimmt dreißig Jahre her, seit ich das letzte Mal hier gewesen bin. Ich habe schon daran gedacht, dass Erbe auszuschlagen, denn einfach so das Haus zu verkaufen, könnte ich nicht übers Herz bringen. Meine Cousinen haben mit dem Ferienhaus abgeschlossen, sie haben damals gemeinsam mit ihrer Mutter besprochen, dass keine von ihnen das Haus übernehmen wird. Karla wollte das Haus aber nicht aufgeben.

Deswegen würde es mir irgendwie doch schwerfallen, das Erbe nicht anzunehmen." Marits Blick schweifte durch den Garten. „Ach, da wird sich schon was finden. Wenn ich mir dieses ganze Geschirr so ansehe, könnten Sie ja glatt ein Café eröffnen, das wäre mal was! Ich für meinen Teil bin jetzt aber müde. Der Wein, Sie wissen schon. Schlafen Sie gut!" Doris stellte ihr Glas zur Seite und verabschiedete sich.

Die folgenden Tage kam Marit jeweils für mehrere Stunden und manchmal auch über Nacht in den kleinen Ort in der Dübener-Heide. Sie hatte in der Kanzlei angekündigt, noch etwas länger im Urlaub zu sein. Der verwilderte Garten ließ ihr keine Ruhe. Doris half ihr jeden Tag dabei, Haus und Garten aufzuräumen. Marit musste schmunzeln, wenn sie Doris dabei beobachtete, wie sie Schubkarren befüllte und vorsichtig mit Gießkannen durch die Beete kletterte. Sie konnte sich gut vorstellen, dass sich Karla gut mit ihr verstanden haben musste. „Marit, überlegen Sie sich das mit dem Café! Dort drüben neben dem Flieder, da wäre doch ein großartiger Platz für eine kleine Ecke mit Tisch und Stühlen! Ich bin mir sicher, dass wir zusammen so ein Café am Laufen halten könnten!" „Womöglich komme ich darauf zurück." Marit betrachtete grinsend ihre erdigen Hände. Jetzt saß sie erst einmal kniend in einem Beet. In Gummistiefeln. Danke, Karla.

Was danach geschieht

Katharina Schmidt

Und manchmal kann man sie sehen, wie sie leise im Nebel durch die Wellen gleiten. Beschienen vom hellen Licht des vollen Mondes tragen sie all die Seelen, die sie gefangen haben. Sie schaffen sie fort und bringen sie nie, nie wieder.

Weinend sitzt sie auf der Treppe am Straßenrand. Die Beine fest an ihren Körper gepresst und von den Armen umschlungen. Sie ist allein. Ganz allein. Stunden vergehen. Eine Frau geht an ihr vorbei, doch sie beachtet sie nicht. Sie weint. Sie weint einfach weiter, die Nacht hindurch, bis das erste Tageslicht die Vögel aus ihren Nestern lockt. Eine Mama und ein Papa gehen an ihr vorbei. Sie sieht ihnen nach, doch sie reagieren nicht. Sie halten einen Jungen mit einem Rucksack an ihren Händen. Wahrscheinlich ist er ein Schulkind, genau wie sie. Der Junge sieht zu ihr hinüber und grinst. Dabei legt er seine fehlenden Schneidezähe frei. Auch ihr fehlt einer dieser Zähne, was ein leichtes Lispeln zur Folge hat. Lächelnd wischt sie sich die Tränen aus dem Gesicht und steht auf. Der Junge hat sie angesehen. Der Junge ist nett. Nicht so wie die Mamas und Papas in dieser Stadt.

Die Haustür geht auf. Strahlend dreht sie sich um. „Mama! Papa!", ruft sie glücklich und rennt die Treppe hinauf. Rufus, der dicke Kater, kommt angerannt. Sie stolpert, fällt hin, steht auf und rennt weiter. Rufus hat sie überholt. Er springt durch die offene Tür in das Haus und… Bumm. Die Tür fällt zu. Papa hat Rufus ins Haus gelassen. Mindy nicht. Zitternd bleibt sie vor der Tür stehen. Mamas und Papas dürfen keine Kinder im Schlafanzug vor dem Haus stehen lassen! Ihre Augen füllen sich mit Tränen. Langsam beginnt sie, es zu verstehen. Sie hat wieder einmal mit dem Essen gespielt. Deswegen muss sie draußen bleiben. Das hat Mama doch immer gesagt.

„Du musst nicht weinen, Kleines", brummt eine tiefe Stimme hinter ihr. Ein großer Mann streckt ihr lächelnd seine Hand entgegen. Sein Körper scheint fast komplett von Tattoos bedeckt zu sein. „Nimm meine Hand, wir gehen an einen besseren Ort." Einige Sekunden lang starrt sie den fremden Mann an. Dann ruft sie so laut, wie sie nur kann: „NEIN!" Mindy läuft zu dem Geländer der frei stehenden Treppe, klettert gekonnt hindurch und rennt über den Bürgersteig davon.

Niemand möchte ihr helfen. Die Menschen in der Stadt möchten sie nicht einmal ansehen. Was soll ein Mädchen machen, das offensichtlich von niemandem beachtet wird, außer von einem Jungen in seinem Alter und einem gruseligen, großen Mann? Sie muss etwas essen, etwas trinken, schließlich sitzt sie bestimmt schon drei Tage vor ihrem Haus und weint. An Essen oder Trinken hat sie da gar nicht gedacht.

„Wenn Mama und Papa mich nicht rein lassen, dann muss ich woanders hin. Mein alter Kindergarten lässt mich bestimmt rein. Die Erzieher waren immer nett zu mir", sagt Mindy zu sich selbst und bleibt stehen. Sie ist bis zu dem kleinen Kiosk gerannt, an dem sie immer die Cola für Papa kaufen sollte. Der Verkäufer, ein Opa, gab ihr manchmal einen Lolly umsonst. Jetzt sieht er sie nicht einmal an. „Hallo!", ruft sie ihm freundlich zu. Der Opa sieht nicht von seiner Zeitung auf. „Hallo!", ruft sie erneut. Dieses Mal etwas lauter. Viele Opas können nicht mehr so gut hören, deshalb muss man sie schon fast anschreien. Bei ihrem Opa aber nicht, denn der hat noch immer Ohren wie ein Luchs. Wieder keine Reaktion. „Warum sprichst du nicht mit mir?", ruft sie über den schmalen Tresen. „Ich will doch nur, dass du mir ‚Hallo‘ sagst!" Noch immer nichts. „Blöder Opa", murmelt sie und geht an dem Kiosk vorbei.

Mindy muss bis zur Kirche laufen, um zum Kindergarten zu kommen. Die ist zwei Straßen weiter. Von da aus führt ein schmaler Gang zwischen einem Haus und der Mauer vom Friedhof, auf dem ihre Oma begraben ist, auf eine andere

Straße. Da ist der Kindergarten, direkt gegenüber von dem großen Abenteuerspielplatz mit dem großen Piratenschiff und dem Kletterbaum. Die Fenster des Kindergartens sind herbstlich dekoriert. Auf dem Abenteuerspielplatz sind Mamas und Papas mit den kleineren Kindern, die noch nicht in den Kindergarten gehen dürfen. Mindy folgt einer Mama, die gerade den Kindergarten betritt, und schlüpft hinter ihr durch die Tür. „Ich habe das Frühstück für Johnny mitgebracht. Wir haben die Dose heute Morgen auf dem Tisch stehen gelassen", erklärt sie der moppeligen Erzieherin und drückt ihr eine Polizeibrotdose in die Hand. Mindy begrüßt sie und geht, ohne eine Antwort zu bekommen, an ihnen vorbei.

Ihr Kindergarten hat sich kaum verändert. Sie konnte zwar nicht so oft hier sein wie die anderen Kinder, aber trotzdem kennt sie jede Ecke zum Verstecken und jedes Spielzeug in diesem Haus. Die Erwachsenen wollen ihr nicht antworten. Die Kinder rennen kreischend und lachend an ihr vorbei. Ja. Das muss es sein! Mindy weiß es jetzt! Sie ist unsichtbar. Niemand kann sie sehen oder hören. Der Mann im Mond muss ihren Wunsch erfüllt haben. Mama und Papa haben ihr immer erzählt, dass der Mann im Mond ganz selten besondere Wünsche erfüllt. Wahrscheinlich wusste er, dass ihre Krankheit wieder schlimmer geworden war und hat ihr zur Aufmunterung den Wunsch erfüllt, endlich einmal herumrennen und spielen zu können, ohne den ständigen, besorgten Blicken der Erwachsenen ausgesetzt zu sein.

Mindy ist unsichtbar. Vollkommen unsichtbar. Irgendetwas in ihrem Bauch beginnt, stark zu kribbeln. Es breitet sich schnell aus, bis es überall in ihrem Körper kribbelt. Von ihrer Stirn bis in den kleinen Zeh. Es ist nicht auszuhalten. Das Kribbeln, dieses starke Gefühl, nimmt sie vollkommen ein. Mindy springt in die Luft. Sie schüttelt ihren ganzen Körper und stößt ein schrilles Quietschen aus. Das Kribbeln wird schwächer, doch sie kann es noch immer spüren. Tief in ihrem Bauch. Sie ist aufgeregt. Die Gedanken wirbeln in ihrem Kopf wild durcheinander. Sie kann so viel machen, ohne dabei beobachtet zu werden. Sie ist dabei nur für sich. Allein. Ganz allein.

So macht spielen keinen Spaß. Allein spielen geht. Aber es ist nicht so schön, wie mit einem Freund zu spielen. Auch wenn sie unsichtbar ist. Ihr Blick fällt auf das Kuschelsofa der Regenbogengruppe. Ein Haufen Kuscheltiere hat es besetzt. Mindy erinnert sich an viele Stunden, die sie auf diesem Sofa verbracht hat. Immer, wenn sie müde war oder es ihr wieder einmal nicht so gut ging, durfte sie sich zu den Kuscheltieren legen und sich etwas ausruhen. Eines dieser Kuscheltiere ist ihr mit der Zeit sehr ans Herz gewachsen. Ein von der Sonne ausgeblichener, gelber Stoffhase. Mindy sieht sich um. In der Gruppe spielen die Kinder. Sie haben Spaß, lachen und laufen fröhlich herum, aber sie sehen Mindy nicht. Sie ist inmitten der Kinder, aber trotzdem fühlt sie sich noch immer allein.

Ein Tippen auf ihrer Schulter. Wer kann sie antippen? Ist sie denn nicht unsichtbar? Wenn sie keiner sehen kann, dann kann ihr auch niemand auf die Schulter tippen. Die Kinder können sie anrempeln, schubsen oder vielleicht sogar durch sie hindurchgehen. Aber ein Tippen genau auf die Schulter kann doch nur jemand, der auch weiß, wo die Schulter ist. Der sie sehen kann. Sie dreht sich um. Aber hinter ihr steht kein Kind. Kein Junge oder Mädchen. Auch kein Erwachsener. Keine Mama und kein Papa. Was ihr auf die Schulter getippt hat, ist nicht einmal ein Mensch. Es ist ein Hase. Ein von der Sonne ausgeblichener, gelber Stoffhase. Seine langen Ohren flattern in der Luft, genau wie Flügel. Er fliegt. Er fliegt und sieht Mindy direkt an.

„Humphrey!", kreischt Mindy und schließt den Hasen fest in ihre Arme. Sein struppiges Fell kratzt an ihrer Wange, aber das stört nicht. Nein. Es ist schön. Es erinnert sie an den Bart von Papa, wenn er sie in den Arm genommen hat und sie „mein kleines Häschen" nannte. Mindy schluchzt. Der Gedanke an Papa macht sie wieder traurig. Sie vermisst Mama und Papa schrecklich. Marie, ihre Lieblingskrankenpflegerin, muntert sie im Krankenhaus immer auf, wenn sie Heimweh hat. Dann spielen sie gemeinsam oder machen zusammen Späße. Jetzt ist es

Humphrey, der sie zum Spielen einlädt. Seine Ohren flattern, und er fliegt zur Gruppentür der Regenbogengruppe.

„Warte auf mich, Humph!", ruft sie und rennt hinter ihm her. Eine Mutter öffnet die Kindergartentür, um ihren kranken Sohn abzuholen. Mindy und ihr Freund nutzen die Gelegenheit und schlüpfen hindurch nach draußen. „Wo gehen wir hin, Humphrey?", fragt Mindy den Hasen, der eine Ohrlänge vor ihr ist. Die beiden laufen ein Stück Richtung Supermarkt, bis das Häschen mit einem Mal schneller wird und sich auf ein Schild setzt. Mindy kann noch nicht gut lesen. Sie ist zwar schon acht Jahre, aber weil sie nicht so viel zur Schule gehen kann, wie die anderen Kinder, darf sie in ihrem Tempo lernen. Trotzdem möchte sie es versuchen. „SS. SSP. SSPII. SSPIE. SSPIELEE", ihr Blick fällt auf das Bild neben dem langen Wort. „Ein Spieleparadies!", lacht Mindy und klatscht vor Freude in die Hände. „Das ist eine gute Idee! Danke, Humphrey!" Entschlossen stemmt sie ihre Hände in die Hüften und sieht das Schild noch einmal an. Auf ins Spieleparadies. Ein großer Ort, nur für Kinder. Ein Ort zum Rutschen, Springen, Krabbeln, Klettern, Rollen, Fliegen. Fliegen. Wie gerne würde Mindy einmal fliegen. Sich einfach in die Luft erheben und wegfliegen. Schwerelos über die Stadt schweben. Weg von den Sorgen der Erwachsenen mit ihren schwierigen Wörtern, deren Bedeutung sie ihr nicht verraten wollen.

Mindy und Humphrey folgen den Schildern zu einem großen Haus. Ein Betonklotz ohne Fenster. Vor der großen Tür stehen wenige Mamas und Papas mit den jüngeren Kindern, eine Kindergartengruppe und eine Schulklasse. Mindys Schritt verlangsamt sich. Der große Betonklotz ist bunt bemalt, mit einem Bild von einem Clown, der sie mit seiner roten Nase und seinem breiten Grinsen anstarrt und der den Mund so weit aufreißt, dass es aussieht, als würde er die Kinder verschlucken, die durch die Tür hineingehen. Das soll ein Spieleparadies sein? Mindy hat es sich immer ganz anders vorgestellt. Nicht wie einen großen Klotz aus Beton, der wirkt, als würde er die Kinder verschlucken wollen.

Langsam schreitet Mindy weiter auf den großen Block zu. Soll sie da jetzt wirklich reingehen? Hat sie wirklich richtig gelesen? Ist das ein Spieleparadies? Ein Spieleparadies für Kinder? Vorsichtig geht sie an der Schlange mit den Wartenden vorbei. Hallende, laute und schrille Schreie dringen aus dem weit aufgerissenen Mund zu ihr. Mama hat ihr einmal eine Gruselgeschichte vorgelesen. Sie hat ihr etwas beschrieben, was sie ‚Höllenschlund‘ genannt hat. Genau so stellt Mindy sich das vor. Mit zitternder Hand greift sie nach Humphrey und drückt ihn fest an sich. „Wir gehen da jetzt rein. Zusammen sind wir stark, Humph!“, sagt sie leise und drängelt sich an einer Gruppe Kinder vorbei.

Hinter der Tür ist die Kasse. Der Raum mit der Kasse ist bunt, aber trotzdem dunkel. Gruselig. Vor dem Vorhang, der den Raum der Kasse von dem Rest des Klotzes trennt, bleibt Mindy stehen und atmet noch einmal tief durch. In dem Bauch des großen Clowns ist eine große Halle, gefüllt mit Hüpfburgen, Klettergerüsten und Bällebecken. Ein richtiges Spieleparadies. Genau so, wie Mindy es sich vorgestellt hat. Na ja. Fast. Sie lässt Humphrey los, und die beiden rennen durch die Halle. Sie springen, rutschen, klettern, schwimmen durch die riesigen Becken, gefüllt mit kleinen Bällen, sie lachen und spielen Verstecken. Humphrey ist nicht besonders gut im Verstecken, aber dafür findet er Mindy immer sofort. Mit ihm zu spielen, ist zwar schön, aber nicht dasselbe wie mit anderen Kindern.

„Das Spieleparadies schließt in zehn Minuten. Bitte bereiten Sie alles für Ihren Abschied vor“, ertönt eine ruhige Stimme aus den Lautsprechern, die in der Halle verteilt sind. Das Kindergeschrei übertönt sie nur schwer, aber in der Mama-und-Papa-Ecke ist es bestimmt lauter. Mindy sitzt ganz oben auf einem Klettergerüst und sieht schon seit einer ganzen Weile den spielenden Kindern zu. Sie beobachtet, wie die Mamas und Papas ihre Kinder zu sich rufen und mit ihnen zusammen nach Hause fahren. Mit einem Satz springt sie von dem Klettergerüst in ein Bällebecken und verlässt mit dem letzten Kind die Halle. Der

Clown hat sie in eine dunkle und nasse Welt gespuckt. Der starke Regen sammelt sich in Pfützen, und Mindy ist noch immer im Schlafanzug.

„Bist du ganz allein?", fragt eine Frauenstimme hinter ihr. Mindy dreht sich um. „Nein. Ich habe Humphrey bei mir", sagt sie leise und drückt ihren Stoffhasen an sich. Die Frau nickt und wirft einen Blick auf die leeren Arme des jungen Mädchens. Die Frau ist bestimmt keine Mama. Sie hat zwar eine Menge Falten im Gesicht und richtig viele weiße Haare, aber keine Mama macht sich die Haare auf dem Kopf zu einem Turm und trägt ein Kleid, mit dem sie nicht mehr gerade durch eine Tür gehen kann. „Bist du eine Schauspielerin oder eine Prinzessin?", fragt Mindy neugierig. Solche Kleider hat sie zuvor nur in Filmen gesehen. „Nein, meine Kleine. Ich bin nur schon sehr alt", lächelt sie „Dann bist du eine Königin?" Die Frau muss lachen. „Nein, mein Liebes. Ich bin niemand Besonderes. Mein Name ist Catherine, und wie heißt du?" „Mindy", antwortet sie höflich. „Hallo, Mindy. Möchtest du mit mir spazieren gehen?" „Kinder sollen nicht einfach mit Fremden mitgehen", sagt sie keck. „Das ist richtig. Deshalb darfst du auch aussuchen, wo wir langgehen", lächelt die Frau. Mindy zuckt mit den Schultern, „Okay."

Sie gehen los. Ihr Weg führt sie durch die großen Straßen der kleinen Hafenstadt. Aus den Fenstern der Häuser links und rechts von ihnen scheint das grelle Licht von Röhrenlampen, wie es sie auch bei ihrem Papa auf der Arbeit gibt. Mindy weiß, wo sie hingegangen sind. Hier arbeiten die Mamas und Papas bis ganz spät abends in kleinen Büros. Sie ist einmal aus Versehen mit Mama hier gelandet, als die beiden ein Kleid für Omas Beerdigung kaufen mussten. Das schwarze Kleid hat sie danach nie wieder angezogen.

Catherine und Mindy gehen weiter, bis sie den Hafen sehen können. Die Regentropfen prasseln auf die Straße, und Wellen klatschen kühl gegen die Hafenkante. Mindy bleibt stehen. „Da will ich nicht hin", murmelt sie und sieht ihre Begleitung an.

„Nachts sind da die Geisterschiffe, die die Seelen der Menschen mitnehmen." Catherine lächelt. „Ja, ich verstehe. Aber bist du denn nicht neugierig? Wollen wir sie uns einmal ansehen? Aus der Ferne?" Mindy zögert. Die große Glocke im Turm der Kirche schlägt zwölfmal. Die Masten der großen Schiffe ragen dunkel in den Himmel hinauf. Der Regen hat nachgelassen. Die dunklen Wolken haben sich verzogen, und das helle Mondlicht reflektiert in dem dünnen Nebel, der mit jeder Minute dicker zu werden scheint. „Das sind die Geisterschiffe", flüstert Mindy. Catherine nickt. „Wir nennen sie Seelenschiffe. Sie bringen die Seelen der Verstorbenen hinüber." „Hinüber?", fragt Mindy neugierig. „Wohin denn hinüber?" Catherine lächelt sanft. „Das weiß niemand so genau. Aber die Verstorbenen sollten nicht hierbleiben", erklärt sie geduldig. „Und warum ist das so?", fragt Mindy weiter. „Warum können die Verstorbenen nicht einfach da bleiben, wo sie wollen?" „Das geht nicht, weil ansonsten die ganzen Toten in dieser Welt umherwandeln würden. Auf Dauer wird niemand damit glücklich."

Mindy denkt darüber nach, was die fremde Frau ihr erzählt hat. „Aber können die Toten nicht miteinander spielen? Dann sind doch wieder alle glücklich", stellt sie schließlich fest. Die Frau schmunzelt. „Das wäre schön, aber so einfach ist das leider nicht. Die Toten werden täglich mit ihrem alten Leben konfrontiert. Mit dem, was war und was hätte sein können." Mindy nickt. Sie versteht noch nicht ganz, was Catherine ihr erzählen möchte, aber sie hat bestimmt recht. „Ich möchte dich einladen", sagt Cathrine schließlich. „Einladen? Zu was denn?" „Ich möchte dich einladen, mit uns gemeinsam zu segeln." Mindy überlegt. „Mit einem der Schiffe?", fragt sie verdutzt. Catherine nickt. „Segel doch mit uns auf einem der Seelenschiffe. Die Crew ist nett. Einige von ihnen freuen sich sicherlich, wenn du mit ihnen spielst." Skeptisch blickt Mindy sie an. „Das macht doch gar keinen Sinn! Wieso soll ich denn mit den Toten segeln? Ich lebe doch noch!"

Das Lächeln in Catherines Gesicht verschwindet. Vorsichtig hockt sie sich, so gut es geht, neben Mindy. Den Gesichtsausdruck kennt sie. Dieser mitleidige, besorgte Blick. So sehen sie alle Erwachsenen an. „Hör mal, Liebes. Ich glaube, du weißt noch gar nicht richtig, was mit dir passiert ist", sagt sie sanft. „Ich bin unsichtbar", erklärt Mindy und überlegt kurz. Catherine lacht vornehm, wie es sich für eine Königin gehört. „Da hast du nicht ganz unrecht, Liebes. Du kannst von den Lebenden nicht gesehen werden, weil du nicht mehr bist wie sie." Mindy kneift ihre Augen zusammen, so dass sie die seltsam gekleidete Frau nur noch durch kleine Schlitze sehen kann. „Ich bin unsichtbar." „Ja, das bist du. Für alle Lebenden bist du unsichtbar. Aber für Menschen wie mich oder Fernando, dem großen Mann mit den Tattoos, bist du es nicht." „Und wieso das?" „Das liegt daran, dass auch wir nicht mehr am Leben sind. Fernando und ich sind bereits vor einer ganzen Weile gestorben. Unsere Seelen haben sich von unseren Körpern gelöst. Die Körper hat man begraben oder verbrannt, aber unsere Seelen sind unsterblich. Und so steuern wir einmal im Monat diesen Hafen an, um andere Seelen, die sich von ihren Körpern getrennt haben, einzuladen, mit uns an einen anderen Ort zu segeln", erklärt Catherine weiter mit einer besorgten Miene.

„NEIN!", ruft Mindy plötzlich laut. Erschrocken richtet die fremde Frau sich auf. „Hör doch auf, so etwas zu sagen! Ich bin nicht tot! Wenn ich tot wäre, dann würde ich ja jetzt bei Oma auf dem Friedhof liegen!", brüllt sie und rennt weg. Mindy rennt und rennt. Weg von Catherine und ihrer seltsamen Gruselgeschichte. Weg von dem Hafen mit den dunklen Geisterschiffen. Weg von dem Nebel, der alles zu verschlingen scheint. Ihre Augen füllen sich mit Tränen. Sie hat oft darüber nachgedacht, wie es wohl ist, wenn sie stirbt. Sie weiß, dass es dazu kommen wird. „Früher oder später", sagen die Ärzte immer. Sie können es nicht genau eingrenzen, aber mit jedem Krankenhausaufenthalt wird es weniger Zeit, die sie noch zu leben hat.

Tot. Nein. Das kann sie noch nicht sein. Sie wurde doch gerade eben erst aus dem Krankenhaus entlassen. In zwei Tagen darf sie wieder in die Schule. Oder in einem? Mindy rennt weiter. Sie weiß nicht, wie lange sie nun schon rennt, aber mit einem Mal taucht vor ihr ein riesiges Gesicht auf. Kalte, weit aufgerissene Augen starren sie wild an, und ein breiter, roter Mund grinst höhnisch, als würde er sie auslachen. „Wie dumm du bist! So dumm, dass du nicht einmal weißt, ob du tot bist oder nicht!", brüllt er ihr entgegen. Die Tränen rollen über Mindys Wangen. Weinend und laut schreiend rennt sie vor dem großen Monster weg. Vorbei an dem Spieleparadies zu dem Kindergarten, in dem ein seltsames, rotes Licht brennt. Die Hölle, muss Mindy unweigerlich denken. Ist das die Hölle? Hat sie etwas falsch gemacht und muss nun in die Hölle? Aber sie ist doch gar nicht tot! Das Licht geht aus.

Mindy hat den schmalen Gang erreicht, der an dem Friedhof entlangführt. Sie rennt weiter. Auf dem unebenen Boden knicken ihre Füße um, aber sie kümmert sich nicht darum. Es tut nicht einmal weh. Ein Stock verfängt sich zwischen ihren Beinen. Sie fällt hin. Schlägt mit dem Kopf auf, aber spürt nichts. Gar nichts. Stolpernd rappelt sie sich wieder auf und läuft bis zum Ende des Ganges und weiter an der Mauer entlang zu dem großen Friedhofstor. Mit einem Ruck reißt sie es auf und rennt zwischen den Gräbern zu dem Grab ihrer Oma. Den Weg kennt sie, denn sie geht mit Mama jeden Sonntag hierher, um die Blumen zu gießen. Und das jetzt schon seit zwei Jahren.

Das Licht der Laternen, die in großen Abständen auf dem Friedhof stehen, leuchtet schwach auf das ihr so bekannte Grab. Doch es hat sich verändert. Die Erde ist an der einen Stelle aufgelockert, und es liegen Kränze mit Blumen auf der Erde, die langsam verblühen. Und da ist noch etwas. Auf dem großen Stein ihrer Oma ist etwas Neues eingraviert. Mindy sieht ihn sich genauer an und versucht, die Inschrift zu lesen. Ein kalter Schauer läuft ihr über den Rücken und mit einem Mal wird es still. Ganz still. Sie kennt den Namen auf dem Grabstein: Mindy Stillson.

„Du musst nicht weinen, kleines Mädchen", sagt eine tiefe Stimme hinter ihr. Erschrocken dreht Mindy sich um und starrt den fremden Mann an, der sich mit einem breiten Grinsen zu ihr hinunterbeugt. Es ist der Mann, der sie vor ihrer Haustür angesprochen hat. Von Kopf bis Fuß tätowiert und eine von der Sonne stark gebräunte Haut. „ICH BIN TOT!", schreit Mindy den fremden Mann an. Er grinst weiter und setzt sich im Schneidersitz auf den Weg vor dem Grab. „Ich auch", sagt er und klingt fröhlich. Auch Mindy setzt sich hin. „Aber wieso bist du denn so glücklich?" „Weil mein Leben schon vor sehr langer Zeit beendet wurde. Ich habe jetzt ein anderes Leben. Segle mit meiner Crew auf den Seelenschiffen und sammle all die Seelen, deren Zeit in dieser Welt vorbei ist."

„Vermisst du denn nicht deine Mama und deinen Papa?", fragt Mindy leise und wischt sich die letzten Tränen von den Wangen. Der Mann lächelt sanft. „Vermisst du deine Eltern?" Mindy nickt. „Dann sollten wir sie besuchen gehen." „Aber sie können mich doch gar nicht sehen. Ich bin unsicht… ich bin tot", erwidert Mindy, und wieder steigen Tränen in ihre Augen. „Du hast recht, kleines Mädchen. Aber du kannst sie sehen." „Mindy. Ich bin kein kleines Mädchen. Ich bin Mindy."

Wieder lächelt der Tätowierte. „Mein Name ist Fernando." „Catherine hat von dir gesprochen", erklärt Mindy, und Fernando nickt. „Ja. Wir segeln gemeinsam." Er macht eine kurze Pause. „Ich mache dir jetzt einen Vorschlag kleines… Mindy." Mindy sieht ihn aufmerksam an. „Wir beide gehen jetzt zu deinen Eltern. Wir sehen nach, ob es ihnen gutgeht." Mindy nickt heftig. „Und danach zeige ich dir mein Schiff. Du kannst es dir in aller Ruhe anschauen und selbst entscheiden, ob du mit uns gemeinsam segeln möchtest, oder ob du wieder von Bord gehst und wir es nächsten Monat noch einmal versuchen. Was sagst du dazu?" Mindy überlegt. Sie darf nicht mit Fremden mitgehen. Das haben Mama und Papa ihr immer erklärt. Aber wenn sie jetzt tot ist, wo soll sie denn dann hin? Zu Mama und Papa kann sie nicht wieder zurück, und Humphrey ist auf Dauer auch kein besonders guter Begleiter. Der von der Sonne ausgeblichene Hase setzt sich auf ihre Schulter. Fast so, als wolle er sie trösten oder sich vielleicht auch ein bisschen beschweren. Fernando ist gar nicht so gruselig. Und Catherine ist auch eine nette Frau. Mama und Papa würden es sicher wollen, dass Mindy, auch wenn sie tot ist, jemanden an ihrer Seite hat, mit dem sie spielen und Abenteuer erleben kann. „Aber erst gehen wir zu Mama und Papa", murmelt sie leise. „Aber natürlich!", sagt Fernando und steht auf.

Mindy und Fernando gehen vorbei an dem kleinen Kiosk, der nun geschlossen hat, bis zur Haustür, vor der Mindy drei Tage lang gesessen und geweint hat. Aus dem Wohnzimmerfenster dringt ein schwach flackerndes Licht auf die Straße. Mama und Papa sitzen noch vor dem Fernseher. Mit Leichtigkeit packt Fernando Mindy unter den Armen. Das Mädchen kreischt kurz auf, aber er setzt sie auf seine Schultern. Das ist in Ordnung. Mindy kann in das Fenster hineinsehen.

Mama und Papa schauen eine von diesen langweiligen Sendungen, in denen sie nur reden. Sie liegen gemeinsam auf dem Sofa. Papa in Mamas Arm. So, wie Mindy es früher getan hat. Neben dem Fernseher steht eine Kerze. Mindy kann es nur schwer erkennen, aber dahinter steht ein Bild von ihr. Sie kann sich noch daran erinnern, wo das Foto gemacht wurde. Auf der Wiese vor dem Krankenhaus. Im Sommer, als es ganz warm war und Papa sie extra nach draußen getragen hat, weil sie keinen Rollstuhl gefunden haben und Mindy zu schwach zum Laufen war. Eine Träne rollt ihr über die Wange. Mama und Papa vermissen sie. Genau wie Mindy sie auch. „Du kannst mich wieder runterlassen", schnieft Mindy und lässt sich von dem starken Fernando wieder auf den Boden setzen. „Na komm, ich zeige dir mein Schiff", sagt Fernando gefühlvoll und streichelt durch Mindys Haar. Sie nickt und nimmt seine Hand. Seite an Seite gehen sie die Straße entlang. Ein großer, tätowierter Mann und ein kleines Mädchen im Schlafanzug.